SV

Wojciech Kuczok
Lethargie

Roman

Aus dem Polnischen
von Renate Schmidgall

Suhrkamp Verlag

Die Originalausgabe erschien 2008 unter dem Titel *Senność*
im Verlag W.A.B., Warschau

Erste Auflage 2010

Druck: Memminger MedienCentrum AG
Printed in Germany
ISBN 978-3-518-42183-3

2 3 4 5 6 – 15 14 13 12 11 10

Lethargie

I

Adam ist müde, immer noch werden nur wenige Plätze frei, die Leute stinken nach süßsäuerlichem Schweiß, steigen ein und aus, Adam würde sich setzen, aber er weiß, daß der rasche Wechsel der alten Frauen an den Haltestellen es ihm nicht erlauben wird, länger in Ruhe zu sitzen, er wird Platz machen müssen oder so tun, als sei er eingeschlafen, wird sich das Räuspern anhören müssen, das Jammern, Stöhnen, die Litaneien an Jesus Maria Josef, also wartet er lieber, bis der Bus die Stadt verlassen hat, er kann ruhig noch ein bißchen stehen, ach, heute kann er sich noch ein bißchen quälen, heute würde er viel ertragen, denn jetzt ist es definitiv abgeschlossen, vollendet und anerkannt: Seit einer Stunde ist Adam kein Student mehr. Eigentlich nichts Besonderes, eine Formalität, und doch hat ihn der sogenannte historische Moment gerührt; wenn das Leben ausschließlich aus solchen Formalitäten bestünde, wenn die Rührung, die mit diesen historischen Momenten einhergeht, allen Menschen bekannt wäre, denkt Adam, wäre die Welt freundlicher, vielleicht sogar unerträglich freundlich, vielleicht würden die Massen der permanent gerührten und dadurch glückseligen Menschen an ihren freundlichen Umarmungen sogar ersticken, doch Adam ist mit sich zufrieden, er ist kein Student mehr, und zusammen mit ihm hat an diesem Tag noch gut ein Dutzend aus seinem Jahrgang Examen gemacht; Adam kam ziemlich spät, um nicht stundenlang warten zu müssen, sich nicht aufzuregen, außerdem zog er es vor, allein zu sein; er ging rein, bestand, nahm die Gratulationen entgegen. Einer der Professoren, derjenige, der ihn während des ganzen Studiums im Auge gehabt hatte (und es war kein freundliches Auge), drückte ihm die Hand etwas kräftiger als die anderen, drückte sie auch etwas länger, eigentlich entschieden länger, so lange, daß Adam verlegen wurde, sich beschämt fühlte, der Professor drückte so lange, bis Adam rot wurde, und dann fragte dieser Professor, der das ganze Studium sein unfreundliches Auge auf ihn gehabt hatte (aber sozusagen zur Seite, Richtung Professoren): »Was sind Sie denn so schüchtern?«, und ohne aufzuhören, seine Hand zu drücken, scheinbar gratulierend (Adam spürte, daß es ein feindlicher Händedruck war, aufdringlich, zu kräftig), fügte er hinzu: »Ein bißchen mehr Mut, mein Lieber, Sie werden jetzt Menschen behandeln, da dürfen Sie nicht so ängstlich sein«, und er kicherte Richtung Professoren und zwang so auch sie zum Kichern, und immer noch Adams Hand haltend, seine Macht über ihn spürend, denn Adam wußte nicht so recht, wie er sich befreien sollte, zwinkerte der Professor mit diesem seit vielen Jahren wachsamen, unfreundlichen Auge, zwinkerte Adam so widerlich, so vulgär, so antivielsagend zu, daß es Adam fast hochkam und er ungeschickt die Hand wegriß, so daß der Kommission das Kichern auf den Lippen gefror. Nachdem er sich von der Hand, dem Auge und dem Kichern befreit hatte, verbeugte sich Adam und ging, und mit jedem Schritt spürte er größere Erleichterung, war doch alles zu Ende jetzt, zum letzten Mal würde er den Bus von der Akademie nach Hause nehmen, zum ersten Mal würde er als diplomierter Körperklempner fahren, genauer gesagt, Knochenklempner, also hat er sich, immer noch in dieser wunderbaren, feierlichen Stimmung, an einen Griff gehängt und wartet geduldig, bis der Bus die Stadt verläßt.

Adam blickt kühn auf die Passagiere und spürt, daß seine gehobene Stimmung sich auf diesen oder jenen überträgt, spürt, daß, wenn er die Leute kühn, selbstsicher und erhaben (wenn auch nicht überheblich) anschaut, er ihre Blicke beherrscht, daß er, wenn er sie aus der Perspektive eines kühnen, selbstsicheren und erhabenen Menschen wahrnimmt, über ihre Wahrnehmung gebietet; Adam überlegt, inwieweit diese Erkenntnis Bestand haben wird, denkt darüber nach, wieviel einfacher das Leben für Menschen ist, die die volle Kontrolle über den sogenannten ersten Eindruck haben, wieviel leichter das Leben für Menschen ist, die einen guten Eindruck machen, die einen Blick und ein Lächeln erwidern, die den Kopf ein wenig höher halten, das Kinn hoch, kühn, erhaben (wenn auch nicht überheblich); doch da steigt ein Junge, ja sogar Mann ein.

Der hübsche, ja sogar gutaussehende Junge, ja sogar Mann setzt sich ans Fenster, einfach so, ohne nachzudenken, gesund, ganz normal, setzt sich, obwohl der Austausch der alten Frauen immer noch anhält und wenig Plätze frei sind, fällt in seiner jugendlichen Zerstreutheit, ja sogar männlichen Rücksichtslosigkeit auf den Sitz, verstärkt dieses Fallen noch durch einen Seufzer, wie gut, daß er sich gesetzt hat, was für eine Lust für seine jungenhaft-männlichen, gesunden und kräftigen Beine, die trotzdem nicht gern dumm rumstehen; Adam bemerkt an dem Jungen eine gewisse Art, wie soll man das nennen, Pragmatismus, genau, Adam ist bezaubert von dem Pragmatismus des Jungen, ja sogar Mannes, der den Eindruck macht, als hätte er sich ausgerechnet, daß er seine Energie nicht damit vergeuden sollte, im Bus zu stehen, wenn auch nur ein Platz frei ist, der Junge, ja sogar Mann macht auf Adam einen guten Eindruck, er ist Herr über den ersten Eindruck, mit diesem selbstsicheren, fast erhabenen Einnehmen des freien Platzes beweist er, daß in seinem gesunden jungenhaft-männlichen Geist für unnötige Zerrissenheit kein Platz ist, daß in seinem jungenhaften, ja sogar männlichen Kopf noch nie das Dilemma aufgetaucht ist, ob man sich setzen könne, wenn alte Frauen, besser gesagt, die Möglichkeit alter Frauen, potentielle alte Frauen, auf einen Sitz lauern. Adam kann sich dem Anblick des Jungen, ja sogar Mannes nicht widersetzen, starrt ihn verstohlen an, bis er auf seinen Blick stößt, der sich im Fenster spiegelt, die Begegnung der Blikke ist für Adam die Antizipation einer direkteren Begegnung, Adam ist von der Ahnung geleitet, der Junge, ja sogar Mann habe ihn mit seinem gespiegelten Blick auf den Platz neben sich eingeladen, vielleicht auch nur die Erlaubnis erteilt, das reicht Adam, mit dieser Erlaubnis setzt er sich also daneben, trotz der alten Frauen, die gerade nicht da sind, aber jeden Moment etc. Er setzt sich, aber weiter weiß er nicht, der Junge ist da, und der Mann ist da, Adam weiß nicht, an wen er sich zuerst wenden soll, wen er als erstes anschauen soll, den Jungen im Mann oder den Mann im Jungen, er kann sich nicht entscheiden und schaut keinen von beiden an, legt nur die Hand auf den Sitz direkt neben die männliche Hand des Jungen, legt sie hin und wartet, ob der Junge im Mann zu zittern beginnt oder vielleicht der Mann im Jungen erbebt. Adam ertappt sich bei einem Gedanken, der ihn verwirrt und erschreckt, denn von diesem gesunden, starken, bullenhaften und weiß Gott auf welche Art sonst noch männlichen Jungen begeistert, wünscht er sich, ihn behandeln zu können, wünscht diesem kräftigen, vollblütigen, robusten Hengst eine kleine Prellung, eine leichte Verstauchung, eventuell einen unkomplizierten Bruch, dann könnte Adam ihn ganz offen und rechtmäßig anfassen, der Junge, ja sogar Mann würde ihm dann seine Knochen, ja seinen Körper anvertrauen, wäre ein Mann, der Adam sein jungenhaftes Vertrauen schenkt, und Adam würde ertasten, abklopfen, einrenken, würde die Jungenhaftigkeit in der Männlichkeit reparieren, doch der Mann mit der jungenhaften Kondition, strotzend vor jugendlicher Gesundheit, bleibt für Adam unberührbar, er kann sich, neben ihm sitzend, nur heimlich ergötzen, innerlich mitschwingen, in den Bart murmeln, die Gänsehaut unter dem Ärmel verstecken. Adam schließt die Augen und spürt die Männlichkeit des Jungen an seiner Seite, er selbst ist der Leibknecht des Jungen, der Knappe des Mannes, er möchte einen Befehl von ihm hören, mit lauter und keinen Widerspruch duldender Stimme gesprochen, er möchte ihn nicht schnell genug ausführen und zur Strafe geschlagen werden oder ihn richtig ausführen und dafür gelobt werden; Adam träumt sich an die Seite des männlichen Jungen und merkt gar nicht, daß er den kleinen Finger bewegt und dessen Hand berührt. Der Junge, ja sogar Mann reagiert auf der Stelle, sieht Adam mißbilligend an, steht auf und geht ans Ende des Busses, der gleich an der Haltestelle ankommt, dort steigt der Junge aus und zeigt als Mann Adam durch die Scheibe den erhobenen Mittelfinger. Alte Frauen steigen ein, räuspern sich, stöhnen, seufzen, suggerieren mit ihren Litaneien, daß sie schwach sind, geplagt etc., Adam hört nichts, kostet den Schmerz aus, unabsichtlich unerbittlich wie er dasitzt, bekommt er nicht mit, wie die heutige Jugend ist, was da früher losgewesen wäre.

Die Mutter hört den Bus an der Endstation, ganz in der Nähe, gerade hat der Fahrer den Motor abgestellt, wird bis Viertel nach warten, hat Zeit für belegte Brote. Die Mutter achtet normalerweise nicht auf den Bus, wozu auch, zweimal täglich kommt er aus der Stadt, nimmt Leute mit und bringt sie wieder, ohne Lärm und ohne jede Sensation, immer die gleiche Besetzung, die Konopcyna und die Bartoszkowa nehmen die vorderen Plätze ein, um die Kontrolle über die Skrzyposzkowa zu haben, die Skrzyposzkowa setzt sich erst gar nicht, um den anderen zu zeigen, wie rüstig sie ist, sie stellt sich direkt hinter den Fahrer, hält gern ein Schwätzchen mit ihm, erzählt, was sie an der Kasse gesehen, gehört hat. Die Mitte des Busses ist in der Regel leer, denn die jungen Leute setzen sich hinten hin, wortkarg, als versuchten sie sich zu erinnern, was sie geträumt haben, und wenn ihnen bewußt wird, daß sie genau das gleiche geträumt haben, was sie jeden Tag erleben, Arbeitsweg Arbeit Rückweg, Mittagabendessen, zwei Bier und in die Falle, werden sie noch wortkarger, jung sind sie, aber doppelt müde vom Leben, da die Träume ihre Müdigkeit potenzieren. Jede Nacht ist das Echo des Tages, jeder Traum ist eine Kopie des Wachzustands, die jungen Leute fahren zum Hüttenwerk, ohne sicher zu sein, ob sie nicht gerade träumen, für alle Fälle reden sie nicht miteinander, es könnte sich ja herausstellen, daß sie im Schlaf sprechen, und das wäre doch ziemlich peinlich. Auch der Fahrer fährt seinen Bus im Schlaf, manchmal wirft er sich im Bett hin und her, flucht und schlägt seine Frau mit der Hand, überzeugt davon, daß er die Hupe drückt, die Frau wacht auf und ist sauer, früher hat sie sich an ihn geschmiegt und ihn beruhigt, ihm etwas ins Ohr geflüstert, jetzt schüttelt sie ihn, schimpft und heißt ihn einen Blödmann. Der von seiner Frau geschüttelte Fahrer erlebt, bevor er aufwacht, einen Unfall, träumt von seinem Tod im Bus, der von der Landstraße abkommt, danach kann er bis zum Morgengrauen nicht mehr einschlafen, sitzt neben dem Kühlschrank, trinkt Wasser und verflucht in Gedanken seine Ehe; er haßt seine Frau dafür, daß er sie liebt, obwohl sie ihm schon lange nichts mehr zuflüstert.

Heute hat die Mutter besonders auf die Pünktlichkeit des Busses geachtet, es ist ja auch etwas Besonderes, wenn der Sohn nach dem letzten Examen nach Hause kommt; der Sohn kommt nach Hause, und wenn er bestanden hat (er kann ja gar nicht nicht bestanden haben, es lief doch immer so gut), dann ist er nicht mehr ihr Adaś, Student der Medizinischen Akademie, sondern ihr Sohn Adam, der Herr Doktor, oh, was für ein Stolz, die Mutter geht also vors Haus und blickt zur Haltestelle hinüber. Der Vater steht auch schon da und schaut, noch unsicher, noch bereit zu wüten, aber schon hält er hinter dem Rücken den Krimsekt bereit und den Korken nur noch mit einem Finger, um Adaś zu begießen wie einen Rallyefahrer nach einem erfolgreichen Rennen. Adaś kommt näher, sie erkennen ihn am Gang, an diesen schwingenden Schritten, niemand geht so wie er, als hätte er gefederte Schuhe, er setzt jeden Schritt, als wolle er sich abstoßen hochspringen auffliegen, ja, jetzt ist es soweit. Der Vater ist irgendwie noch unsicher, aber was für ein Stolz, oh, der Stolz nistet schon im Vorhof des Herzens, sein Sohn, ein einfacher, gewöhnlicher Bauernsohn vom Dorf, hat die Akademie geschafft, Mensch Leute, seid ihr blöd, versteht ihr nicht, was das für ein Ding ist, wer aus dem Dorf hat schon studiert, die Tochter von der Jadaszka Touristik, aber wer weiß, was das für eine Schule ist, Akademie bleibt Akademie.

Die Mutter bemerkt, daß Adaś irgendwie traurig ist, das letzte Mal hat er so ausgesehen, als er klein war und erfahren hat, daß Medor nicht abgehauen, sondern abgekratzt ist, die Mutter bekreuzigt sich und flüstert ängstlich:

»Jesus, und wenn er nicht bestanden hat …«

Auch der Vater runzelt die Stirn, irgendwie ist Adaś ihm heute nicht so recht gebacken, so einen Gesichtsausdruck hatte er noch nie.

»Wenn er nicht bestanden hat, kommt er mir nicht ins Haus.«

Doch endlich lächelt Adaś, der Schlingel wollte sich wohl ein Späßchen machen, denkt die Mutter, wollte bis zuletzt so tun, als hätte er nicht bestanden, aber er lächelt, endlich lächelt er, jetzt ist es klar:

»Bestanden«, sagt die Mutter und breitet die Arme aus, um ihn willkommen zu heißen.

»Was denn? Wie hätte mein Sohn nicht bestehen sollen?!« sagt der Vater und holt die Flasche hinter dem Rükken hervor, die Mutter hat Adaś schon in den Armen und drückt ihn, der Vater hält es nicht aus, schüttelt die Flasche und entkorkt sie, begießt den Sohn wie einen siegreichen Rennfahrer, auch die Mutter wird naß, kreischt, Adaś ist wie immer verlegen, wozu das, ist doch nicht nötig, außerdem lieber kein Spektakel veranstalten vor dem Haus, lieber reingehen, sich in aller Ruhe freuen, besonnen, o Adaś, dein Vater platzt fast vor Stolz, laß ihn auf seine Art, du weißt ja noch gar nicht alles, Adaś, du weißt ja noch nicht, was für ein Geschenk deine Eltern für dich haben, in was für Kosten sie sich gestürzt haben, du wirst dich wundern, wenn du das erfährst.

Adam wundert sich. Wundert und fürchtet sich. Sein ganzes Leben lang hat er sich vor unverhofften Geschenken gefürchtet, meistens entsprachen sie nicht seinen Erwartungen, weil er nicht den Mut hatte, um etwas zu bitten, das er sich wünschte, und die ungewollten Geschenke abzulehnen wagte er auch nicht. Diesmal fürchtet er sich besonders, nach Hause zu kommen, denn er ahnt, daß der Vater sich für diesen historischen Moment etwas ganz Tolles ausgedacht hat, diese zweifellos einzigartige Gelegenheit, den Sohn, der den Ehrgeiz des Vaters befriedigt hat, zu beschenken, läßt auf ein ganz besonders peinliches und unliebsames Geschenk schließen. Auf dem Heimweg hat Adam versucht, sich das Schlimmste vorzustellen, zum Beispiel, daß der Vater ihm ein Auto gekauft hat (der Vater merkte ein Vierteljahrhundert lang nicht, daß Adam nie mit Autos spielte) oder ein Pferd (als Kind mußte Adam lernen, ohne Sattel zu reiten, trotz seiner panischen Angst vor Pferden, die der Vater nie verstand, dafür sagte er Adam immer wieder, gegen Ängste, vor allem gegen solch panische, müsse man ankämpfen), etwas Peinlicheres kann er sich nicht vorstellen, als Kind hat er die Autos und Pferdchen immer in der Schublade versteckt, aber im Maßstab eins zu eins passen sie da nicht rein, sicher haben die Eltern beschlossen, ihn so zu beschenken, daß er das peinliche Geschenk nicht loswerden kann, dachte Adam, sicher schenken sie ihm etwas, dachte er, das seinen sofortigen Umzug in die Stadt, den er beschlossen hat und um jeden Preis durchziehen will, erschweren wird, er möchte sich eine Wohnung in der Nähe des Krankenhauses mieten, in dem er zu arbeiten beabsichtigt, besser gesagt, in dem er seine Probezeit absolvieren wird, zu finanziellen Bedingungen, von denen er den Eltern nichts sagen darf, sonst würde sich ihre Freude über die Ernennung ihres Sohnes zum Arzt sofort in Zorn verwandeln und später in Verzweiflung. Obwohl er also schon vage etwas geahnt, schon ängstlich irgendwas gespürt hat – trotzdem wundert und fürchtet er sich, als er jetzt vor dem geschmackvollen Holzhaus steht, das aussieht, als sei es gerade aufgestellt worden, auf der Wiese am Waldrand, am Ort seiner ersten Doktorspiele mit der Nachbarstochter, am Ort seiner ersten anatomischen Enttäuschung, dem Ort der Entdeckung, daß sich zu seinem mangelnden Interesse an Autos und Pferden noch ein anderer grundlegender Mangel gesellte, der ihn von allen anderen Jungen im Dorf unterschied. Adam betrachtet desorientiert bald das Haus, bald die Umgebung, bald die Eltern und fragt schließlich den Vater:

»Warum steht dieses Haus hier?«

»Deine Frage gefällt mir, mein Sohn. ›Warum steht dieses Haus hier?‹ Soll es vielleicht liegen? Es steht, weil jemand es hier hingestellt hat, he, he!«

»Letztes Mal stand hier nichts ...«

»Bravo, mein Sohn, die schnelle Auffassungsgabe hast du von mir. Aber es stand auch, wie man so sagt, dem nichts im Weg, hier so ein Häuschen hinzustellen.«

»Papa, aber warum stehen wir ... vor diesem Haus?«

Adam stellt Fragen wie Rotkäppchen, das in der Großmutter den verkleideten Wolf erkannt hat und den unvermeidlichen Moment des Gefressenwerdens hinauszögern will, der gerade eintritt, unwiderruflich, denn die Mutter holt ein Schlüsselbund heraus und reicht es ihm mit den Worten:

»Für den Herrn Doktor.«

Ach, also doch, sie haben ihm ein Haus gekauft, ja, eins gebaut, ein Modell ausgesucht, und sicher haben sie es auch eingerichtet für ihren einziggeborenen Sohn, der schließlich bestimmt zu seiner Familie zurückkehren will, der von nichts anderem träumt, denkt Adam und nimmt die Schlüssel nicht, obwohl die Mutter die Hand ausstreckt und enttäuscht, besser gesagt, besorgt, mit Tränen in den Augen fragt:

»Gefällt es dir nicht?«

Die Mutter hat fast immer Tränen in den Augen, wenn sie lacht, kommen ihr Tränen, wenn sie sich über etwas freut, ist sie gerührt und weint vor Glück, wenn etwas sie bedrückt, hat sie auch feuchte Augen, und an normalen Tagen, wenn es keinen besonderen Grund gibt, bedauert sie sich prophylaktisch, jammert und weint einfach so, um die Augen durchzuputzen; Adam sieht, daß die Mutter, dieser zarte Zweig, zittert, obwohl kein Wind geht, und brechen wird, wenn er Widerspruch gegen die Schlüssel einlegt, gegen das Haus, die Idee, die er sich soeben in voller Schärfe klargemacht hat; dieses Haus ist eine Falle, denkt Adam und weiß, daß er sein eigenes Urteil unterschreibt, wenn er das Schlüsselbund aus der mütterlichen Hand nimmt, daß er sich die Schlinge vom Nabel um den Hals legt, eine katastrophale Regression vollzieht, und die Studienjahre, die er als Prolog zur Selbständigkeit verstand, würden nur eine einzelne Lücke in seiner Domestizierung unter dem Dach der Eltern darstellen; Adam schüttelt den Kopf und blickt in die glasigen Augen der Mutter, als wollte er ihr so sagen, was er laut nicht auszusprechen wagt: Daß er nicht für die Eltern das Studium abgeschlossen hat, sondern für sich!

Der Vater rettet die Situation, indem er mit einer entschiedenen Bewegung den Schlüssel nimmt, das Haus aufschließt und Adam hineinzieht, während er ungewöhnlich sanft zu dem zarten Zweig sagt:

»Ach, Mutter, was machst du dir für Sorgen. Warum soll es ihm nicht gefallen, er ist so beeindruckt, daß es ihm einfach, wie man so sagt, die Sprache verschlagen hat.«

Und schon beginnt er wie ein Kustos durchs Museum

Adam durchs Haus zu führen, die Mutter schlurft einen Schritt hinter ihnen, die Besichtigung beginnt, der Vater zieht Adam am Arm, hält ihn am Handgelenk wie vor Jahren, als Adam keine Lust hatte, schwimmen zu lernen, als er nicht beim Schweineschlachten dabei sein wollte, als er sich schämte, bei der Hochzeit des Cousins mit einem Mädchen zu tanzen – immer schnappte ihn Vaters Hand am Gelenk und zog, um so schrecklicher, da ohne Gewalt. Nein, der Vater ging nie brutal mit Adam um, er erreichte sein Ziel in aller Ruhe, seine Kraft war die Kraft der Ruhe und der eisernen Konsequenz, sie war auch Adams Qual; wenn er, zum See, zur Schlachtbank oder aufs Parkett gezogen, weiterhin Widerstand leistete, verzichtete der Vater auf Zwang, wurde plötzlich sanft wie ein Lämmchen, planschte allein im Wasser herum, ließ persönlich das Blut aus der Aorta des Ebers, tat den Mangel an tänzerischer Unterordnung mit einem Scherz ab; und alles wäre gut gewesen, wenn er, als sie wieder zu Hause waren, Adam nicht in einen eigens dafür eingerichteten Keller gesperrt hätte, ausgestattet mit einem Feldbett, einer Decke und einer kurzen Kerze, die so bemessen war, daß sie noch eine Stunde oder zwei brannte; der Vater nannte diesen Ort den *Nachdenkraum*; dort schloß er den Sohn ein, wissend, daß Adam sich vor nichts so sehr fürchtete wie vor Dunkelheit, daß Adam sich die Hölle als Welt ohne Licht vorstellte, daß er es dort nicht lange aushalten würde, er schloß ihn also ein und sagte: »So, mein Junge, hier hast du Zeit, dich etwas zu beruhigen und über dich nachzudenken. Solltest du etwas brauchen oder deine Meinung geändert haben, was die Dinge angeht, in denen wir nicht übereinstimmen, dann mußt du nur klopfen.« Und Adam dachte ein Stündchen oder zwei nach und sagte sich, wenn er erst einmal schwimmen gelernt hätte, würde er sich nicht mehr vor dem Wasser fürchten und könnte in Zukunft Ozeane durchqueren, neue Länder entdecken und von dort aus Karten nach Hause schicken, wenn er erst gelernt hätte, ein Schwein zu schlachten, würde er sich nicht mehr vor Blut ekeln und könnte Menschen behandeln und heilen, wenn er den Mut aufbrächte, mit einem Mädchen zu tanzen, könnte er in der Stadt in die Disko gehen und einen Jungen kennenlernen; während der Kerzenstummel langsam abbrannte, dachte Adam über den Unterschied zwischen Unwille, Angst und Grauen nach, und wenn das Flämmchen erlosch, erfuhr er diesen Unterschied empirisch, lief sofort zur Tür, klopfte, dann schlug er mit der Faust, schließlich hämmerte er und brüllte, er wolle raus, aber der Vater hatte es alles andere als eilig, mit jedem weiteren Aufenthalt im *Nachdenkraum* mußte Adam länger auf die Befreiung warten, lag dem Vater doch daran, daß sein Sohn gegen die Angst kämpfte, auch wenn er aus jedem weiteren Gefecht noch niedergeschlagener, zerrütteter und gedemütigter hervorging, wichtig war der Kampf, das Ringen mit der eigenen Schwäche, der Vater hatte keine Achtung vor schwachen Menschen, und schließlich konnte er es nicht zulassen, den eigenen Sohn nicht zu achten, er mußte ihn also zu einem tapferen Mann erziehen.

»Wir haben den Papierkram schon für dich erledigt, mit dem Notar bin ich einig, du mußt nur unterschreiben, mein Junge, und das Häuschen gehört dir. Bitte sehr, direkt aus dem Katalog, ein Haus, wie sichs gehört, aus Holz, in drei Monaten fertig, bitte sehr, Küche, zwei Badezimmer, eins ist oben, hier ein Zimmer wie geschaffen für die Praxis, hier das Schlafzimmer – schau, mit Geheimausgang, Junge, he, he ...«

Der Vater hat ihn jetzt losgelassen, ist milder gestimmt,

begeistert, als würde er sich um die Innenräume eines Palastes kümmern; er redet weiter auf die Mutter ein, geht mit ihr in die Küche, ins Bad, ins nächste Zimmer und fährt geschäftig fort:

»Hier könnt ihr ein Kinderzimmer einrichten, wenn du endlich mal heiratest, vorläufig kann man es als Gästezimmer nutzen …«

Adam bleibt im Schlafzimmer und untersucht den schlau angelegten Fluchtweg, das Geheimtürchen; er geht durch dieses Türchen vors Haus, setzt sich auf die Treppe, stützt den Kopf in die Hand wie eine Heiligenfigur an der Straße und überlegt, ob der Vater wohl weiß, daß er sich seit seinen Aufenthalten im *Nachdenkraum* nur in Räumen sicher fühlt, die einen zweiten Ausgang haben, zumindest zwei Türen, Adam überlegt, ob der Vater tatsächlich so vorausschauend und großzügig ist oder ob es sich um eine Standardvariante aus dem Katalog handelt.

Hühnerbrühe zu dritt. Sie sitzen bei der Hühnerbrühe. Solange die Welt besteht, werden für die Zeit der Hühnerbrühe alle Zwistigkeiten, Fronthandlungen, heraufziehenden Katastrophen, vermeintlichen Krankheiten und Ehekrisen begraben, die Hühnerbrühe steht außerhalb der Wirklichkeit, die Hühnerbrühe, selbst wenn sie nicht verbrüdert, nicht vereint, versieht alles mit Anführungszeichen, was im Zorn gesagt wurde, worauf man halsbrecherisch zueilte, alles, was leichtfertig angegangen wurde, die Hühnerbrühe braucht Ruhe, erfordert volle Konzentration, verlangt die Gründung einer Gemeinschaft der Hühnerbrühenstille, die nur bisweilen vom Geräusch der gegen den Teller klirrenden Löffel unterbrochen werden darf. Natürlich die Brühe eines glücklichen Huhns, das jahrelang mit den Glucken auf den

Höfen ringsum getratscht und in aller Ruhe Körner gepickt hat, schön fett die Brühe, mit einem Berg Gemüse und hausgemachten Nudeln, eine solche Brühe kann man nicht einfach so essen, die darf man nicht entweihen, indem man sie in einem Zug leert wie eine schnelle Instantbrühe, diese Hühnerbrühe läßt allen, die sie um sich herum versammelt, Zeit, damit sie – die Mägen wärmend – die Köpfe kühlen kann, bei solch einer Hühnerbrühe sitzt Adam mit seinen Eltern und wartet, was der Vater sagen wird, ob er überhaupt etwas sagen oder sich eher in tödliches Schweigen hüllen wird, weil er beleidigt ist mit dem Sohn, der soeben verkündet hat, er habe eher nicht daran gedacht, ins Dorf zurückzukehren, denn das wichtigste sei für ihn jetzt das Praktikum im Krankenhaus, und obwohl ihm im Wohnheim kein Platz mehr zustehe, wolle er sich lieber etwas in der Stadt mieten als jeden Tag fahren, da müsse er ja eine Stunde früher aufstehen, außerdem sei es besser, in der Nähe zu wohnen, falls mal ein plötzlicher Unfall wäre oder eine Vertretung im Dienst, und außerdem, außerdem (das verkündete er halblaut, so daß der Vater es nicht richtig hörte und bat, er solle es laut und deutlich wiederholen, also wiederholte Adam es ein bißchen lauter), außerdem wolle er es wirklich allein versuchen, das heißt, äh, selbständig.

Die Hühnerbrühe geht zu Ende, und sie schweigen noch immer, es sieht aus wie die Sitzung eines Stammesrats über dem Sud eines Schamanen, als würden sie darauf warten, daß die halluzinogenen Substanzen sich in ihrem Blut niederlassen und sie in Trance versetzen, Adam spürt in der Tat eine Hühnerbrühenschläfrigkeit, die von seinem vollen Magen über das Zwerchfell bis zu den Schläfen aufsteigt, die letzten Löffel ißt er schon wesentlich langsamer, in der Angst, mit dem Ende der Hühnerbrühe könne auch der

Waffenstillstand zu Ende gehen und der Vater könne etwas noch viel Schrecklicheres tun, als Adam es sich überhaupt vorstellen kann, der Vater macht ihm nie die Hölle heiß, doch die Ruhe, die er scheinbar bewahrt, ist höllisch gefährlich; die Mutter wagt es nicht, selbst etwas zu sagen, im übrigen wüßte sie gar nicht, was sie sagen sollte, wie sie die plötzliche Veränderung in einen Gedanken fassen könnte, der Vater muß ihren Gedanken Gestalt verleihen, erst wenn er etwas sagt, wird alles klar, also wartet die Mutter auf ein Wort des Vaters, erst dann kann sie einstimmen, und die Hühnerbrühenstille wird von Familienstimmen abgelöst, ach, könnte es doch ein sorgloses Geplauder sein, die Mutter ist zerbrechlich wie ein ausgeblasenes Ei, sie platzt unter der Last der Sorgen, und obwohl die Sorgen ihre Spezialität sind, um nicht zu sagen, ihre Art zu leben, hat die dünne Schale heute schon genug abbekommen, also hofft sie auf ein Wort des Vaters – und nicht umsonst:

»Das ist doch kein Problem. Das Häuschen kann warten, bis du soweit bist, wieder heimzukommen. Es gehört sowieso dir, die Eigentumsurkunde ist unterschrieben, und die Schlüssel nimmst du dir, wenn du Lust hast, hier einzuziehen.«

Die Mutter greift den Gedankengang sofort auf, als fürchtete sie, in Wirklichkeit kämpfe der Vater mit sich und werde gleich vom Tisch aufstehen, »nein, damit bin ich nicht einverstanden« sagen und sie beide sich selbst überlassen.

»Aber natürlich. Soll der Junge bißchen arbeiten in der Stadt, bißchen verdienen ...«

»Eine Frau finden ...«

»Aber sicher ...«

»Und mit den Frauen, he, he, da gibts ne Regel, die hat sich bewährt: Schön muß die Frau nicht sein, schön muß das Pferd sein, das du auf dem Markt kaufst. Eine Frau muß Rasse haben. Schöne Pferde warten hier genug auf dich, aber eine Frau mit Rasse mußt du uns noch bringen, stimmts, Mutter, oder hab ich recht?«

Diesen schlichten Scherz kennt Adam schon; wenn der Vater in Verlegenheit ist, benutzt er ihn wie eine magische Formel, die signalisiert, daß er die unangenehme Situation leid ist und lieber zu einfachen Wahrheiten, zu klaren Einteilungen Zuflucht nimmt und auf das Niveau des sogenannten gesunden Menschenverstands zurückkehren möchte.

Die Mutter ist wieder ganz gerührt, läßt doch die Spannung spürbar nach, beim Anblick des Sohnes und des Vaters, die einträchtig am Tisch sitzen, werden ihre Augen feucht, sie streicht Adam über den Kopf.

»Du bist so ein Lieber, empfindlich, gutmütig, oh, hoffentlich findest du eine gute Frau, Adaś, solchen wie dir kann man ganz leicht weh tun ...«

Jetzt hat sie sich vergaloppiert, Empfindlichkeit und Verletzlichkeit sind nicht die idealen männlichen Züge, der Vater ist ärgerlich, erschrocken zieht die Mutter die Hand zurück, der Vater sagt streng:

»Hör auf mit dem Getätschel, mit dem Gestreichel ... Ein Kind kann man so hätscheln, aber doch nicht einen Mann.«

Die Mutter versucht, sich mit einer uralten Beschwörung zu verteidigen, mit dem Fluch der Nichtabgenabelten:

»Für mich wird er immer mein Kind sein, für die Mutter bleibt der Sohn immer das Kind ...«

»Gut, mein Junge, wir ham gegessen, jetzt machen wirn Spaziergang unter Männern, ha, wir gehen ein paar Schritte und reden miteinander, von Mann zu Mann sozusagen, ich hab da schon was vorbereitet, damit sichs besser plaudert …«

Der Vater findet den Ausweg im Ausgang, zu dem er Adam führt, indem er ihn am Handgelenk schnappt (also gibt es für Adam keinen Ausweg).

Der Spaziergang unter Männern ist nicht allzuweit, aber ermüdend wie eine ganztägige Kletterpartie, Adam ist an Spaziergänge unter Männern nicht gewöhnt, er trinkt ungern, nur alle Jubeljahre, und wenn schon, dann Rotwein, doch der Vater hat eigens für diesen historischen Moment eine Flasche litauischen Rum angeschleppt, schon nach dem ersten Schluck muß Adam nach Luft schnappen, er spürt, wie sich in seinem Organismus ein Gebirgsschlag ereignet, das kann nicht gutgehen, aber Adam versucht, keine Müdigkeit zu zeigen, nur noch dieser Spaziergang, morgen fährt er weg, sobald es Tag wird, was solls, schließlich macht man nur einmal im Leben Examen, gibts denn eine bessere Gelegenheit, sich zu betrinken, außerdem ist das Zeug nicht schlecht, nur zu stark, es könnte schlimmer sein, der Vater hätte ihn auch mit seinem sogenannten Kirschwein bewirten können, der Vater ist stolz auf sein Produkt, Adam hätte es nicht gewagt, ihm zu erklären, daß man Wein, wie der Name schon sagt, aus Weintrauben macht, der Vater hätte ihn ausgelacht, hätte geantwortet, daß dieses Studium ihm irgendwie das Gehirn verdreht hat, denn seit Urzeiten brennt man auf dem Dorf Kirschwein und gibt die Geheimnisse der Rezeptur von Generation zu Generation weiter, es genügt nicht, daß das Obst fermentiert, man muß wissen, wie man den Wein brennt, o ja, es könnte schlimmer sein, der Kirschwein des Vaters hat bei Adam immer Sodbrennen und Übelkeit ausgelöst, den Rum haben zum Glück

Fachleute hergestellt, der Vater hat ihn vor langer Zeit von einer Reise mitgebracht, hat ihn jahrelang aufbewahrt, und endlich die Gelegenheit, ein Spaziergang unter Männern mit dem Herrn Doktor, ein kurzer Spaziergang, nur bis zum Eingang des neuen, vorübergehend abgelehnten Holzhauses, nur hundertfünfzig Meter, aber bei der Schlagseite, Adam schaut auf das Etikett und versucht die Prozentzahl reinen Äthanols zu entziffern, fünftausendundfünfzig Prozent, das kann doch nicht sein, denkt Adam und kneift ein Auge zu, fünfzig Prozent, mein Gott, das bringt mich um, denkt Adam und hört dem Vater zu, der erklärt, der sich erklärt, der die Situation einer Analyse unterzieht.

»Weißt du, Mutter und ich möchten, daß du es einmal gut hast.«

Adam nimmt unwillkürlich den Dialog mit dem Vater auf, wobei er versucht, die Zahl der nutzlosen Kalorien in einem Fünfzig-Milligramm-Schluck des fünfzigprozentigen Rums zu berechnen.

»Ich verstehe, Papa.«

»Nur wollten wir dummen Alten dich halt so schnell wie möglich bei uns haben.«

»Ich weiß, Papa ...«

»Solange die Welt besteht, gehen die Kinder irgendwann von den Eltern weg.«

»Mhm ...«

»Schließlich steht in der Bibel, du wirst Vater und Mutter verlassen oder so ähnlich ...«

»Mm ...«

»... und dir eine Frau suchen ... So ähnlich heißt es, mein Junge, oder?«

»...«

Adam versucht, in sitzender Position das Gleichgewicht

zu halten, fragt sich, ob er auf diesem Spaziergang wohl an Erschöpfung sterben wird, spürt, daß er aufstehen muß, denn je weniger er sich bewegt, desto schneller dreht sich die Erde; plötzlich beginnen in der Nähe wütend Hunde zu kläffen, auch Geschrei ist zu hören, wahrscheinlich von Betrunkenen, aber das kann Adam nicht mehr so genau einschätzen, er ist auch nicht sicher, ob er wirklich Hunde hört, vielleicht bellt auch der Rum in seinem Hirn; fragend sieht er die Väter an, die wie aus einem Munde sprechen:

»He, he, dem alten Kubica haben sie wieder Hunde gebracht. Komm, schau dir den Iwan an.«

Jetzt wäre die Hand am Gelenk von Vorteil, denn Adam schafft es nicht, den Vätern zu folgen, die Beine verlieren die Spur, aber das macht nichts, der Spaziergang muß beendet werden, er sucht die Väter mit dem Blick, kneift ein Auge zu, ein Vater hat sich hinter einem Baum versteckt und gibt ihm zu verstehen, er solle herkommen und schauen. Adam kneift, schaut, sieht, daß hinter dem Zaun von Kubica, dem weniger alten als dummen Nachbarn, zwei Rottweiler hin- und herlaufen und erbarmungslos kläffen. Der schwankende Kubica versucht reinzukommen, aber wenn er das Gartentürchen auch nur einen Spalt öffnet, stecken die Hunde sofort ihre wütenden Schnauzen heraus und versuchen, ihn zu beißen. Der Vater analysiert, erklärt:

»Seit er in die Partei eingetreten ist, ist er völlig übergeschnappt. Mietet sich Hunde. Nachts werden sie gebracht … Ein gefährlicher Hund im Garten macht einen guten Eindruck … falls sich jemand reinschleichen will … Ab einer bestimmten Position muß man Hunde haben, sagt er …«

Adam fragt den Vater, erkennt die eigene Stimme nicht und versucht, sich zu erinnern, was für eine Sprache er normalerweise spricht:

»Wiesosindiesowütend? Erkennendieihnnich?«

»Na, weil er keine Zeit hat, die Bestien abzurichten … Und wenn er lange nicht aus der Wirtschaft kommt, schließt die Alte das Haus ab und geht ins Bett.«

Der Vater nimmt einen Schluck Rum, delektiert sich daran und neigt sich dann zu Adam, als wolle er ihm ein Geheimnis verraten, aber er bemerkt die Schwäche, nein, so würde er es nicht nennen, die vorübergehende Schwächung des Sohnes, schließlich ist das ein starkes Tröpfchen, alles was recht ist, ihm schießen ja selbst die Tränen in die Augen, vielleicht hat er ein bißchen übertrieben, der Sohn lebt ja gesund, will Menschen heilen, vielleicht hätte er diesen Rum gar nicht holen sollen, er hätte den Kirschwein nehmen sollen, da hätte man länger plaudern können, und so muß er dem Sohn unter die Arme greifen, damit er nicht umfällt, und ihn nach Hause schleppen; Adam schlenkert mit den Beinen, Papa, laß los oder nimm mich huckepack, denkt er und driftet in die Ohnmacht; im letzten Rest seines Bewußtseins macht sich das Schuldgefühl breit.

Damit wird er am nächsten Morgen aufwachen, nur an dieses unbestimmte Schuldgefühl wird er sich erinnern, und auch daran, daß der Bus um sechs Uhr fünfundvierzig geht, das heißt gleich, das heißt, er muß rennen, trotz des Schwindels, der tauben Zunge und der Überreizung des zentralen Nervensystems. Er wird es schaffen, der Bus wird mit abgeschaltetem Motor dastehen; er wird sich setzen, tief durchatmen, und bevor er wieder einschlafen wird, kann er noch nachsehen, warum der Brotbeutel so vollgestopft ist – die Mutter hat belegte Brote und die Thermosflasche mit Tee eingepackt; liebevoll gewiegt, verschläft er die erste Phase des Katers.

2

Robert sieht ungesund aus, seit einiger Zeit bemerkt er es selbst. Seine Frau hat ihn oft darauf aufmerksam gemacht, er müsse mehr auf sein Äußeres achten, er ziehe sich nachlässig an, rasiere sich nicht richtig, mache den Eindruck, als sei er ewig verkatert, was sollten bloß die Leute über ihn denken, er müsse mehr Wert darauf legen, wie sie ihn wahrnehmen, schließlich sei er nicht irgend jemand, irgend jemanden hätte sie nicht geheiratet; eine Zeitlang war er sogar eine Person der Öffentlichkeit, wenn er nicht zu schreiben aufgehört hätte, wäre er das noch immer, Frauenzeitschriften hätten ihn im Auge, er würde für die Rankings der schönsten Männer des Jahres in Frage kommen, schließlich ist er ein gutaussehender Mann, schließlich ist sie sich nicht sicher, ob sie sich von ihm hätte verführen lassen, wenn er kein gutaussehender Mann wäre, sie ist sich gar nicht sicher, ob sie ihn geheiratet hätte, wenn da nur seine schönen Worte gewesen wären, gesprochen und geschrieben, seine berühmte Meisterschaft der Worte, wahrscheinlich ist sie deshalb seine Frau geworden, weil sie ihn genau zu dem Zeitpunkt kennengelernt hat, als seine Wortmeisterschaft und sein gutes Aussehen ihren Höhepunkt erreichten, sie ist die Frau eines gutaussehenden Meisters der Worte geworden, deshalb ist es jetzt schwer für sie, sich damit abzufinden, daß er nicht mehr schreibt und auch nicht mehr gut aussieht, deshalb macht sie ihn darauf aufmerksam, daß er sich an Körper und Geist vernachlässigt, natürlich, sie hat ihm schon oft gesagt, daß er schlecht aussieht, aber bisher hat sie noch nicht bemerkt, was Robert selbst beunruhigt, das heißt die nicht zu unterschätzende Tatsache, die sich im nicht zu unterschätzenden Spiegel offenbart: Robert sieht seit einiger Zeit ungesund aus.

Der Arzt hat ihn zu einem anderen Arzt geschickt, der andere Arzt zu einem Spezialisten, der Spezialist zu Untersuchungen, und als er die Ergebnisse sah, fragte er, wie lange Robert schon rauche und seit wann er trinke, erfuhr, daß Robert zwar ab und zu ein bißchen rauche, um die Fingernägel nicht abzunagen, dafür aber fast gar nicht trinke, betrunken könne er gar nicht arbeiten, da fragte der Arzt, wo Robert arbeite und unter welchen Bedingungen, aber er solle es ohne Umschweife sagen, denn die Ergebnisse seien heikel, und Robert antwortete, er habe früher ganz normal zu Hause gearbeitet, aber seit einiger Zeit arbeite er im Büro, im Gerichtsarchiv; die Stelle hat ihm der Schwiegervater besorgt, damit er es ruhig hat, dort kommt tagelang kein Mensch vorbei, dort kann er sich auf das Schreiben konzentrieren; der Arzt fragte: »Also, was machen Sie nun eigentlich?« Robert antwortete, theoretisch sei er Schriftsteller, nannte ihm den Titel seines letzten Buchs, der Arzt gab zu, davon habe er schon mal gehört, aber Robert glaubte es nicht, das Buch war vor langer Zeit erschienen, die Leute hatten ein kurzes Gedächtnis, der Arzt fragte: »Warum sagten Sie ›theoretisch‹?« Robert erwiderte, praktisch sei er kein Schriftsteller mehr, weil er nicht mehr schreibe, seit einiger Zeit könne er seine Gedanken nicht mehr sammeln, und wenn er versuche, sich zu konzentrieren, seinen Geist kreativ einzusetzen, werde er schläfrig, müde, er wisse nicht, ob das mit seinem ungesunden Aussehen und den heiklen Ergebnissen in Zusammenhang stehe. »Das ist möglich«, antwortete der Arzt, »wir werden Sie noch einmal genauer untersuchen müssen.« Robert wurde noch einmal genauer untersucht, heute soll er die Ergebnisse erfahren.

Robert schaut durch das Fenster seines kleinen Archivs, das im Souterrain der Gerichtsbibliothek liegt, um ihn herum türmen sich Stapel von eingestaubten Schnellheftern, das Fenster befindet sich auf der Höhe des Trottoirs, Robert betrachtet die Passanten aus der Froschperspektive, er sieht nur ihre Beine. Er denkt an seine Vorgänger, an all die Menschen, die vor ihm an diesem Ort gearbeitet haben, das Gerichtsgebäude steht seit der Zwischenkriegszeit hier, Robert versucht auszurechnen, wie viele Beamte die Sammlung schon beaufsichtigt haben in diesem Archiv mit dem Fenster auf der Höhe des Bürgersteigs, das den Blick scheinbar einschränkt, aber auch enthüllt, was menschlichen Augen normalerweise nicht zugänglich ist, er fragt sich, welchen Einfluß das auf die Psyche dieser Personen und ihre Weltanschauung hatte, besser gesagt, auf die Fleischanschauung, kann man doch naturgemäß aus dieser Perspektive den Leuten nicht ins Gesicht sehen, man kann nur die Beine betrachten und mit ein wenig Anstrengung etwas höher schielen, Robert hätte sich hier auf die Arbeit konzentrieren sollen, aber seit er hübschen jungen, von keinerlei Spitzen gekrönten Beinen unter den Rock geschaut hatte, seit er den durch nichts geschützten, sauber rasierten Streifen über der Möse gesehen hatte (er konnte für diese kühne frühlingshafte Offenheit kein anderes Wort finden), seit ihn also das Bewußtsein der einmal erblickten Möse, die daher vielleicht ein weiteres Mal zu sehen sein könnte, abzulenken begonnen hatte, konnte er nicht mehr schreiben, sondern gab sich restlos der Beschäftigung hin, den Leuten auf die Beine, bisweilen auch zwischen die Beine zu schauen, in Erwartung der Möse (in der warmen Jahreszeit kam das sehr oft vor), er dachte sich zu den Beinen Gesichter, fragte sich, welches Gesicht zu den Beinen passen könnte, ob hübsche Beine ein schönes Gesicht bedeuteten, ob krumme Waden zu einer schiefen Visage gehörten, schließlich war nicht alles auf der Welt so offensichtlich, die Fleischanschauung enthüllte nur einen Teil der Wahrheit über die Menschen, und so war Robert stundenlang damit beschäftigt, zu überlegen, welche Visage oder welches Gesicht sich hinter einem bestimmten Gang verbarg, hinter bestimmten Schuhen, Hosen, Strumpfhosen, Slips, am meisten zerbrach er sich jedoch den Kopf darüber, wessen Möse so kühn über ihm vorbeischwebte; mit der Zeit wurde die Spekulation von kalter Analyse abgelöst, Robert wurde ganz gut darin, inzwischen ist er wirklich nicht schlecht, die ganze Stadt erkennt er am Gang, er weiß mehr, als er wissen sollte, er könnte dieses Wissen nützen, wäre da nicht die Tatsache, daß ihn am meisten die Mösen interessieren. Robert schaut aus dem Fenster, heute ist leider ein kühler Tag, die Sehnsucht nach der Möse findet keine Linderung, dennoch gibt Robert die Hoffnung nicht auf, er verrenkt sich vor dem Fenster, um soviel wie möglich zu sehen, sonderbar muß er dabei aussehen; als die Praktikantin die Tür öffnet, sieht er so sonderbar aus, daß sie nicht weiß, ob sie eintreten und unterbrechen soll, was da im Gang ist, oder ob sie, wenn sie Robert überrascht, nicht vielleicht den Verrückten in ihm entdeckt, sein Geheimnis lüftet und sich dadurch einem unerwarteten Ausbruch seines Wahnsinns aussetzt; also verharrt die Praktikantin reglos in der halb geöffneten Tür und wartet, beobachtet den Beobachtenden, den Blick auf ihn geheftet oder womöglich an ihm haftenbleibend, die Tür knarrt geradezu von diesem Haften, es gibt kein Zurück, sie muß eintreten, muß so tun, als würde sie ohne Zögern eintreten, um nicht den Verdacht zu wecken, daß sie etwas Verdächtiges bemerkt hat; Robert stößt sich auf der Stelle mit den Füßen von der Wand ab, fährt mit dem Bürostuhl zum Schreibtisch und nimmt eine amtliche Haltung an. Die Praktikantin ist hübsch, außerdem kriegt sie es hübsch hin, so zu tun, als wäre sie sofort eingetreten, ohne Klopfen, ohne Entschuldigung, wie jemand, der genau weiß, was er will; schon will sie ihm eine Handvoll Mappen auf den Tisch legen.

»Wenn Sie mir das erledigen könnten bis …« Erst jetzt schlägt sie die hübschen Augen auf und läßt sie hübsch umherschweifen und bricht mitten im Satz ab, als sei sie ganz verwirrt, als habe sie sich geirrt: »Moment, wo bin ich denn hier?«

Robert schöpft aus dem vollen Verdacht, die Praktikantin ist verdächtig hübsch, zu hübsch für eine Praktikantin, Robert betrachtet ihre Beine und würde seinen Kopf wetten, daß es nicht die Beine einer Praktikantin sind, vielleicht praktiziert sie ja hin und wieder dies und das, aber im Gerichtsgebäude eher nicht, das ist keine Gerichtsschönheit, das ist keine Schönheit düsterer, eintöniger Gemächer, das ist eine phänomenale Schönheit, Robert erklärt diesem Phänomen der unechten Praktikantin, wo sie sich befinden, ohne ergründen zu wollen, wie sie hier herkommt und was sie ihm vorspielt:

»Das Archiv, gnädige Frau.«

Die Praktikantin geht vor die Tür, schaut auf das Schild, schlägt sich an den Kopf (das macht sie ganz hübsch) und widerspricht dann ihrer Handbewegung:

»Ach Gott, ich bin heute ganz kopflos, so was. Ich bin ins falsche Stockwerk gefahren …«

Und sie geht hinaus und schaut hübsch entschuldigend.

Robert weiß jetzt, daß er heute absolut nichts schreiben wird, er wurde definitiv abgelenkt, schlimmer noch, er vermutet darin das Werk des Schwiegervaters, als einflußreicher Mensch hat der Schwiegervater Zugang zu attraktiven Hostessen, die er mit Kennerblick herausfischt und zu Sekretärinnen in seinem Abgeordnetenbüro macht, der Schwiegervater ist ein Sammler von Sekretärinnen, die mit der Zeit unangenehm zueinander werden, wenn das Sekretariat also übervölkert ist, schickt der Schwiegervater ausgesuchte Sekretärinnen mit Sonderaufgaben los; eine dieser Aufgaben ist das Spionieren im Gerichtsgebäude, der Schwiegervater möchte sicher sein, daß sein Schwiegersohn die komfortablen Bedingungen, die für ihn geschaffen wurden, auch angemessen nutzt, auf einem staatlichen Posten mit landesüblichem Durchschnittsgehalt soll er seine Schreibkrise überwinden, damit er endlich wieder zu seiner alten Form zurückfindet, das heißt, wieder ein allgemein anerkannter Meister des Wortes wird, denn nur dadurch kann er dem Schwiegervater zusätzliches Prestige bringen; als der Schwiegervater in die Ehe seiner Tochter mit einem allgemein anerkannten Schriftsteller einwilligte, bedachte er nicht, daß er sie damit auch einem Leben mit einem ausgebrannten Schriftsteller aussetzen würde, denn allgemeine Anerkennung zieht früher oder später ein Burnout-Syndrom nach sich, der Schwiegervater möchte sichergehen, daß Robert sich in die richtige Richtung bewegt, nämlich in die Richtung, ihm zusätzliches Prestige zu verleihen, also schickt der Schwiegervater hin und wieder Sekretärinnen als Spione los und instruiert sie diskret, wie man den sensiblen und mißtrauischen Robert am besten kontrolliert, welche Tricks man anwenden kann, damit die Überprüfung ein glaubwürdiges Ergebnis bringt und Robert nicht merkt, daß er kontrolliert wurde; aber da alle Sekretärinnen des Schwiegervaters unheilbar hübsch sind, entlarvt Robert jede von ihnen auf den ersten Blick.

Robert seufzt, schaut sich traurig im leeren Zimmer um; die Praktikantin ist noch hübscher geworden, seit sie weg ist.

Robert verläßt die Eintönigkeit des düsteren Gebäudes, hat sich lange genug der Melancholie hingegeben, die Glocken läuten zum Feierabend, er geht zu einer genau festgelegten Zeit, wie an jedem Arbeitstag, daran ist nicht zu rütteln, Robert ist, seit er seine Frau geheiratet hat, und damit Schwiegervater und Schwiegermutter, seit er in ihr Haus eingeheiratet hat, ein kontrollierter Mensch. Früher, als er noch ein schreibender und unverheirateter Schriftsteller war, nahm er es sich übel, daß es ihm an Disziplin, Rhythmus, Regeln fehlte, nach denen er auf geordnete Art und Weise hätte leben und schreiben können. Der Freiheit müde, verliebte er sich also in eine Frau, die ihm diszipliniert und gut erzogen schien, und heiratete sie dann in der Hoffnung, daß sie als seine Frau in seinem Leben radikal Ordnung machen würde, daß er dank der Ehe zu einem rhythmisch und regelmäßig schreibenden Schriftsteller werden würde. Leider ist er, seit er Frau, Schwiegervater und Schwiegermutter geheiratet hat, zu einem nicht schreibenden Schriftsteller geworden, obwohl sein Leben dermaßen an Rhythmus und Regelmäßigkeit gewonnen hat, wie er es sich in keiner Fieberphantasie hätte träumen lassen. Robert geht vom Amtsgericht auf den Parkplatz, setzt sich ins Auto, und in dem Moment, als er den Schlüssel in das Zündschloß steckt, klingelt das Telefon, seine Frau ruft an und fragt:

»Bist du schon im Auto?«

Robert ist schon im Auto.

»Warst du morgens in der Apotheke, oder hast du es vergessen?«

Robert war nicht, hat es vergessen, fährt jetzt dort vorbei.

»Mein Gott, wie kann man nur, jetzt fährst du nicht, sonst bleibst du wieder im Stau stecken, komm nach Hause, hier gibts genug zu tun, kutschier nicht wieder in der Stadt herum.«

Robert sieht keine Notwendigkeit für ein weiteres Gespräch, die Kontrolle ist durchgeführt, er sagt, daß er jetzt unter die Brücken fährt, daß er keinen Empfang mehr hat, er unterbricht die Verbindung, fährt ruhig die Straße entlang, kutschiert durch die Stadt, wobei er sich an der größten Verkehrsdichte orientiert, schließlich wählt er die Route, die fast immer verstopft ist, und macht Musik an. Robert ist ein Liebhaber von Staus, wahrscheinlich der einzige in dieser Stadt, die immer voller wird durch immer neue Autobesitzer, die immer nervöser werden, weil die Durchlässigkeit der Straßen in dem Maß abnimmt, in dem die Kreditwürdigkeit der Bürger zunimmt. Robert hört Musik und betrachtet zufrieden die Autofahrer, die herumzappeln, ungeduldig Zigaretten rauchen, mit den Fingern aufs Lenkrad trommeln, hoffnungs- und sinnlos hupen, die Köpfe aus ihren neuen Wagen strecken und sich nach allen Seiten umsehen, als suchten sie einen Fluchtweg, eine Abkürzung, schließlich haben sie verdammt noch mal nicht deshalb ein neues Auto gekauft, um bis zur Vergasung in diesem Scheißstau zu stehen und langsamer verdammt zu fahren als mit dem Fahrrad, wenn sie Fahrrad fahren wollten, hätten sie sich verdammt noch mal so ein Scheißfahrrad gekauft, vor allem wenn man bedenkt, daß sie sich für den Schlitten hier Fahrräder bis zum Abwinken, eine ganze Fabrik Fahrräder hätten kaufen können Mensch gehts jetzt endlich weiter sonst kriegen sie die Krise. Robert steckt sich auch eine Zigarette an; im Büro ist es verboten, zu Hause reagiert seine Frau allergisch, nur im Auto kann er in aller Ruhe rauchen, langsam, bis zum Filter runter, außerdem bei Musik, die seine Frau nicht ertragen, nicht verstehen würde, seine Frau bekommt Migräne von Musik, sie entspannt sich bei Gedudel, damit mußte Robert sich abfinden wie mit vielen anderen Dingen, zähneknirschend mußte er die Grundsätze akzeptieren, die sein Familienleben beherrschen, er ist ein Mensch des Kompromisses geworden, des Kompromisses, der notwendig ist, damit das Familienleben sich nicht in eine Familienhölle verwandelt; Robert kennt die Familienhölle aus seinem Elternhaus, über das er kein Wort verlieren will. Robert fürchtet sich vor der Hölle, deshalb hat er den Kompromiß gewählt, was gar nicht so beschwerlich ist, schließlich kann er im Auto rauchen und Musik hören, er muß sich nicht einmal aufs Fahren konzentrieren, er steht ja im Stau. Die Autosalons prosperieren, die Banken weiden sich jeden Tag an den Zinsen, die meisten im Stau stehenden Autos sind Eigentum der Banken, und deren Eigentümer, Wucherer, die keine Alpträume vom Beil eines Hitzkopfs haben, sind schon lange auf Züge umgestiegen, der Marsch vom Bahnhof zur Bank ersetzt ihnen das morgendliche Jogging, was für ein ökonomischer Umgang mit der Zeit, die Eigentümer der Banken fahren nur im Ausland ihre Autos persönlich, sie lieben es, so richtig Gas zu geben, in einem Land, in dem der Verkehr auf den Straßen mit jedem Tag zunimmt, kann man nicht richtig Gas geben, aber man muß nur die Grenze überqueren, dann kann man den Chauffeur zu Hause lassen, das Jackett auf den Beifahrersitz legen und Gas geben wie ein Europäer, die Eigentümer der Banken antworten auf die Frage, wo sie herkommen, schon seit langem: »From Europe, Sir, like all of us«, im Ausland wollen sie nichts wissen von dem Land, in dem man nicht Gas geben kann, so wie Robert nichts von seinem Elternhaus wissen will.

Robert genießt den Rauch und die Musik, die Autofahrer finden in ihm keinen Leidensgenossen, können sein strahlendes Gesicht nicht deuten, sein wohlwollendes Lächeln, worüber freut dieser Arsch sich so, es kommt ihnen nicht in den Sinn, daß Gefangenschaft nach Freiheit schmecken kann; die Zigarette geht zu Ende, Robert erinnert sich daran, daß er die Untersuchungsergebnisse abholen muß, fragt sich, ob sie immer noch heikel oder schon richtig schlecht sein werden.

Die Ergebnisse sind wahrscheinlich mehr als heikel, aber das wird man mit einem Spezialisten besprechen müssen; heute nicht, im Labor wollte man ihm nichts Konkretes sagen, Robert muß warten, nächste Woche hat er einen Termin, er ist gespannt, ob die Krankheit sich ihm gegenüber fair verhalten und in dieser Zeit nicht fortschreiten wird, sicherlich nicht, denn Robert könnte ja im Falle eines Falles als Privatpatient den Arzt konsultieren, außer der Reihe, doch Robert denkt gar nicht daran, dafür zahlt er nicht ein paar hundert Zloty monatlich Versicherung, was für einen nicht schreibenden Schriftsteller immerhin ein ernsthafter Betrag ist, Robert will nicht an einem kranken und verlogenen System teilhaben, allein aus ideellen Gründen wartet er lieber auf seinen Termin, er hofft, daß die Krankheit darauf Rücksicht nimmt und sich nicht hinterlistig diese paar Tage Aufschub zunutze macht, vor allem wenn sie ihm schon deutlich überlegen ist, was Robert vermutet, aber immer noch nicht mit Sicherheit weiß; Robert zieht es vor, diese Sicherheit auf später zu verschieben, vorläufig sieht er nur ungesund aus und hat heikle Ergebnisse, also kann er durch die Stadt kutschieren und bei seiner Lieblingsbuchhandlung vorbeifahren, wo seine Lieblingsbuchhändlerin ihm ein Buch bestellen und zurücklegen sollte. (Zwar ruft seine Frau an, ist beunruhigt, aber schließlich stand er im Stau und mußte in die Apotheke.) Das Buch ist dick und teuer, Robert hat keine Skrupel, aber er wird den Preis abkratzen und den Band tief in der Tasche verstecken müssen, ganz unten, in einem speziellen Versteck für Einkäufe, die zu Hause, falls sie entdeckt würden, eine unnötige Salve bissiger Bemerkungen hervorrufen könnten, das ist ein weiterer Kompromiß, den Robert eingegangen ist, gewisse Kleinigkeiten legt man besser nicht offen, denn sie könnten gar nicht so kleine Unannehmlichkeiten bewirken, es reicht ja, die Anschaffung unten ins Geheimfach zu stecken und den anderen Kram darüberzulegen, die gekauften Arzneien, mit dieser Tarnung ist die Tasche für die häusliche Kontrolle präpariert; seine Frau leidet unter zwanghaftem Bewegungsdrang, sie untersucht gern heimlich den Inhalt von Roberts Tasche, wenn sie auf ein frisch gekauftes Buch stieße, würde sie sich ärgern, daß Robert, statt mit seiner eigenen Literatur Geld zu verdienen, Geld für fremde ausgibt, daß er, statt zu schreiben, lesen will, Robert hat sowieso seit undenklichen Zeiten ein schlechtes Gewissen, daß er mehr gelesen als geschrieben hat, jetzt aber, da er überhaupt nicht schreibt, setzt ihm das schlechte Gewissen besonders zu, es muß nicht sein, daß er auch noch daran erinnert, das Vergnügen der Lektüre noch zusätzlich getrübt wird; Robert versteckt also das Buch, kurz nachdem er die Buchhandlung verlassen hat, er will ins Auto steigen, aber er ist erkannt worden, es wird nicht ohne das rituelle Unterschriftchen gehen und, was schlimmer ist, ohne die Frage, die seine Lieblingsbuchhändlerin schon lange nicht mehr stellt (sonst hätte sie aufgehört, seine Lieblingsbuchhändlerin zu sein, Robert hätte sich anderswo eingedeckt), aber den Fans kommt sie immer noch über die Lippen, und das Recht auf Ungeduld kann man ihnen schließlich nicht absprechen.

»Wann schreiben Sie wieder etwas?« fragt ein Junge hinter dem Rücken eines Mädchens hervor, das er mit einem Buch nach vorn schiebt, damit es mit einem reizenden Knicks Roberts Identität bestätigt und ein Autogramm angelt.

»Ich schreibe immer an etwas ..., auch wenn nichts erscheint«, antwortet Robert und lächelt, erfreut darüber, daß er sich noch einen Rest seiner einstigen Schlagfertigkeit erhalten hat, aber gleich darauf betrübt, daß er schon wieder lügen mußte: Gar nichts schreibt er, früher hat es sich ganz von selbst geschrieben, das Buch, das er dem Mädchen und dem Jungen gerade signiert hat, hat sich auch von selbst geschrieben, deshalb verkauft es sich immer noch, wenn auch eher automatisch. Früher hat es sich von selbst geschrieben, dann hat er sich gezwungen, und jetzt signiert er nur noch seine Bücher.

Es ist Zeit, heimzufahren, ins Haus zu treten, Mantel und Schuhe auszuziehen, durch den großen Salon zu gehen, in dem sich die Wege der Hausgenossen am häufigsten kreuzen, denn wenn auch der sogenannte obere Teil den sogenannten Jungen gehört, so ist doch im unteren Teil, der den Eltern, das heißt den Schwiegereltern gehört, die gemeinsame Küche untergebracht und auch der Kamin und der riesige Plasmabildschirm, und da seine Frau an diesen zentralen Orten des trauten Heimes hängt, kann auch Robert sie nicht völlig meiden; wenn auch der obere Teil den Jungen gehört, die Treppe erreicht man nur über den großen Salon, der den nicht mehr jungen, aber gesund aussehenden, ein gesundes Leben führenden und äußerst aktiven und rüstigen Schwiegereltern beziehungsweise Eltern gehört; genauer gesagt ist für die Erhaltung des hohen Niveaus der Rüstigkeit in seiner Ehe der Schwiegervater verantwortlich, als einflußreicher Politiker ist der Schwiegervater rüstig für zwei, rüstig und clever, seine Cleverness nimmt mit dem Alter keineswegs ab, alles, was er tut, ist clever, und clever war es, daß er den Jungen den oberen Teil angeboten hat, wohl wissend, daß sie den unteren auch benutzen müssen und er daher den Kontakt zu seiner Tochter nicht verlieren sowie die Kontrolle über ihr eheliches Zusammenleben ausüben kann. Robert begrüßt die Hausbewohner und geht auf die Küche zu, der Schwiegervater beachtet ihn nicht und durchquert den Salon mit einer Videokassette in der Hand, öffnet das Schränkchen, in dem Reihen von Kassetten stehen, sucht eine neue, um einen weiteren seiner Fernsehauftritte aufnehmen zu können, der Schwiegervater versteht es hervorragend, so zu tun, als gäbe er nur widerwillig Interviews, je öfter Journalisten ihn mit Bitten um ein Interview quälen, desto leichter fällt es ihm, seinen Widerwillen vorzutäuschen, aber er täuscht ihn immer noch vor, er liebt es, sich im Fernsehen zu sehen, die Journalisten können nicht aufhören, ihn mit Bitten zu quälen, sie haben keine Wahl, der Schwiegervater ist noch immer ein Star, ein Interview mit ihm zu machen ist ein Volltreffer, so viele Jahre hält sich die alte Schweinebacke am Trog, und noch keiner hat ihn ordentlich fertiggemacht, aber auch die, die spektakulär gescheitert sind, machen danach Karriere beim Fernsehen, allein der Versuch, den Schwiegervater fertigzumachen, macht den Journalisten berühmt, also versuchen alle, an ihn ranzukommen, aber der Schwiegervater willigt selten ein, er weiß, was er wert ist, deshalb stellt er Bedingungen, sucht sich die Gesprächspartner aus, und nie, absolut nie, tritt er live auf. Der Schwiegervater sucht eine leere Kassette und kann keine finden, er ist wütend, denn dieses Mal hat sich eine besonders scharfe und im Schikanieren von Politikern besonders geübte Journalistin die Zähne an ihm ausgebissen, der Schwiegervater ist ein Mann der Tat, jemand, der Ordnung liebt, er archiviert alle seine öffentlichen Auftritte und versteht nicht, warum er keine leere Kassette finden kann; er müßte die Debatte, an der er teilgenommen hat, nicht selbst aufnehmen, er könnte einfach darum bitten, daß man ihm eine CD mit der Sendung schickt, aber dann würde er sich verraten – gibt er doch vor, er könne Interviews nicht ausstehen.

»Verdammt noch mal, verdammt. Keine da, nichts. Die Kassetten sind zu Ende, und gleich fängts an …«

Vielleicht könnte die Schwiegermutter dazu etwas sagen; seit sie in eine sehr spezielle Religiosität verfallen ist, verhält sie sich ziemlich boshaft, seit sie an Versammlungen in Religionsräumen teilnimmt und versucht, Wörtern wie Moral, Vaterland, Wahrheit, Familie, Geschichte neue Bedeutung zu verleihen, nämlich: MORAL, VATERLAND, WAHRHEIT, FAMILIE, GESCHICHTE – seither macht sich der Schwiegervater Sorgen um sie, früher hat sie nie ideologische Aktivitäten entwickelt, die ideologische Rüstigkeit in diesem Haus verkörperte immer der Schwiegervater, nie gab es Konflikte zwischen ihnen, die Schwiegermutter identifizierte sich immer voll mit dem Standpunkt ihres Mannes, doch seit einiger Zeit sind ihre Ansichten radikaler geworden, ihre Religiosität und Boshaftigkeit haben zugenommen, der Schwiegervater beobachtete es mit wachsender Unruhe, aber er brach keinen Streit vom Zaun, auf häusliche Debatten war er nicht vorbereitet, um so weniger, als er alle Fernsehdebatten mit seinem clever argumentierenden Konservativismus gewann, mit seinen radikal konservativen Ansichten, die er, der schon als junger Mann die Kunst der Eristik beherrschte, mit unerreichter Cleverness vortrug, er war nicht vorbereitet auf einen Streit mit jemandem, der seine Haltung als zu kompromißbereit beurteilen würde, ja, zu wenig radikal, um nicht zu sagen, zu unterwürfig gegenüber feindlichen Werten, so schwallte die Schwiegermutter, oder das Radio an ihrem Ohr schwallte; der Schwiegervater nahm die Schwallerei der Schwiegermutter und des Radios nicht zur Kenntnis, ignorierte sie, verachtete sie, denn hätte er auch nur einmal zornig reagiert, hätte er sich in einen Streit hineinziehen lassen, so hätte er damit das Recht der Schwiegermutter auf individuelle, unabhängige Entfaltung einer Weltanschauung anerkannt, aber schließlich hatte nicht die Schwiegermutter eine Weltanschauung, sondern das Radio, wie hätte der Schwiegervater sich denn auf eine Streiterei mit dem Radio einlassen können, also ignorierte er sie demonstrativ, und die Schwiegermutter wurde demonstrativ lauter; solange sie ihn nicht öffentlich kompromittiert, wird er nicht intervenieren, das hat er beschlossen, aber er kommt immer schlechter mit ihrer Boshaftigkeit zurecht. Wieder stichelt sie:

»Sehr gut, daß du nicht aufnehmen kannst. Das ist die Strafe dafür, daß du nicht eingewilligt hast, beim wohltätigen Pater aufzutreten …«

»Und ob ich aufnehmen werde. Und zwar auf deiner

Kassette, da, wo der Film von der letzten Pilgerreise drauf ist. Jetzt erst recht, denn es ist unerträglich, wie du mich nervst. Wo ist sie? Wo ist die Kassette?«

Die Schwiegermutter geht in den letzten Jahren immer öfter auf Pilgerschaft, das sind keine Ausflüge des Gemeindezirkels nach Licheń mehr, das sind ernsthafte Reisen der Radiofamilie unter der Schirmherrschaft des wohltätigen Paters, Wilna, Medjugorje, Cork, Fatima, Santiago de Compostela (Jerusalem ist für dieses Jahr geplant; seit sie Jerusalem plant, nimmt sie heimlich Geld aus dem Portemonnaie des Schwiegervaters, früher hätte sie so etwas nicht getan, aber jetzt betrachtet sie es als Sabotage gegen den Feind, seit sie die Radiofamilie mit konfisziertem Geld unterstützt und für Jerusalem spart, hat ihre Boshaftigkeit ungeahnte Höhen erreicht), sie nimmt auf, sammelt, hat ihre Schublade, die Bücher der polnischen Pilgerschaft beschriftet sie mit einem Klebeetikett, in Schönschrift.

»Die findest du ganz bestimmt nicht. Die hab ich verliehen, wir haben sie uns neulich in der Gemeinde angeschaut, die hat dem Pfarrer so gefallen ...«

»Verdammt noch mal, verdammt. Jetzt fängt es an ...«

Diesmal wird nicht aufgenommen, der Schwiegervater setzt sich in den Sessel und sieht sich im Sessel das Publikum und die Herrschaften vor dem Fernseher begrüßen, unwillkürlich legt er die Hände so zusammen, daß sich die Fingerspitzen berühren, die Sprache der Gesten beherrscht er seit langem und so erfolgreich, daß sie zu einem Reflex geworden ist; der Schwiegervater sieht sich zu und erlebt die Debatte ein zweites Mal, mehr oder weniger weiß er noch, was er gesagt hat, er flüstert leise die Fragen mit, er gefällt sich.

Die Schwiegermutter sieht die Sendung zum ersten Mal,

hört genauer hin als der Schwiegervater, identifiziert die aktuelle politische Position des Gegners, beobachtet seine Methoden, lauscht dem clever geführten Diskurs und zieht, obwohl ihr die hier vertretenen Werte fremd sind, Schlüsse und lernt.

Roberts Frau kann nicht aufhören, sich zu bewegen, ihre kleinen Schrittchen sind allgegenwärtig, sie trippelt mit der ganzen Fläche des Fußes, wie eine Japanerin, mit der Ferse jeden Schritt betonend, hört nicht auf zu gehen, Schubladen zu öffnen und zu schließen, Gardinen zurechtzuziehen, Stühle zu verschieben, Gegenstände von einem Platz an den anderen zu stellen, ununterbrochen plappert sie vor sich hin, alle paar Sätze niest sie, so ist sie eben, so ist sie geworden, da kann man nichts machen, ihre zwanghafte Aktivität betrifft auch Robert, da sie selbst ständig in Bewegung ist, kann sie Untätigkeit schlecht ertragen; Robert hat immer öfter den Eindruck, als würde er seine Frau in einem beschleunigten Film sehen, auf einen seiner Schritte kommen vier ihrer Schrittchen, bevor er ihr antworten kann, hört er schon zwei neue Fragen, Robert quält die Anwesenheit seiner Frau, in der Ruhe seiner Bürotristesse erholt er sich. Einst liebte er gerade die Lebendigkeit, Energie, Gesprächigkeit dieser Frau, aber die Zeit ist der Feind der Faszination, jetzt rufen die kleinen Schritte der Frau, die ständig eine Beschäftigung für ihn sucht, in ihm Sehnsucht nach einem freien Schritt hervor, einem würdevollen, ausladenden Schritt, ihre schnell ausgesprochenen Kommandos lösen in ihm einen Hunger nach langsamer, ruhiger, ja – gebundener Rede aus. Robert sitzt gern im Schuppen und täuscht Arbeit vor, klopft mit dem Hammer, dreht eine Schraube rein oder raus (wenn die Frau kommt, um zu prüfen, ob er nicht faulenzt, ist die Schraube als Alibi zur Hand). Es ist vorgekommen, daß Robert tête-à-tête mit der Schraube Augenblicke der Freiheit genoß, vor allem der Langsamkeit, es ist vorgekommen, daß er, freudig entfernt vom Getrippel der Gattin, langsam zur Schraube sagte: »O Schraube« – das tat er immer in besonders verträumten Momenten der Genugtuung über seine vorübergehend zurückgewonnene Langsamkeit, ohne jedoch aufzuhören zu horchen, ob nicht die Kontrolle nahte, ob er nicht die suggestive Pose des Mechanikers annehmen müsse, ob er nicht gleich vernehmen würde, daß er dies und jenes von oben nach unten tragen müsse, dies oder jenes von hier nach dort stellen, zudrehen, weil gelockert, durchputzen, weil festgebacken.

Robert nimmt das aufgewärmte Mittagessen zu sich, seine Frau tritt ein, kommt heran und legt los:

»Wieder mußte ich so schrecklich niesen. Hast du wirklich alle Ecken richtig gesaugt? Die Möbel müssen umgestellt werden, vielleicht gibt es da Staub, an den man nicht rankommt, der nicht weggesaugt wurde und jetzt heimlich auf mich wirkt. Hast du die Tabletten für mich?«

Robert nimmt eine Schachtel Pillen samt Rechnung aus der Tasche und legt sie vor seine Frau auf den Tisch.

»Oje, so teuer, die hättest du lieber nicht kaufen sollen. Hör mal, vielleicht sind es die Federn? Ich weiß, das Bettzeug ist ausgetauscht, aber die Überzüge sind wohl noch voll davon … Wir brauchen Briketts und Holz für den Kamin aus dem Schuppen, die Abende werden kühl, das haben sie gesagt, ich habs gehört, aber denk dran, daß du keinen Staub mit hereinträgst, sonst niese ich mich zu Tode.«

Robert ist fertig mit dem Essen, stellt das Geschirr in die Spülmaschine, geht durch den Salon, die Treppe zum ersten Stock hinauf, seine Frau trippelt hinter ihm her, auf Schritt und Tritt, die sogenannten Jungen gehen in den sogenannten oberen Teil, der nach einem ungeschriebenen Gesetz ihnen gehört; aus dem Geschriebenen und Dokumentierten geht hervor, daß praktisch sowieso alles den Schwiegereltern gehört, die im Moment ganz mit der Fernsehdebatte beschäftigt sind. Der Schwiegervater kommentiert, die Schwiegermutter verzieht den Mund, ihre Miene drückt Distanz aus, wozu sich hier engagieren, wozu all die Emotionen, wenn es da keinen GOTT gibt, keine EHRE und kein VATERLAND, weit entfernt von der WAHRHEIT dieser Streit, o ja, sehr weit; der Schwiegervater geht voll mit:

»Ah, jetzt hab ichs ihr gegeben, oder? Aber das ist noch harmlos für meine Verhältnisse. Da, schau mal, wie mein Hosenbein hochgerutscht ist. Schau, wie sie das jetzt zeigen, wie bösartig, sie richten speziell die Kamera drauf. Kaum hab ich ihr eins reingewürgt, kaum merken sie, daß ich diese Tussi fertigmache, schon filmen sie das Hosenbein. Mit dem Hosenbein wollen sie mich kriegen, so manipulieren die, sehr schlau ...«

Seine Frau folgt Robert auf Schritt und Tritt. Sie hatte den ganzen Tag niemanden, dem sie hinterhergehen konnte, jetzt holt sie das nach, ihr ist langweilig, seit sie krank geschrieben ist, weiß sie nichts mit sich anzufangen, seit sie nichts mit sich anzufangen weiß, ist sie krank geschrieben, Allergie, Migräne, Angstzustände, alles zusammen. Früher arbeitete sie als Sekretärin im Abgeordnetenbüro ihres Vaters, aber als sie einen allgemein anerkannten Schriftsteller heiratete, hielt sie das für eine gute Gelegenheit, sich von nun an von ihm aushalten zu lassen, jedenfalls behauptet sie das, die Lügnerin, daß es ihre Idee war, nicht die ihres Vaters. Der Schwiegervater gab seiner Tochter frei; als er sie einem allgemein anerkannten Schriftsteller gab, suggerierte er damit, sie solle anfangen, das Leben zu genießen, sich in der Welt umsehen, Menschen kennenlernen; sie glaubte ihm und machte damit den Weg frei für eine Sammlung hübscher Sekretärinnen, mit denen man ein bißchen schäkern kann, ein bißchen flirten, scherzen, die man manchmal auf den Schoß nehmen kann; das ist etwas ganz anderes, als die eigene Tochter auf den Schoß zu nehmen. Als sich herausstellte, daß Robert trotz der allgemeinen Anerkennung (die er für zufällig, vorübergehend und verhängnisvoll hielt) nicht mehr schrieb, als ernsthaft die Gefahr drohte, daß sie deshalb schon bald bei den Schwiegereltern in Kost und Logis sein würden, versuchte sie, zu ihrer Arbeit zurückzukehren, aber im Abgeordnetenbüro des Vaters war es leider recht eng geworden, also fand sie eine Stelle als Sekretärin in einem anderen Büro, wo der Herr Direktor schon nach wenigen Tagen darauf bestand, mit ihr zu schäkern, ein bißchen zu flirten, zu scherzen, und als er versuchte, sie sich auf den Schoß zu setzen (wobei sie ja in keiner Weise mit ihm verwandt war), fühlte sie sich gar nicht gut; scheinbar nur Angstzustände, aber bald kam Migräne dazu, na und diese gräßliche Allergie, also ließ sie sich krank schreiben, jetzt sitzt sie den ganzen Tag zu Hause und wartet auf ihren Mann, um ihn dann nicht aus den Augen zu lassen.

Robert hat sein Arbeitszimmer im Dachgeschoß, er hat die frühere Bibliothek der Schwiegereltern um seine Bestände erweitert, seither ist das Arbeitszimmer zu einem Zimmerchen geschrumpft, die Bücher nehmen den meisten Platz ein, zwei Regalreihen füllen den Raum, Unmengen von Büchern türmen sich auf den durchgebogenen Brettern, liegen in Stapeln auf dem Boden, die Platte des Schreibtischs ruht auf vier Bücherstößen; Robert liebt diesen Ort, liebt es, sich mit Büchern zu umgeben, auch wenn er es nie schaffen wird, sie alle zu lesen (aber warum sollte er sie eigentlich nicht nach dem Tod zu Ende lesen, mit den Augen des Blinden sieht Robert ein ideal für ihn eingerichtetes Jenseits, eine Bibliothek in Form eines Labyrinths mit einer unendlichen Anzahl von Zimmerchen, in denen er es sich im Sessel bequem machen und ewig lesen könnte, ununterbrochen, ohne müde zu werden, ohne zu schlafen, zwischen den Büchern hin- und herschweifend, von Buch zu Buch schlendernd, ohne schlechtes Gewissen, daß er liest, statt zu schreiben, denn nach dem Tod wird er nicht mehr schreiben müssen), die Bücher werden immer mehr, bald wird es schwierig sein, Platz für sie zu finden, schon jetzt verdrängen die Bücher die Statuetten der Literaturpreise, die schwerste von ihnen ist Robert vor kurzem auf den Fuß gefallen, die Verletzung war ziemlich gravierend, und eigentlich hat er sich nur deshalb endlich entschlossen, zum Arzt und – sozusagen bei dieser Gelegenheit – auch dem ungesunden Aussehen auf den Grund zu gehen.

Seine Frau mag das Arbeitszimmer überhaupt nicht.

»Na, hier sollte ich gar nicht mehr reingehen, wo Bücher sind, ist Staub, dein Zimmer hier ist der wahre Herd meiner Allergie, ein Paradies für Motten und Milben; wozu brauchst du all die Bücher, vielleicht könntest du wenigstens die gelesenen loswerden?«

»Niemand hat gesagt, daß du hier reinkommen sollst, das ist mein Arbeitszimmer.«

Seine Frau zieht sich auf den Flur zurück, hält ein Tüchlein vors Gesicht, Robert holt schnell die Untersuchungsergebnisse aus der Mappe und legt sie in ein abschließbares Schränkchen, dann nimmt er das gekaufte Buch aus der Tasche und stellt es ins Regal neben andere, ältere, schiebt es so hinein, daß es nicht ins Auge springt; Krankheit und unnötige Ausgaben, das wäre ein Aufruhr, das würde sie nicht ertragen, um des lieben Friedens willen wird er sich in der Kunst des Kompromisses üben, in diesem Fall einer speziellen Form: der Tarnung.

Seine Frau schaut gar nicht in die Richtung der angelehnten Tür, von dort könnte ein staubiger Luftzug kommen, so eine Bindehautentzündung hat man schnell; sie spricht zu Robert, ohne ihn anzusehen, durch das Tüchlein, sehr unzufrieden, daß sie ihn wieder aus den Augen verloren hat.

»Ein Arbeitszimmer war es, als du geschrieben hast. Jetzt ist es, was weiß ich, höchstens ein Erinnerungsraum. Wir haben kaum mehr Geld, wenn es so weitergeht, werden wir uns bald etwas von den Eltern leihen müssen. Wenn du nicht schreibst, dann brauchst du auch nicht hier zu sitzen, hol lieber die Briketts, außerdem tropft es meiner Meinung nach im Schuppen durchs Dach.«

Sie klopft an die angelehnte Tür, schade um die Zeit, in seinem Arbeitszimmer vergeudet Robert nur Zeit, dabei gibt es im Haus so viele Dinge zu tun, Faulheit ist die schlimmste aller Todsünden, ob sich ihr Mann dessen bewußt ist?

»Kommst du endlich raus?«

Robert kommt heraus, die Frau folgt ihm auf Schritt und Tritt, plötzlich niest sie heftig.

»Vielleicht bin ich ja gegen dich allergisch? Vielleicht sonderst du etwas Schädliches ab, womöglich rauchst du heimlich …«

Robert hält es nicht mehr aus, so viel Geduld hat er nun auch wieder nicht, seit seiner Rückkehr ist eine Viertelstunde vergangen, und schon möchte er wieder fliehen, nach fünfzehn Minuten hat er genug von dieser Frau, für den ganzen Tag; wenn er fort ist, außerhalb des Hauses, hat er das Gefühl, es könnte auch anders sein, schließlich liebt er sie im Grunde seines Herzens immer noch, er müßte nur verständnisvoller, stärker sein; zu Hause reicht eine Viertelstunde, und er hat sie satt, wie viele von diesen Viertelstunden braucht er noch, um endlich den Entschluß zu fassen auszuziehen, überlegt Robert und erinnert sich sofort daran, daß es jetzt schon ein bißchen spät ist, er ist total pleite, eigentlich leben sie seit langem ausschließlich auf Kosten des Schwiegervaters; Robert wüßte nicht, wo er hinziehen sollte, also bleibt er hier, beißt die Zähne zusammen und blafft hin und wieder zurück:

»Ich glaube, du bist gegen dich selbst allergisch.«

Durch das Dach im Schuppen tropft es, weil Robert dafür sorgt, daß das Loch nicht kleiner wird, damit er nachmittags eine Beschäftigung hat, fern von seiner Frau; die Allergie erlaubt es ihr nicht, den Schuppen zu betreten, der Schuppen ist ein Reich des Staubs, Schuppen räumt man nicht auf, man stellt sie hin, um laute und grobe körperliche Arbeiten zu verrichten, für die in feinen Anwesen kein Platz ist, im Prinzip dienen sie also als Werkstatt, aber mit der Zeit werden sie immer mehr zu Abstellkammern, Altersheimen für ausgediente Geräte, für die Reste früherer Herrlichkeit, Gegenstände, die nutzlos geworden, aus der Mode gekommen sind, die man aber nur ungern wegwirft, und selbst wenn man es gern täte, gibt es Probleme mit der Entsorgung, also landen sie vorläufig im Schuppen und stauben ein, der Staub ist Roberts Verbündeter, dank des Staubs kann Robert durch ein eigenhändig gebohrtes Loch im Dach die Wolken beobachten, und seine Frau kann es nicht kontrollieren, obwohl sie ruft, näher kommt, ihn bei sich haben möchte, schließlich ist er gerade gekommen und schon wieder weg. Sie hat allen Mut zusammengenommen und schaut herein.

»Also Staub gibts in diesem Schuppen, schau nur dort im Gegenlicht … Wann kommst du denn jetzt?«

»Was willst du eigentlich, du siehst doch, daß man das Dach reparieren muß, es wird bestimmt Abend werden.«

»Aha … Na ja … Vielleicht kannst du ja zusehen … daß du nicht zu lange hier bleibst, im Haus gibt es auch jede Menge zu tun. Bei den Eltern ist der Abfluß verstopft, Papa wird da nicht rumbasteln, er muß eine Rede vorbereiten … Also … Nicht zu lange hier … Außerdem … Ich glaube, diese Ängste fangen wieder an.«

Sie fangen wohl wirklich wieder an, da sie sich an den Eingang des Schuppens gestellt hat und den Staub weniger fürchtet als die Einsamkeit, diese Ängste, wie sie es nennt, führen manchmal zu ernsthaften hysterischen Anfällen, so ernsthaft, daß Robert nicht mehr Zeuge sein will, er fürchtet sie genauso wie seine Frau, die jetzt niest, rot anläuft, Tränen in den Augen hat, aber dasteht und ihn flehentlich ansieht, gleich wird sie keine Luft mehr kriegen, einen Asthmaanfall bekommen und ihm hier umkippen, Robert seufzt, wieder hat sie gewonnen, wieder tut sie ihm leid, er unterbricht das Gebastel am Dach, er muß zurück, nun beginnt das Sich-Kümmern-um-die-Frau.

3

Der Hund zappelt herum, legt sich und steht wieder auf, winselt nervös, hat Angst, weil Frauchen auf dem Boden liegt und aussieht, als wollte sie nicht spielen, wahrscheinlich ist sie gestorben, obwohl, wenn er ihr Gesicht leckt, spürt er, daß da Leben drin ist, das warme Frauchen müßte aufwachen, aber der Hund ist sich nie sicher, solange er den Menschen nicht fragend ansehen kann; Frauchen ist umgefallen und gestorben, zum Glück ist da noch Herrchen, irgendwo in seinem Zimmer, vielleicht kommt er gleich, der Hund würde ja laufen und ihn holen, aber er glaubt immer noch, daß Frauchen gleich aufwacht, solange sie tot auf dem Boden liegt, ist sie wehrlos, die Menschen sind nur auf zwei Beinen stark, auf dem Boden hören sie auf, Menschen zu sein, der Bodenbereich gehört den Haustieren, sie mögen solche Störungen nicht, solche Überschreitungen, ein Mensch sollte nicht zu lange auf dem Boden liegen, tot oder lebendig, das stört die Ordnung der Welt, der Hund weiß nicht, wie er sich verhalten soll: Sollte er sich vielleicht auf zwei Pfoten stellen, da der Mensch jetzt liegt, er möchte nicht, daß ab jetzt alles anders wird, vor allem weil es ihm bis jetzt noch nie gelungen ist, auf zwei Pfoten zu stehen, außerdem mag der Hund überhaupt keine Veränderungen, er lebt in ewiger Gegenwart; noch einmal leckt er das Gesicht von Frauchen, sie soll endlich wieder lebendig werden, vielleicht hilft Bellen, Bellen ruft Herrchen herbei, soll Herrchen selbst sehen, daß Frauchen gestorben ist, schon wieder.

Herrchen ist der Ehemann von Frauchen, die Rosa heißt; Herr Ehemann schaut in seinem Zimmer gerade Papiere durch, da stimmt schon seit dem Morgen etwas in den Bilanzen nicht. Herr Ehemann hat sich früher einmal vorgenommen, das wichtigste in seinem Leben solle sein, daß die Bilanzen stimmen, seither hat er seine Geschäftspläne so gestaltet, daß er unter Ausnutzung seines angeborenen Talents und seines erlernten Fleißes ein herausragender Spezialist für Bilanzen geworden ist, Herr Ehemann hat alles so angeordnet, daß es sogar ein ordentliches Leben ergab, Wirtschaftsgymnasium mit Auszeichnung, Praktikum in einer westlichen Bank, schnell die Leiter hoch, Direktor, schließlich Miteigentümer der Bank, deren Aktien ständig steigen – und alles nur deshalb, weil er nie aufgehört hat, an die Bilanzen zu denken. Als aus ihnen hervorging, daß die beste Zeit für die Gründung einer Familie gekommen war, rechnete er sich aus, daß er es sich erlauben konnte, eine exklusive Frau zu erobern, danach, nach detaillierter Erforschung seines Gewissens, begriff er, daß er durch die restlose Aufopferung für seine Branche seine kulturelle Bildung vernachlässigt hatte, und entdeckte darin, nach gründlicher Prüfung seiner Psyche, den Keim eines Komplexes, der mit der Zeit wachsen und sich auf sein Selbstwertgefühl auswirken könnte – und damit auf die Prosperität der Bank, den Aktienkurs etc. Also begann er, die Gesellschaftsrubriken in eleganten Frauenzeitschriften durchzusehen, Fotoreportagen von Banketten des Premierministers, auf die er nicht eingeladen war, denn der Glanz der Finanzbranche strahlte nur dann bis in die Galaxie von Bühne und Bildschirm, wenn die Stars der Finanzbranche bereit waren, eine entsprechende Summe für die Kunst zu überweisen, Herr Ehemann jedoch hielt sich von derart unsicheren und unrentablen Investitionen fern und sah sich dafür sehr aufmerksam die Gesellschaftsrubriken an, weil er sich ausrechnete, daß die Investition in die Kunst sich nur in einem Fall für ihn lohnen würde: Wenn er eine berühmte Schauspielerin heiratete; dann müßte er niemanden finanzieren, um seinen festen Platz in den Gesellschaftsrubriken zu finden, sein Image würde gewinnen, die Aktien steigen und die Bilanzen nicht in Turbulenzen geraten. Die Analyse der Fotoreportagen ermüdete Herrn Ehemann rasch; nach ernsthaftem Studium des glaubwürdigen Materials, das ihm die eleganten Zeitschriften lieferten, nach dem Versuch zu berechnen, welcher der Stars am häufigsten in einem möglichst positiven Kontext auftauchte, begriff er, daß er die falsche Methode gewählt hatte – die am häufigsten fotografierten Teilnehmerinnen der Bankette waren nämlich sogenannte Bankett-Promis, Schauspielerinnen, die es nötig hatten, dort zu sein, da ihr realer Wert auf dem Kunstmarkt drastisch gefallen war, die notorisch auf Banketten erscheinenden Schauspielerinnen waren keineswegs echte Stars, denn diese hatten gar nichts mehr nötig; Herr Ehemann begriff endlich, daß die Rubriken der Banketts mit Fotografien viel zu kleinen Formats gefüllt waren, ein echter Star hätte ein so kleines Format nie zugelassen; Herr Ehemann ging also in die Stadt, um sich eine Frau größeren Formats zu suchen, blieb reglos vor der größten Plakatwand der Stadt stehen und verlor zum ersten Mal das Zeitgefühl (dabei ist Zeit doch Geld, das würde er später aufholen müssen). Denn wahrlich, ich sage euch, er erblickte Rosas Gesicht und begriff sofort, daß er bisher nur Visagen gesehen hatte. Er sah im größtmöglichen Format das schönstmögliche Gesicht und schritt zur Tat. Er rechnete sich aus, daß er als wohlhabender und schöner Mann, der seinen angeborenen analytischen Verstand vollkommen ausschöpfte, im Alltag vielleicht ein wenig zu angespannt und ernst sei, daß es ihm vielleicht etwas an Charme und Humor fehle, denn bei seiner Büroarbeit war er es nicht gewohnt, von diesen Eigenschaften Gebrauch zu machen, das Bankwesen ist kein Bereich spontanen Verhaltens, es verlangt, daß man sich in acht nimmt und Distanz wahrt; Herr Ehemann hatte sein ganzes Leben lang die Kunst perfektioniert, die Leute auf Distanz zu halten, und wußte gar nicht, wie er das Gefälle zwischen sich und der Frau größten Formats sukzessive verkleinern könnte. Herr Ehemann hatte sich der Frauen bisher bedient, hatte sie genossen, wenn er spürte, daß sein Organismus nach Endorphinen verlangte; doch das waren leichte Frauen, einfach und bequem auch deshalb, weil er sie nicht erobern mußte, Frauen, die zum sofortigen Konsum bestimmt waren, er ließ sie sich ins Haus liefern, ein Trinkgeld von ihm entsprach ihrem Monatseinkommen, sie wußten daher genau, wie sie sich zu verhalten hatten, vom meisterlichen Anlegen des Präservativs mit dem Mund auf dem geschickt erregten Glied bis zum gekonnt gespielten Orgasmus. Herr Ehemann begriff – wie auch immer er es anstellen würde, eine Frau von welchem Format auch immer zu erobern, er würde es mit einer ihm bisher fremden Unbeholfenheit tun, würde all seine Trümpfe verlieren, bevor er sie noch ausspielen konnte, also kam er zu der Einsicht, es wäre am besten, zunächst ein Angebot vorzulegen und danach, unter Verwendung einer Verhandlungsstrategie, die er fließend beherrschte und in seiner Branche täglich anwandte, den Nutzen für beide Seiten so günstig darzustellen, daß die Logik eine Absage ausschloß.

Rosa, das schönste Gesicht der Stadt, vielleicht sogar das schönste Gesicht des Landes, das Gesicht der größten Kosmetikkonzerne, war nie gut im Rechnen, sie gab sich der Flüchtigkeit des Lebens hin und fühlte sich in ihm geborgen dank des kategorischen und unverbrüchlichen Glaubens, die Menschen seien von Natur aus gut, wenn auch nicht immer uneigennützig. Mit Anmut und Talent das Leben improvisierend, erreichte sie alle Ziele gleichsam nebenbei, unwillkürlich, ohne besondere Anstrengung, und gerade das war am reizvollsten, dieses Nicht-unbedingt-Müssen; Rosa mußte nicht unbedingt Schauspielerin werden, sondern sie fühlte sich einfach wohl im Theater, vor allem im klassischen Repertoire, in diesem Asyl des hohen Stils fand sie ein Antidotum gegen die plebejische Mittelmäßigkeit und Schlamperei der Großstadtmenschen, gegen ihre verarmte und vulgäre Sprache, reduziert auf Termini, die in der Firma und im Bett nützlich waren, das Theater war ein gutes Versteck vor der Masse der geistig verwahrlosten Menschen sowie ein edles Allheilmittel gegen Rosas immer noch unbezwungene Einsamkeit. Auch um eine Karriere im Kino bemühte sie sich nicht, noch viel weniger im Fernsehen, es waren Kino und Fernsehen, die sich um Rosa bemühten, sie gab sich diesen Abenteuern aus reiner Neugier hin, behutsam die Rollen wählend, um nicht am Terror des Gemeinen teilzuhaben; das Kino bereitete ihr weniger Vergnügen als das Theater, aber es brachte höhere Einkünfte, als Improvisationstalent besaß sie nie Ersparnisse, also gab sie in Sorge um ihre finanzielle Unabhängigkeit das Abenteuer mit dem Kino für das Abenteuer mit dem Fernsehen auf, mit dem man mehr und schneller verdienen konnte, letztendlich jedoch kam sie – von einem großen Kosmetikkonzern eingeladen, ihm ihr Gesicht zu leihen – zu dem Schluß, erst das Abenteuer mit der Werbung würde ihr, trotz ihrer totalen Unfähigkeit zu sparen, zum Besitz von

Ersparnissen verhelfen, also wurde sie das Gesicht des größten Formats und kehrte zum Theater zurück. Die Abenteuer mit dem Fernsehen und der Werbung bewirkten, daß ihr die unbezwungene Einsamkeit mehr denn je zusetzte, die stärksten freundschaftlichen Bande lockerten sich, waren drauf und dran, sich ganz aufzulösen, plötzlich merkte sie, daß selbst den ältesten und bewährtesten Bekannten und uralten Freundinnen die Unterhaltung mit ihr Schwierigkeiten zu bereiten begann, plötzlich schienen sie die Fähigkeit verloren zu haben, sich uneigennützig zu unterhalten, deshalb beschloß Rosa, zum Theater zurückzukehren, zu der Gemeinschaft der Bühne, wo sie sich hinter den Rollen klassischer, in Versen sprechender Heldinnen verbergen konnte; da sie sich zu lange im Umfeld von Fernsehen und Werbung aufgehalten hatte, bekam sie Sehnsucht nach der Sprache der alten Meister, die Menschen des Fernsehens und der Werbung bedienten sich einer derart reduzierten, primitiven und unschönen Sprache, daß Rosa nach ihrer Rückkehr zum Theater lange Zeit in Phrasen aus alten Stücken sprach, auch außerhalb der Bühne, um die Sprache der reduzierten, primitiven und unschönen Menschen so schnell wie möglich aus ihrem Gedächtnis zu verbannen, sprach sie ausschließlich in Zitaten aus dem Theaterkanon; die alten Freunde und Freundinnen redeten lieber untereinander über Rosas Sonderlichkeit, Exaltation und Starallüren als mit ihr selbst. Etwa zu dieser Zeit begann sie, häufiger als üblich einzuschlafen. Der Arzt diagnostizierte Übermüdung – die Lieblingsdiagnose von Ärzten wie Patienten, man verschreibt dann Erholung, und das ist eines der wenigen Medikamente, die wirklich schmecken, solange man sie nicht überdosiert; Rosa begriff, daß sie in das Reich des nichtszenischen Flüsterns übersiedeln, für die sogenannte innere Harmonie sorgen müsse; alte, nicht uneigennützige Freundinnen legten ihr nahe, sie solle sich endlich etwas Festes suchen, nicht uneigennützige Freunde rieten ihr dasselbe, nur etwas persönlicher.

Rosa hatte das Pech, daß genau zu dem Zeitpunkt Herr Ehemann mit einem Heiratsantrag seine Bekanntschaft mit ihr einleitete, Herr Ehemann wagte es als erster unter Tausenden von Verehrern, sich ihr vorzustellen und um ihre Hand zu bitten, das war immerhin nett, das war immerhin interessant, hungrig nach einem neuen Abenteuer ließ sie ihn zu Wort kommen; sie hatte Pech, denn Herr Ehemann konnte sehr überzeugend sein. Während sie seine Argumente anhörte, roch sie an dem Strauß, den er ihr mitgebracht hatte, und konnte das Lachen nicht zurückhalten, was ihn keineswegs irritierte, Herr Ehemann kannte sich aus mit den Reaktionen der Menschen, ein unkontrolliertes Lachen war bares Geld, Herr Ehemann hatte Glück, und diesem Glück half er mit perfekten Überredungsstrategien zusätzlich auf die Sprünge, und als er fertig war, hatte Rosa, obwohl es schon spät war, gar keine Lust, nach Hause zu gehen, sie sah ein, daß die Logik gebot, den Antrag anzunehmen, doch der Verstand sagte ihr, daß sie dies nicht sofort tun sollte.

Nach der Hochzeit, ach, nach der Hochzeit zogen sie in die Berge, wo es gesünder, frischer, waldiger, vogeliger, grasiger und bachiger war.

Unterbrechen wir diese Love-Story, Rosa sollte nicht so lange auf dem Boden liegen, lassen wir sie aufwachen, sie schläft in der Tat entschieden zu oft ein, offensichtlich bekommt ihr die Ehe nicht. Herr Ehemann bemerkt das Bellen endlich, da der Hund ihm bis vor die Füße gelaufen ist, er streichelt ihn, ohne das Prüfen der Rechnungen zu unterbrechen, er ruft Rosa, bekommt keine Antwort, ruft ein zweites Mal, schließlich geht er nachsehen, ob nicht etwas passiert ist, und findet sie ohnmächtig, sie muß plötzlich eingeschlafen und umgefallen sein, aber warum, sollte sie etwas aufgeregt, erschreckt haben, er bemerkt ein Fußkettchen in ihrer Hand, aha, tja, eine Unvorsichtigkeit, wieder will ihm jemand das Leben schwermachen; sanft biegt er Rosas Finger auseinander, nimmt ihr das Kettchen aus der Hand und steckt es in die Tasche, erst jetzt klopft er ihr leicht aufs Gesicht, versucht sie zu wecken, es geht nicht, sie schläft fest, also legt er ihr ein Kissen unter den Kopf und sagt zu dem winselnden Hund:

»Paß schön auf Frauchen auf.«

Er entfernt sich, kehrt in Gedanken zu dem zurück, was berechenbar ist, er wird die letzten Operationen noch einmal genau bilanzieren müssen, irgendwas stimmt da nicht.

»Bist du hier?«

O nein, zurück, sie ist doch aufgewacht, zerknittert steht sie vom Boden auf.

»Ich habe wieder geschlafen …«

»Ich kann für morgen den Arzt bestellen, seit dem letzten Besuch ist genug Zeit vergangen, ich denke, er sollte dich sehen.«

Herr Ehemann ist ein Mensch mit Prinzipien, daher ist er auch prinzipiell zärtlich und fürsorglich, er ist ein Altruegoist und glaubt fest daran, daß etwas Gutes, das man anderen tut, sich irgendwann bezahlt macht, also ist er grundsätzlich gut zu Rosa, aber sie braucht die Hilfe eines Fachmanns, Herr Ehemann muß sich seiner Arbeit widmen, außerdem ist er schon sehr müde von seiner Simultanpartie, vor allem, da hier offensichtlich jemand die

Spielregeln verletzt, er wird anrufen oder besser eine SMS schicken müssen, denn Rosa ist aufgewacht, und wenn sie nicht schläft, ist sie mißtrauisch.

Es stellte sich heraus, daß Ehe nicht so ganz mit Erholung identisch ist, Rosa hatte sich recht heftig in Herrn Ehemann verliebt, manche würden sagen, sie habe ihn wahrhaftig geliebt, und sicher hätten sie recht; Rosa nahm sich Urlaub vom Theater, um sich der Liebe zu widmen, bis zur Bewußtlosigkeit – leider immer häufiger. Es begann damit, daß sie ein paarmal am Tag das Bewußtsein verlor, und zwar in der Regel dann, wenn Herr Ehemann sich für längere Zeit eher zärtlich als prinzipiell zeigte und dabei Rosa geschickt und körperlich zu überreden versuchte, ihren Urlaub um eine Schwangerschaft zu verlängern (an Kinder dachte er erst, als er ausgerechnet hatte, daß das statistische Ideal der dreihundertfünfzig einflußreichsten Geschäftsleute im Durchschnitt eine Frau und 2,27 Kinder hat). Je glücklicher sie war, desto öfter schlief sie ein, was recht unheimlich und lästig war, und wenn sie sich erschreckte oder genervt war, verlor sie plötzlich das Bewußtsein und glitt auf den Boden, wo sie für eine Viertelstunde oder auch länger leblos liegenblieb; all das verwirrte Herrn Ehemann, er wußte nicht, was er tun sollte, das war nicht vorherzusehen, in der Rechnung nicht enthalten, er hatte keine Ahnung, ob sich unter diesen Umständen seine Ehe noch rentierte, das mußte jemand klären helfen, durchrechnen, die Formel der Übermüdung reichte nicht mehr aus, da brauchte man einen Spezialisten. Der Spezialist diagnostizierte Narkolepsie. Rosa erinnerte sich an diesen Begriff, ihre Großmutter pflegte tagsüber zu schlafen, oft schlief sie während eines Familientreffens ein, beim Essen, manchmal während eines Gesprächs, sie nannten sie die

Gähn-Oma, obwohl sie, um die Wahrheit zu sagen, bevor sie gähnen konnte, schon eingeschlafen war, alle Ärzte sagten, das komme von der Zuckerkrankheit; daß die Gähn-Oma hin und wieder döste, störte keinen Menschen, man half ihr nur manchmal, sich in den Sessel zu setzen, damit sie nicht mit dem Kopf auf den Tisch schlug, erst als ein neuer, junger Herr Doktor übereifrig narkoleptische Schlafsucht feststellte, erschrak die Gähn-Oma zu Tode, noch bevor er sie davon überzeugen konnte, daß man daran nicht stirbt. Rosa erfuhr, daß sie krank war, und Herr Ehemann kam aus dem Staunen nicht mehr heraus, daß das ausgerechnet ihm passieren mußte. Herr Ehemann nahm den Spezialisten zur Seite, interviewte ihn ausführlich und erfuhr, daß er vor allem darauf achten müsse, daß sie einen gleichmäßigen Rhythmus von Schlafen und Wachen einhielt; damit sie nachts nicht aufwachte, schlug Herr Ehemann vor, daß er ihr abends ein Schlafmittel geben könnte, doch der Spezialist meinte, ein Mittel solle sie eher am Tag nehmen, und zwar ein aufputschendes, und überhaupt müsse man vorsichtig sein, denn Narkolepsie sei ein immer noch wenig erforschtes Leiden. »Zu allem Überfluß kann sich Ihre Frau nie an die Momente vor dem Einschlafen erinnern. Solche Gedächtnislücken wirken deprimierend. Sie verstehen: Angst, Erregung, starke Emotionen – sie erlebt das, aber wenn sie wieder aufwacht, weiß sie nichts mehr davon. Deshalb könnte es sein, daß sie an einem Defizit intensiver Eindrücke leidet. Sie sucht die Erregung, doch wenn sie sie findet, schläft sie ein, und so schließt sich der Kreis.« Herr Ehemann fragte, wie er ihr denn helfen könne. »Durch Geduld«, erwiderte der Spezialist. Herr Ehemann war kein geduldiger Mensch, auch wenn er seine Kunden hervorragend von den Vorteilen der Geduld zu überzeugen verstand, mit erstaunlichem Geschick überredete er sie zum sogenannten langfristigen und weitsichtigen Denken, zur Investition großer Summen in seine Bank mit dem Ziel, ihren Kinder oder womöglich Enkeln zu Reichtum zu verhelfen, jedenfalls am besten für fünfzehn, zwanzig Jahre; für die kommenden fünfzehn, zwanzig Jahre würde seine Bank sich entschieden liebevoll um ihr Geld kümmern und nach Ablauf des vereinbarten Termins eine wesentlich größere Summe auf ihr Konto überweisen, natürlich wenn bis dahin kein Krieg, keine Seuche ausbricht und keine Börsenblase platzt, und falls sie unglücklicherweise den Fälligkeitstermin nicht erleben sollten, dann würden die Kinder die Summe erben; denken wir also einen Augenblick an unsere Kinder, daran, was wir ihnen hinterlassen außer Erbkrankheiten, wir wollen doch schließlich nicht, daß sie Schulden von uns erben.

Herr Ehemann wurde schnell ungeduldig, wenn er daran dachte, daß es jetzt unerwartete Komplikationen gab und er sich geduldig um Rosa würde kümmern müssen, ohne damit rechnen zu können, daß sie in absehbarer Zeit ein Kind bekommen würden, die Situation war selbst für 0,27 Kinder zu kompliziert, also kümmerte er sich zwar prinzipiell um seine Frau, doch die Pflichten außerhalb des Hauses nahmen ihn so in Anspruch, daß er keine Kraft mehr für Zärtlichkeiten hatte. Rosa spürte, daß Herr Ehemann kalt geworden war, seine Körpertemperatur war drastisch gesunken, wenn sie sich im Bett an ihn schmiegte, begann sie zu frieren, wenn er mit ihr sprach, rieselten Eisstückchen aus seinem Mund, Rosa ahnte, daß Herr Ehemann sich anderswo wärmte, außerhalb des Hauses, sie beschloß, das zu überprüfen, und ebendabei schlief sie hinter dem Steuer ein. Sie hatte Glück, aber das Auto war schrottreif, die Boulevardblätter nützten eifrig die Gelegenheit und spekulierten auf ordinäre Weise darüber, warum eine Frau ihres Formats hinter dem Steuer eingeschlafen war, ob nicht vielleicht ihre Ehe sie quälte; Herr Ehemann war sehr besorgt, Rosa brachte ihm Verluste, überdies wurde er hier und da in ungünstigem Licht dargestellt, von nun an interpretierte er die Ratschläge des Spezialisten auf seine Art und paßte auf, daß Rosa auf unbestimmte Zeit nicht aus dem Haus ging, die unbestimmte Zeit zog sich in die Länge; Rosas Leben bestand aus Schlaf und Verdacht, alles andere als angenehm, wahrhaftig.

Schauen wir uns also eine beispielhafte Situation an, die das uns interessierende Problem illustriert: Rosa betritt am Abend im Nachthemd das Schlafzimmer, sieht, wie Herr Ehemann nervös am Handy rummacht, als würde er schnell eine SMS zu Ende schreiben, und dann das Telefon ausschaltet und weglegt. Rosa legt sich ins Bett, schmiegt sich verführerisch an ihn, lenkt ihn ab, nimmt sich das Telefon, setzt sich auf und versucht, den Apparat einzuschalten.

»Wem hast du geschrieben?«

»Ich hab den Wecker gestellt, hör auf.«

»Hast du das Paßwort geändert? Los, sags mir.«

»Schatz, gib mir das Telefon.«

»Ich will nur sehen, an wen du die Nachricht geschickt hast.«

»Du solltest deine Pillen nehmen.«

Herr Ehemann weiß inzwischen, wie man das Problem löst: Er beginnt, sie zu streicheln, zu küssen, beißt sie ins Ohr. Rosa wird weich, erliegt den Liebesbemühungen, merkt nicht, daß er nur darum bemüht ist, sie schnell in Schlaf zu versetzen; sie erwidert seine Liebkosungen, ergreift die Initiative, und als sie spürt, daß der Pimmel von Herrn Ehemann in ihrer Hand die maximale Größe erreicht hat, als sie sieht, daß Herr Ehemann ganz Schwanz ist, setzt sie sich auf ihn, bewegt rhythmisch die Hüften, und als sie merkt, wie sehr er staunt, daß es heute so weit gekommen ist und sich ganz angenehm anfühlt, fragt sie:

»Warum betrügst du mich eigentlich? Ist es etwa nicht gut mit mir?«

Herr Ehemann möchte gern protestieren, sich empören, eine entschiedene Antwort geben, aber er kann sich nicht konzentrieren und sagt:

»Du solltest deine Pillen nehmen ...«

»Ich will nicht schlafen«, sagt Rosa, sinkt auf ihn nieder und erstarrt reglos; Herr Ehemann weiß, was das bedeutet, versucht noch schnell, sich in ihr zu bewegen, aber er ist ja nicht nekrophil, Rosa ist völlig weggetreten und lastet mit ihrem ganzen Körpergewicht auf ihm, gerade eben war sie noch leicht wie ein Federchen, jetzt erdrückt sie ihn fast, Herr Ehemann windet sich unter ihr hervor, legt sie aufs Bett, holt eine Spritze und eine Ampulle aus dem Schränkchen, gibt ihr die Spritze in den Po (die Pillen hat sie nicht geschluckt, und im Schlaf darf sie es nicht, weil sie ersticken könnte; Herr Ehemann muß für einen geregelten Schlafrhythmus sorgen, schließlich hat das der Spezialist empfohlen), er deckt sie zu, zieht sich den Schlafanzug aus, macht sich zum Ausgehen fertig, nimmt die Schlüssel, schaltet das Telefon ein, wählt eine Nummer, macht das Licht aus, verläßt das Schlafzimmer. Herr Ehemann weiß, daß ein *coitus interruptus* binnen kurzem zu einer Sexualneurose führt, das kann er sich nicht erlauben, er setzt sich ins Auto und fährt los, um außer Haus zu beenden, was er im Rahmen der ehelichen Pflichten begonnen hat.

Rosa schläft tief, das Schlafmittel dringt durch die Muskeln langsam ins Blut, sorgt dafür, daß sie nicht vor Tagesanbruch aufwachen wird; dann wird sie sich an Herrn Ehemann kuscheln können, schauen, wie tief er schläft, so wehrlos, sie wird ihm Frühstück machen und sogar etwas warten, denn Herr Ehemann wird müde sein wie ein Ochse, konnte er doch lange nicht einschlafen.

Die Pupille verengt sich, das Lid zittert, es möchte blinzeln, es möchte Rosas Auge verdecken, vor dem hellen Punkt schützen, aber der Spezialist hält das Lid fest, prüft die Reaktion, leuchtet mit einer kleinen Lampe; klick, die Lampe ist aus, und jetzt bitte das Knie beugen, genau, wir klopfen mit dem Hämmerchen, nebenbei bemerkt, Sie haben sehr schöne Beine, Frau Rosa. Herr Ehemann hat den Spezialisten geholt, das tut er von Zeit zu Zeit, er möchte sichergehen, daß mit Rosa nichts wirklich Schlimmes passiert, daß seine Methoden, ihren Schlafrhythmus zu regulieren, richtig sind, außerdem muß seine Frau sich bei jemandem ausweinen, der Spezialist versteht das, schließlich ist er Psychiater, ein Faß ohne Boden, in dem täglich Hunderte von Beschwerden und Klagen landen, manchmal kaum verständliche, manchmal völlig absurde, aber er muß sie alle ernst nehmen, den Eindruck machen, als sei er aufmerksam und besorgt, das Gespräch mit Rosa ist ein seltenes Privileg für ihn, Rosa ist eine Schönheit von größtem Format, ein Star, der im Moment vielleicht etwas blasser leuchtet als auf den Reklametafeln, aber um so größer ist das Glück, daß gerade er ihr helfen darf, ihren alten Glanz wiederherzustellen, Rosa spricht vernünftig, der Psychiater mag ihre Stimme sehr gern, er könnte ihr wesentlich länger und öfter zuhören, als es ihm zusteht; der Psychiater hört beruflich jeden Tag viele Patienten, aber nur Rosas Stimme hört er zu.

»Ich kann mich nie erinnern, wann ich einschlafe. Manchmal ist es so, daß ich … schon aufgewacht bin, aber mich noch eine Weile nicht bewegen, nicht einmal die Augen aufmachen kann, als wäre ich gelähmt, das ist ein schreckliches Gefühl … Außerdem hängt mir diese Ruhe schon zum Hals heraus. Ich sitze tagelang hier … Ich möchte wieder arbeiten, Leute sehen … leben … Von dieser Stille hier platzt mir schon der Kopf.«

»Wir müssen noch ein Weilchen warten. Ihr Fall erfordert ständige Beobachtung, ich könnte Sie ins Krankenhaus bringen lassen, aber dort werden die Bedingungen nicht so gut sein. Hier haben Sie Ihren Mann, der sich um Sie sorgt, ein schönes Zuhause …«

Der Psychiater geißelt sich mit der Erinnerung an die Sorge von Herrn Ehemann, er wäre gern an seiner Stelle, er würde Rosa gern mitnehmen und selbst ihr Zuhause werden, der Psychiater weiß, daß der Mensch eigentlich nur in einem anderen Menschen richtig wohnen kann, weiß, daß Depression nichts anderes ist als Unbehaustheit, an Depressionen leiden Menschen, die niemanden haben, in dem sie wohnen können, der Psychiater hofft, daß Rosa das von sich aus begreift, er versucht, sie dahin zu führen, vorsichtig, behutsam; Achtung, es hat geklappt, Rosa steht auf, als sie von Herrn Ehemann hört, geht ein Stückchen, schön ist sie, der Psychiater würde sie gern zu sich einladen, dann könnten sie gegenseitig ineinander wohnen, er bedauert, daß er sie erst als Patientin kennengelernt hat; still, Rosa will etwas sagen:

»Herr Doktor … Ist es normal, wenn man einen Traum hat, der sich ständig wiederholt, immer den gleichen, obwohl man ihn nicht will? Und alles daran ist so … real.«

»Mhm, das ist schon möglich … Was ist es denn für ein Traum, der sie da verfolgt?«

»Ich träume, daß mein Mann ein … verdammtes Schwein ist.«

4

Die Bankdirektoren sind nicht besonders glücklich, daß sie mit der Bahn reisen müssen, obwohl dies die einzig vernünftige Möglichkeit ist, die Staus auf den ewig in Reparatur befindlichen Straßen zu umgehen. In diesem Land wird man nie richtig Gas geben können, denn hier repariert man die eine alte, statt neue Autobahnen zu bauen; die einmal verpfuschte Straße muß ständig ausgebessert werden, sonst würde der Kreislauf völlig zum Erliegen kommen, und schließlich müssen die Leute wenigstens eine, wenn auch noch so schmale im Bau befindliche Autobahnader haben, damit sie daran glauben können, daß sie auf den Bau eines Autobahnnetzes warten; das permanente Ausbessern erfordert Zeit und Geld, und das nimmt man am besten den Fahrern ab, die der geliebten alten Autobahn treu sind (sie können sie nicht mit einer anderen betrügen, weil es keine andere gibt), man muß dafür sorgen, daß wenigstens eine Straßenader erhalten wird, damit die treuen Fahrer in Bewegung bleiben und zu fahren glauben, damit sie sozusagen beim Fahren meinen, sie würden rechtzeitig ankommen; das Level der Hoffnung muß konstant aufrechterhalten werden, sonst sehen sie nicht ein, daß sie zahlen sollen, sonst machen sie einen Bogen um die alte, ausgediente Autobahn oder fahren vor der nächsten Mautstation herunter; für alle Fälle hat man die Tafeln mit der elektronischen Information über den Stau kurz hinter der Autobahnausfahrt aufgestellt, damit der dem Dahinjagen entgegenjagende Fahrer die Warnung nicht zu früh lesen und sich nicht auf eine andere Straße retten kann; Moment, wer sagt hier, das sei eine Warntafel, die Tafel informiert nur: Lieber Fahrer, fahr nicht so schnell, nach zweieinhalb Kilometern wirst du das Tempo drosseln, ja sogar anhalten müssen, leider hast du gerade die letzte Ausfahrt vor dem Stau verpaßt, wenn du es eilig hast, wirst du ein Problem bekommen, du hättest ja mit dem Zug fahren können, das tun alle vernünftigen Menschen in diesem Land. Die vernünftigen Menschen, vor allem die Bankdirektoren, sind nicht besonders glücklich über die Bedingungen der Bahnreise, dafür gibt es viele Gründe, und es werden ständig mehr, nehmen wir zum Beispiel die bei den Bankdirektoren so beliebten Bordrestaurants, in denen aus unbekannten Gründen vor einiger Zeit die Prohibition eingeführt wurde, da kann man ein kleines alkoholfreies Bier zum Preis eines großen normalen trinken, und das im Stehen, denn an den Tischen für acht Personen gibt es nur zwei Hocker am Fenster, die ständig besetzt sind, zu allem Übel herrscht hier meist eine unerträgliche Hitze, das Bordrestaurant ist ein Waggon mit besonders fürsorglicher Heizung, man muß also nicht nur den Mantel, sondern auch das Jackett ausziehen und weiß nicht so recht, wohin damit, denn eine Garderobe gibt es im Bordrestaurant nicht, aber lassen wir das, vernünftige Menschen werden in diesem Land bald überhaupt nicht mehr reisen, schließlich gibt es andere Länder, wo es wesentlich einfacher und weniger anstrengend ist, und nichts hält sie mehr davon ab, wegzugehen, vernünftige Menschen stellen sich die Frage, was sie dazu zwingt, in einem Staat zu leben, wo sie ein wesentlich kleineres Einkommen in Kauf nehmen müssen, in einem Staat, der ihnen nicht hilft, der – statt ihnen zu dienen – überall, wo es nur möglich ist, Steine und Hindernisse in den Weg legt, in einem Staat, der wie ein saufender und prügelnder Ehemann ist, der einmal in der Woche zur Beichte geht, eine Oblate frißt, sich von den Sünden gereinigt fühlt und dann die Erfüllung der ehelichen Pflicht fordert; die Bankdirektoren warten, bis alle vernünftigen Menschen in freundlichere Länder ausgewandert sind, dann können sie die freigewordenen Plätze auf dem Hocker am Fenster einnehmen; die Bankdirektoren sind mit diesem anstrengenden Land verbunden, durch Geschäfte und Kapital, das sie mit den unvernünftigen Menschen machen, und diese bleiben bis zu ihrem – oft frühzeitigen – Tod hier, ihre frustrierten Herzen sind vor dem Auszahlungstermin der langfristigen Anlagen zerschlissen, diese Menschen werden die Anlagen vorzeitig auflösen müssen und damit die Chance auf den erwarteten Reichtum verlieren, aber was soll man machen, an der Gesundheit darf man nicht sparen, die Operation wird in der besten Klinik gemacht, natürlich privat, für das zerschlissene Herz kommt nur der beste Schneider in Frage. Die unvernünftigen Leute kann man ganz leicht erkennen, schon auf dem Bahnhof, wenn sie die nie rollende Rolltreppe hinaufsteigen und sich darüber keineswegs wundern; wenn die nie rollenden Rolltreppen sie nicht mehr stören, bedeutet das, daß sie nie auswandern werden, sie werden zur Stärkung ihrer Seelen patriotische Lieder singen, schließlich muß man dem Leiden ja einen Sinn geben. Im Gegensatz zu den Bankdirektoren tragen die unvernünftigen Leute Bargeld mit sich herum, auf dem Bahnhof sind sie also am stärksten gefährdet; an den Bankdirektoren sind die Kids mit den Plastiktüten, die in der Menschenmenge ihre Opfer auswählen, überhaupt nicht interessiert; die Bankdirektoren haben in ihren Portemonnaies nur Kreditkarten, da müßte man zusammen mit der Kreditkarte den Bankdirektor selbst stehlen und ihn zwingen, die Geheimzahl zu verraten, ein solches Unternehmen ist kaum durchführbar, außerdem würde ihnen in diesem Fall ein ernsthafter Paragraph drohen; die Bahnhofsdiebe haben eine hervorragend durchdachte Strategie, sie erkennen die unvernünftigen Leute sofort; in Gruppen arbeiten sie nur in bestimmten Fällen, wenn ein außergewöhnlich unvernünftiger Mensch, der eine Zeitung und Kaugummis kauft, außergewöhnlich viel Bargeld in seinem Portemonnaie bei sich hat, die Bahnhofsdiebe arbeiten mit einigen Verkäufern an Ständen und einem Kioskhändler zusammen, wenn jemand eine Zeitung und Kaugummis kauft und dabei einen Hunderter wechselt, sagt man ihm, man könne nicht herausgeben, er solle noch mal richtig nachschauen, der unvernünftige Mensch führt die Anordnung gehorsam aus, sucht nach Kleingeld, inzwischen gibt der Kioskverkäufer den Jungs einen Hinweis, daß eine größere Nummer bevorsteht, der außergewöhnlich unvernünftige Mensch müßte nicht einmal mehr seinen Geldbeutel zeigen und um Verständnis bitten: »Ich hab keins, sehen Sie, da sind nur Scheine drin«, der Kioskverkäufer zeigt sich unzufrieden und gibt den Rest heraus, der außergewöhnlich unvernünftige Mensch ist zufrieden, daß es ihm gelungen ist, trotz allem ohne größere Probleme eine Zeitung und Kaugummis zu kaufen, der unvernünftige Mensch ist immer mit sich zufrieden, wenn es ihm gelingt, in diesem höchst problematischen Land etwas ohne größere Probleme zu erledigen, jetzt steht der außergewöhnlich unvernünftige Mensch schon auf dem Bahnsteig, die Jungs verständigen sich diskret, der Zug fährt ein, die Leute drängeln sich an der Tür, unter ihnen die Jungs, der unvernünftige Mensch muß sich durchkämpfen, er möchte so schnell wie möglich einen freien Platz in einem

Abteil finden, endlich gelingt es ihm, er setzt sich, hängt den Mantel auf, fühlt sich erleichtert, auch das hat geklappt, er ist sehr zufrieden mit sich, gleich wird er ganz bequem reisen, da, der Zug ist schon angefahren, jetzt muß er seine Frau anrufen und sagen, daß er es geschafft hat, daß er einen Platz gefunden hat, Moment, wo ist denn das Handy, o Gott, wo ist das Portemonnaie, da sind doch alle Dokumente drin; das Portemonnaie und die Dokumente liegen schon im Mülleimer, sie suchen neue Freunde unter den Papierchen, Dosen und Bananenschalen, das Geld und das Handy sichern den Jungs mit den Plastiktüten den Tageslohn, der Kioskverkäufer hat eine Provision bekommen, es war eine schöne, raffiniert ausgeführte Gruppenaktion, sehen wir uns die Wiederholung an. Eine Mami hat es eilig, zum Zug zu kommen, aber so sehr auch wieder nicht, denn sie schaut sich die Kosmetikstände an, Markenprodukte, aber irgendwie viel billiger, die Mami ist offensichtlich selten auf dem Bahnhof, sie ist es gewohnt, das Auto zu benutzen, aber vielleicht hat sie neulich nicht besonders elegant eingeparkt, im Moment wird in der Werkstatt das Blech wieder in Form gebracht, doch gerade jetzt muß sie verreisen, die Mami hat ein Täschchen, das wirklich nicht schlecht aussieht, modisch, aber sehr unpraktisch, das Portemonnaie paßt kaum hinein, und das Schnappschloß geht immer wieder auf, die Mami zieht zwar ein Mädchen hinter sich her, und Kinder haben eine gute Beobachtungsgabe, aber auch dieses Problem läßt sich irgendwie lösen; das Mädchen wünscht sich sehr, daß man ihm etwas kauft, das heißt vor allem diesen Teddy, sie nimmt ihn in die Hand, der Herr ermuntert sie, die Mami zerrt sie am Arm und bellt die Tochter an: »Laß das!«, die Mami möchte vor der Reise noch an einigen Ständen mit Kosmetik vorbeischauen, denn es ist kaum zu glauben, so günstig, ob das nicht Imitate sind, aber woher denn, ich bitt Sie, wie kommen Sie darauf, alles original, wenn ichs Ihnen sage, probieren Sie nur, riechen Sie, na, warum so billig? Sonderangebot, bitte sehr (der Verkäufer würde der Mami gern erklären, wie man Geschäfte macht, da muß man einen Riecher haben, der Riecher hat ihm geholfen, an die kostenlosen Tester ranzukommen, danach lief es wie geschmiert, bei Geschäften zählt die Idee, und der Riecher, darüber würde er mit der Mami gern außerhalb des Bahnhofs reden, sie gefällt ihm sogar, aber leider haben die Jungs signalisiert, daß sie sich mit ihr beschäftigen werden, da kann man nichts machen), das Mädchen hat sich losgerissen und ist zu dem Teddy zurück, aber es ist ja nur der Nachbarstand, Mami wird sie gleich da wegholen und ihr einen Klaps auf den Po geben, sie hat doch gesagt, sie soll den Teddy in Ruhe lassen, gleich wird sie ihr nachgehen, nur noch an diesem Fläschchen will sie riechen, nicht dieses, das andere, ich habs Ihnen doch gezeigt; jetzt ist der ideale Moment, einer der Jungs macht das Täschchen auf, nimmt das Portemonnaie raus, das Mädchen hat sich gerade umgedreht, um einen anderen Teddy zu zeigen, den man ihm angeboten hat, es sieht, daß ein Herr die Mami bestiehlt, kreischt, schreit, was für ein Pech, die Mami merkt, was gespielt wird, schnappt den Jungen an der Hand, ruft nach der Polizei, der Junge reißt sich los und flüchtet, Leute versuchen, ihm den Weg zu versperren, die Bullen pfeifen, laufen zusammen, jagen ihn, der Junge läuft schnell, aber auf eine hohe Mauer zu, die Polizisten ahnen, daß er ihnen entwischt, doch der Dummkopf, was macht er, er weiß, was er macht, er springt in hohem Salto über die Betonmauer, und schon ist er weg, wie hat dieser Mistkerl das geschafft, die Polizisten versuchen hochzukommen, einer hilft dem anderen, sie mühen sich ab, der Vorsprung wird größer, die Jagd ist verloren, der Junge ist frei, wenn auch verletzt, so viele Jahre Training und so blöd gefallen, vielleicht hat er etwas übertrieben, das war ja kein Wettkampf, jetzt fällt es ihm schwer zu laufen, er weiß gar nicht, was mehr weh tut, die Rippen oder der Arm, jetzt nur noch das Treppenhaus, und er kann sich unter die Menge mischen, hier fischt ihn niemand heraus, er geht langsamer, es hat geklappt, doch der Junge verzieht vor Schmerz das Gesicht; Moment mal, na klar, das ist doch der Junge, ja sogar Mann.

(Wo also ist Adam? Versuchen wir, ihm eine zweite Chance zu geben.)

Adam wechselt die Schuhe, zieht seine neuen Turnschuhe an, schließt das Schränkchen, knöpft den Kittel zu; als er durch das Arbeitszimmer geht, bemerkt er auf dem Tisch ein Glas Tee, das einer der Ärzte nicht ganz ausgetrunken hat, er sieht sich um, ob auch niemand da ist, und nimmt schnell einen Schluck, der Tee ist noch nicht ganz kalt; seit Adam eine Wohnung unweit des städtischen Krankenhauses gemietet hat, lebt er nur von seinem Praktikantengehalt, das erfordert eine sehr durchdachte Sparstrategie, natürlich kurzfristig, Adam spart so, daß es ihm bis zum Ersten reicht, Bankdirektoren haben hier nichts zu suchen, für Bankdirektoren existiert Adam gar nicht, es sei denn, es würde etwas geschehen, was in ihren Geschäftsplänen nicht vorgesehen ist, und sie würden plötzlich in seine Abteilung gebracht, nur in diesem Fall würde Adam für sie existieren, als der junge Arzt, der gerade Dienst hatte und ihnen das Leben gerettet hat, dann würden sie ihm einen Briefumschlag mit einem Dankbarkeitsvorrat überreichen und in eine Privatklinik umziehen, aber kehren wir auf den Boden der Tatsachen zurück, vorläufig hat kein zusätzlicher Dankbarkeitsvorrat Adams Konto aufgebessert, deshalb muß er billig und sparsam leben, so ist der Lauf der Dinge, schließlich ist das erst der Anfang, jeder hat einmal als Praktikant angefangen und sich abstrampeln müssen, um zu überleben, später wird Adam Karriere machen können, er wird mehr verdienen, wird verstehen, daß Medizin auch ein ganz gutes Geschäft sein kann, obwohl es vorläufig gar nicht danach aussieht; auch wenn es naiv klingt, Adam sagt immer wieder, es sei ein Glück für ihn, Menschen heilen zu können, Dienst und Mission, Adam ist Idealist, es besteht ernsthaft die Gefahr, daß er es mit dieser Einstellung nie zu etwas bringen wird, daß er immer den Tee von Kollegen austrinken und sich zu Hause jeden Beutel zweimal aufbrühen wird; Adam hat gelernt, billig und sparsam zu leben. Der Vater wäre stolz auf ihn, obwohl er, als er beschloß, ihm jede finanzielle Unterstützung zu verweigern, als er der Mutter verbot, Päckchen zu schicken und sogar praktische Informationen am Telefon zu geben, eigentlich dachte, Adams Aufenthalt in der Stadt werde kaum länger dauern als sein Aufenthalt im Nachdenkraum, obwohl er die stille Hoffnung hatte, daß der reumütige Sohn Bedeutung und Sinn der väterlichen Unterstützung begreifen und dank dessen schätzenlernen werde, was sie für ihn getan haben, der Vater begreift immer noch nicht, wie man seine Geste so mißachten konnte, die Mutter ahnte zwar schon, warnte, daß ein Haus ein wenig zu groß sein könnte als Überraschung, aber der Vater bestand darauf, es müsse eine großzügige Geste sein, nun ja, und jetzt steht das Haus leer, für sich und den Wind, der in den Ritzen der geschlossenen Läden heult, und Adam kommt irgendwie zurecht, ist selbständig geworden, das hat seine Vorteile, im Prinzip könnte der Vater stolz auf ihn sein, wenn er sehen würde, wie gewitzt und sparsam sein Sohn jetzt ist, vielleicht wird er irgendwann auch noch einknicken und ihn besuchen, die Mutter versucht ihn ja ständig zu überreden, daß sie sich auf den Weg machen. Indessen geht Adam durch den Flur des Krankenhauses, heute hat er in der Aufnahmestation Dienst, aber es ist noch ein bißchen Zeit, also schaut er im Ärztezimmer vorbei, die älteren Kollegen studieren gerade ein Röntgenbild, Adam betrachtet es aufmerksam, runzelt die Stirn, fragt, ob das Knochenmarkkrebs sei, die älteren Kollegen machen sich manchmal noch etwas über ihn lustig, schließlich ist er neu, er ist neu und hat schon ein paarmal durch Wissen und Intuition geglänzt, das kommt nicht gut an, na, jedenfalls nicht sofort, der ältere der älteren Kollegen versteht die Besorgnis in Adams Stimme, der Tumor ist evident, die Situation duldet keinen Aufschub, der ältere der älteren Kollegen ist sich darüber klar, daß das eine häßliche Sache ist, man wird es dem Patienten irgendwie sagen müssen, das ist nicht einfach, das kostet viel Kraft, die älteren Kollegen haben schon viele schlaflose Nächte damit verbracht, darüber nachzudenken, wie man einen Menschen auf den Tod vorbereitet, Adam ist neu, er wird das lernen müssen, Wissen und Intuition reichen im Krankenhaus nicht aus, da braucht man eine widerstandsfähige Psyche, Adam wird sich bewähren müssen, demnächst werden sie ihn mit ein paar Sonderaufgaben betrauen, wenn er so begeistert von Dienst und Mission schwafelt; jetzt muß Adam aber in die Notaufnahme, die Schlange wird größer.

Es ist Zeit für einen wundersamen Zufall. Auf der Bank sitzt der Junge, ja sogar Mann, es sieht aus, als hätte er sich ordentlich geprügelt, Adam erkennt ihn sofort wieder, er hat ihn als hübschen Jungen, ja sogar Mann in Erinnerung, als er das Praktikum in der Unfallstation begann, dachte er, so hübsche Jungs schlagen sich gern, und wenn sie sich schlagen, können sie sich etwas brechen, das ist ganz logisch, das hats noch nicht gegeben, daß einer, der sich prügelt, sich nichts gebrochen oder zumindest verstaucht oder verrenkt hätte, deshalb machte Adam Dienst auf der Unfallstation, sooft es ging, auch für Kollegen, in Erwartung des Tages, an dem dieser hübsche Junge, ja sogar Mann zu ihm kommen würde, in Gedanken nannte er ihn seinen Süßen, nutzen wir also die Gelegenheit und vereinfachen die Sache, ab jetzt wird der Junge, ja sogar Mann einfach der Süße sein, um so mehr, als der Süße in dieser Geschichte eine wichtige Rolle spielen kann, wenn er sich nur nicht daran erinnert, daß Adam dieser Schwule aus dem Bus ist, der ihn angemacht hat. Doch der Süße führt ein recht bewegtes Leben, reich an Streß und Ereignissen, die sich weitaus mehr einprägen als die Hand eines Schwulen im Bus, der Süße ist ein Junge, der einiges durchgemacht hat, deshalb kann man manchmal den Mann in ihm sehen. Keine Angst, der Süße wird Adam nicht erkennen, er hat ernsthaftere Probleme am Hals, er muß Geld verdienen, übt einen Beruf mit hohem Risiko aus, kürzlich hätte er sich fast von den Bullen erwischen lassen, es ist gar nicht einfach, die Trottel auf den Bahnhöfen so abzuziehen, daß man nicht den Bullen ins Netz geht, außerdem muß er aufpassen, daß er des Guten nicht zuviel tut, es ist besser, oft und dafür kleine Summen zu stehlen, dann wird im Zweifelsfall der geringfügige gesellschaftliche Schaden für ihn sprechen, ein einfacher Diebstahl ist ein ganz anderes Paar Schuhe als eine schwere Straftat, und es ist gar nicht so einfach, so zu stehlen, daß man nur einen einfachen Diebstahl begeht. Nach der Arbeit übt der Süße mit seinen Kumpels im Viertel Breakdance, sie sind wirklich gar nicht schlecht, manche haben die Gaunerei sogar definitiv aufgegeben, um mehr Zeit fürs Training zu haben, seit sie Wettkämpfe gewinnen, lohnt sich das auch, der Süße hat Talent, obwohl er ein bißchen faul ist, bei den Wettkämpfen steht er immer im Schatten der Kumpels, das Training ist auch für andere Situationen nützlich, die B-Boys sind sehr gelenkig, so eine Flucht vor den Bullen auf dem überfüllten Bahnhof, wenn alle dir ein Bein stellen wollen, das ist wirklich Extremsport, der Süße imponiert den Kumpels vom Bahnhof mit seiner Gelenkigkeit, er macht oft riskante Sachen, reißt den Mamis die Taschen weg, nur um dann zu fliehen und eine Schau abzuziehen. Tja, und er hat sich die Knochen gebrochen, aber er hat seinen Stolz, er ist nicht zur Notaufnahme gegangen, erst als der Arm geschwollen war und er sich nicht mehr hinlegen konnte, ohne daß die Rippen weh taten, ist er zum Arzt gegangen, bitte sehr, hier sitzt er, wartet, bis er drankommt, weiß nicht, daß auch Adam es kaum noch erwarten kann, obwohl er sich gewissenhaft alle anderen Patienten ansieht, Nachlässigkeit kann er sich nicht erlauben, das ist schließlich Dienst, Mission, er denkt tatsächlich so, die Patienten haben ihn schon liebgewonnen, bald werden sie ihm Kuverts bringen.

Das Wunder ist geschehen, der kräftige junge Hengst sitzt halbnackt vor ihm auf der Liege, Adam darf, muß ihn jetzt sogar anfassen, betasten, einrenken, reparieren, er darf es ganz offen tun, das ist sein Recht, ja seine Pflicht, Adam ist schließlich Arzt, in dieser wunderbaren Situation ist er Arzt und nur Arzt, aber wie soll er den Süßen, auf den er so lange gewartet hat, anfassen, ohne die Kontrolle über sich zu verlieren, wie ihn untersuchen und nicht liebkosen, der Süße wartet darauf, ihm seine Knochen, ja seinen Körper anzuvertrauen, der halbnackte Süße hat kein einziges Härchen an sich, von einer solchen Jungenhaftigkeit in der Männlichkeit hätte Adam nicht einmal zu träumen gewagt, der nackte, glatte Brustkorb des Süßen hat die Muskeln einer Statue und bewegt sich gleichmäßig im Rhythmus des gesunden Atems, die Brustwarzen sind hart, durch das angelehnte Fenster dringt frische Luft und lautes Gekicher vom Spielplatz, mein Gott, wie hart muß jeder seiner Muskeln sein, denkt Adam und zieht die dünnen Gummihandschuhe an, obwohl er sie lieber ausziehen würde vor dem Süßen, wie Rita Hayworth in *Gilda*, er möchte dem Jungen lieber die Sinnlichkeit vor Augen führen, möchte seine jungenhafte Männlichkeit lieber mit bloßer Hand anfassen, aber er weiß, daß er sofort dahinschmelzen würde, daß er dem Süßen seine Schwäche zeigen und dessen Vertrauen verlieren würde, nur dem Arzt gilt die vertrauensvolle Hingabe des Süßen, dieses Anvertrauen der Knochen und des Körpers; Adam möchte alle Wunden des Jungen lecken.

Er beginnt ihn zu berühren, zu betasten, um die eventuell gebrochenen Stellen zu untersuchen, hier tut es weh und hier, und hier, mein armer schmerzensreicher Süßer, der du Wunden davongetragen hast, erbarme dich meiner, laß dich ein bißchen lieben, hat dich jemals jemand so sanft berührt, hast du schon so eine Zärtlichkeit erlebt, bestimmt nicht, Süßer, denn du blinzelst, zitterst, aber nicht vor Schmerz, meine Hände lindern deine Schmerzen, ich kenne mich mit fremdem Schmerz aus wie du mit dem eigenen, du bist ganz mit Narben bedeckt, voller Spuren von Schlachtfeldern, Verwüstungen, Niederlagen und Schande, ich lese aus deinen Narben wie aus Felszeichnungen, du bist ein Süßer mit Geschichte, böse Menschen haben dir so viel Schmerz zugefügt, daß du abhängig davon geworden bist, wenn es nicht weh tut, spürst du nicht, daß du lebst, stimmts, mein Süßer, du fürchtest dich nicht vor Schmerzen, du fürchtest dich vor Liebkosungen, fürchtest dich, weil du sie nicht kennst, das Angenehme schwächt die Wachsamkeit, lenkt ab, jemand könnte bei dir einbrechen, dir dich selbst stehlen, das ist gefährlich, du bist ganz in Ordnung, mein Junge, ja sogar Mann, mein Süßer, du bist wie ein Hund aus dem Tierheim, der nicht weiß, daß eine menschliche Hand nicht nur schlagen, sondern auch streicheln kann, ich habe dich gestreichelt, Süßer, du denkst dir wahrscheinlich, daß ich schon lange festgestellt habe, was mit dir los ist, daß ich dich schon lange zum Eingipsen hätte schicken müssen, schon seit ein paar Minuten hast du die Güte, dich streicheln zu lassen, schau, ich hab schon die Handschuhe ausgezogen. Adam merkt, daß er nicht gemerkt hat, wann er die Handschuhe ausgezogen hat, ach, man muß das sofort abbrechen, muß den Arzt zur Ordnung rufen, wo ist der Arzt in Adam geblieben? Man muß jetzt eine ärztliche Ansprache halten, sonst wird sich der Süße denken, daß hier mehr als eine Routineuntersuchung stattgefunden hat. Man muß vorsichtig aufhören, um in dem Süßen nicht den wütenden Hund zu wecken, weil er hinterrücks der zärtlichen Hand erlegen ist, Adam hat Angst, daß er gebissen wird, wenn er zu streicheln aufhört, in dem Süßen schlummert eine furchterregende Kraft, Adam spürt sie durch die Haut, er möchte diese Kraft kennenlernen, o Muttergottes, o Himmelspforte, das möchte er, wenn auch noch nicht jetzt, jetzt muß man den Jungen zusammenbasteln, zusammenleimen, heilen.

»Da hilft nichts, der Arm muß in den Gips, den Brustkorb verbinden wir, in nächster Zeit wirst du keine großen Sprünge machen.«

Der Süße ist sauer, aber er tut so, als wäre er so richtig sauer; daß es etwas Ernstes ist, hat er sich ja gedacht, mit einem Kratzer wäre er schließlich nicht zum Arzt gegangen. Der Süße ist sauer, denn dieses Doktorchen, in dem man auf einen Kilometer den Schwulen riecht, hat ihn irgendwie so unlüstern, so angenehm berührt, so, daß er gern auf dieser Liege sitzen bleiben würde, jetzt weiß er, warum Tattoo so gern zur Massage geht, vorher dachte er, das sei reine Angeberei; aber dieses Doktorchen hat ihn eher befummelt als massiert, der Süße ließ sich befummeln, und zu allem Überfluß fühlte er sich gut dabei, der Mann im Jungen kämpft, der Süße muß jetzt Zorn zeigen, Vorsicht, Doktorchen, hör dir die brutale Frage an, die der Mann durch das Megafon des Jungen verkündet:

»In den Gips, verdammte Scheiße? Ich hab nächste Woche Wettkampf ...«

Aber das klang wohl nicht brutal genug, außerdem könnte das Doktorchen fragen, um was für einen Wettkampf es sich handelt, ein guter Vorwand, ein längeres Gespräch anzufangen, Bekanntschaft zu schließen, der Süße kann selbst nicht glauben, daß er bei dem Doktorchen so zahm geworden ist, er hat sich da reinreiten lassen, er sollte besser die Überweisung nehmen und gehen, für alle Fälle die Tür etwas entschlossener schließen, eigentlich zuschlagen, so, daß die Frauen im Wartezimmer ihm einen bösen Blick zuwerfen.

»Was glotzt du so, alte Schachtel?!«

Außerhalb von Adams Zimmer ist der Süße wieder ganz er selbst, er hat es geschafft, zu sich zu kommen.

Der Recorder läuft volle Pulle, die Jungs tanzen zu Pocahontas, aber der Süße steht da wie ein Arsch mit Ohren und kann nur zusehen, für ihn ist der Wettkampf schon vorbei, soll ihm bloß einer blöd kommen, dann haut er ihm den Gips in die Fresse und bricht ihm die Nase. Der Süße sieht sauer aus, aber er ist so richtig sauer: kein Wettkampf und kein großes Ding, zu nichts ist er zu gebrauchen, die Jungs ziehen es vor, ihn nicht zu provozieren, trösten läßt er sich auch nicht, denn nicht die gebrochene Hand, nicht die angeschlagenen Rippen schmerzen ihn am meisten, Verletzungen sind was Normales – das, was an dem Süßen nagt, geht tiefer; die Jungs forschen nicht nach, die Jungs tanzen. Der Süße ist mehr als sauer, und zwar auf sich selbst, die Rippen tun weh, wenn er tief einatmet, ausgerechnet jetzt muß er seufzen, er hält diese Akrobatik nicht länger aus, die Jungs gehen so richtig ab, so gut waren sie noch nie, seit er Dreads hat, dreht sich Kolo auf dem Kopf wie verrückt; der Süße verläßt seine Kumpels, tritt auf die Straße, sieht sich um, sucht (wen suchst du, Süßer, schäm dich nicht, sag); der Süße beginnt, sich vor sich selbst zu fürchten, denn seine Haut sehnt sich (nach wem sehnt sie sich, hab keine Angst, antworte), hart ist der Süße nur noch im Gips, er ist ganz aufgerüttelt, durchgeschüttelt, knüllt in der Tasche einen Zettel mit Adresse und Telefonnummer, den hat er für alle Fälle bekommen, falls etwas wäre (wer hat ihn dir gegeben, Süßer, hol ihn heraus, zeig ihn uns) – das Doktorchen mit dem Namen Adam; der Süße schaut sich noch einmal die Adresse an.

Adam kommt nach dem Dienst nach Hause, er ist nicht besonders aufmerksam, für ihn gibt es nur noch das Bett, darin wird er sich gleich todmüde verkriechen, nicht einmal Brot wird er mehr kaufen, nicht einmal an den Süßen zu denken hat er noch Kraft; und genau das wollte er: So schuften, daß er keine Kraft haben würde, an den Jungen zu denken, an den Mann, den er eher verwöhnt als versorgt hat, persönlich, leibherzig und barmhaftig hat er den stolzen und gleichzeitig fügsamen Oberkörper verbunden, aber nicht verwunden, und obwohl er sich erlaubt hat, dem Jungen beim Abschied Adresse und Telefonnummer zu geben, für alle Fälle, das heißt, falls etwas wäre, weiß Adam, solange der Süße nicht wieder zusammengewachsen ist, wird er keine Gelegenheit haben, ihn zu treffen. Er könnte natürlich noch auf ein bißchen Glück hoffen, dazu hat er sich schließlich eine Wohnung in dieser unrühmlichen Gegend gemietet, er hat sich in der nicht allzu schäbigen Stadt das mieseste Viertel ausgesucht, eine Gegend voll von übermütigen Jungs und bis zur Bewußtlosigkeit besoffenen Männern, gar nicht so nah am Krankenhaus, aber billig und mit der größten Wahrscheinlichkeit, den Jungen, ja sogar Mann zu treffen, den auch wir inzwischen den Süßen nennen. Und er hätte ihn auch getroffen, das Glück ist ihm heute gewogen, er hätte ihn getroffen, wenn er bemerkt hätte, daß sich der Süße mit dem zerknüllten Zettel in der Tasche gar nicht so perfekt im Eingang des Nachbarhauses versteckt, sich einfach recht schlau in die Nische geschmiegt hat, die Fähigkeit zur Mimikry ist eine der nützlichsten Eigenschaften in seinem Beruf, der Süße ist ein begabter Dieb, normalerweise – heute ist er ein schüchterner Junge, ja sogar Mann, der sich versteckt hat, um sozusagen rein zufällig dem Doktor in die Arme zu laufen, wenn er von der Arbeit kommt, ihn anzusprechen, und weiter weiß er auch nicht, hat sich noch nichts ausgedacht, das Denken fällt schwer, durch dieses Korsett aus Bandagen kann er gar nicht richtig Luft holen, ja genau, er wird ihn fragen, ob er es abnehmen oder wenigstens lockern kann; er würde fragen, wenn Adam ihn bemerken würde. Der geht an ihm vorbei zu seinem Haus, er hat nicht einmal die Kraft, mit dem Nachbarn am Fenster zu sprechen, der auf ein gutes Wort wartet; der Nachbar verbringt ganze Tage mit Fensterbanking, im Moment arbeitslos, hat er viel Zeit, die Straße zu beobachten, er legt sich ein großes Kissen zurecht und schaut, manchmal löst ihn seine im Moment arbeitslose Frau ab, es kommt auch vor, daß sie es sich gemeinsam am Fenster bequem machen, wenn der Kleine in der Schule ist und sie keine Arbeit mit ihm haben, sie sitzen lieber am Fenster als vor dem Fernseher, im Fernsehen läuft nichts Interessantes, nur Wiederholungen, blöde Serien, in denen unechte Polizisten unechte Diebe, Banditen und Mörder jagen, das haben sie live am Fenster, ohne Gebühren, die Polizei ist sehr echt, sie kommt hier selten und ungern her, und noch nie hat hier jemand einen Polizisten laufen gesehen, ein Polizist, der läuft, das ist amerikanisches Kino, in diesem Viertel haben die Polizisten Angst, aus dem Auto zu steigen, die Streife besteht darin, solche Haken durch die Straßen zu schlagen, daß man auf keine Ordnungswidrigkeit stößt und schon gar nicht, Gott behüte, auf ein Verbrechen, in diesem Viertel reagieren die Polizisten auf Notrufe ungern und alles andere als eilig, vom ersten auf den zweiten Gang und ohne Festbeleuchtung, vielleicht kommt ja alles wieder ins reine, der Herr hier wird die Dame doch nicht aus dem Fenster werfen, das Gebrüll des Kindes hinter der Wand wird aufhören, die Schläger vom Platz werden rechtzeitig aufhören zu treten und verschwinden, derjenige, den sie getreten haben, wird sich aufrappeln und nach Hause gehen, und falls er das Bewußtsein verloren hat, ist das in erster Linie Sache des Krankenwagens, einen Bewußtlosen können sie schließlich nicht verhören; wenn die Polizisten auf jede Meldung in diesem Viertel reagierten, würde die Aufklärungsrate drastisch sinken, und schnell zu reagieren haben sie erst recht keine Lust, wer will schon für das bißchen Geld sein Leben riskieren. Der Nachbar bemerkt ein paar momentan nüchterne und geistesgegenwärtige Männer, die den Deckel eines Gullys auf einen Wagen schaffen und schnell damit abhauen.

»Klaun schon Deckel am hellichten Tag, Pierunje. Mecht man heimgehn in der Finsterkeit und sich brechen die Fieße.«

Wenn die Frau des Nachbarn gerade in der Wohnung beschäftigt ist, hält der Nachbar sie über die Attraktionen draußen auf dem laufenden. Auch über das Fehlen von Attraktionen.

»Sin weg. Der junge Dokter is schon da. Den mog ich, weißt, der raucht nich, aber Zigaretten hot er immer, wenn wer welche mecht. Kein Mensch nich da, nur der Hund rennt wieder rum, der wo blind is auf einem Aug. Das Tor stinkt, ham wieder gepißt die Beitel. Da kommt der von den Majzels iber die Straße mitm Ball, sicher zu uns, zum Kleinen. Nee, is woandershin.«

Die Frau des Nachbarn hilft gerade dem Sohn bei einer Rechenaufgabe, na gut, sie hilft nicht, sie überwacht nur die Ausführung, sie hat keinen blassen Schimmer von Trigonometrie, der Sohn ist zwei Klassen weiter, als sie jemals war, und das ist gut so, er geht in die Schule, damit später was aus ihm wird, man muß auf ihn aufpassen, bisher läuft es gut, die Frau des Nachbarn geht gern zum Elternabend, auch wenn die ganzen Mamas wie Schaufensterpuppen aus der Einkaufspassage aussehen, herausgeputzt bis zum

Gehtnichtmehr, ihr Sohn hat doch bessere Noten als deren Sprößlinge, er hilft sogar den Schwächeren, wie die Lehrerin ihn geheißen hat, bald wird er mit Nachhilfe mehr verdienen, als die beiden Arbeitslosengeld kriegen; jetzt hat er sich ablenken lassen, weil der von den Majzels mit dem Ball da ist.

»Mama, darf ich naus?«

»Wenn gemocht sin die Aufgobn.«

»Mach ich später, Mama.«

»Verfluchter Beitel, herst nich, was ich sog?! Auf der Stelle mochst die Aufgobn, oder darfst die ganze Woche nich naus!«

Der Sohn fängt an zu schluchzen, er ist ja gerade erst von der Schule gekommen, ein bißchen ausruhen wäre nicht schlecht, die Mutter sitzt den ganzen Tag zu Hause und langweilt sich, sie weiß nicht, was Müdigkeit ist, der Vater erweist sich als klüger:

»Nu loß ihn. Wenn de brillst, versteht er gar nix. Komm her, Junge.«

Der Kleine schiebt auf der Stelle mit lautem Scharren den Stuhl weg und läuft zum Vater; dieser holt, ohne seinen Beobachtungsposten zu verlassen, ein paar Münzen aus der Tasche.

»Hol mir Päckchen Zigaretten, firn Rest kannst kaufen Bonbons.«

Das muß man dem Kind nicht zweimal sagen, der Junge läuft in einem Bogen an der Mutter vorbei, die ihn aufhalten will und dann den Mann anbrüllt (ihr imposanter Sopran verkümmert in diesem Loch; die ganze Straße macht gleichzeitig das Fenster zu):

»Wie kannst ihn schicken um Zigaretten, wenn keine Aufgobn nich gemocht sin und der Beitel nix kann!!«

Doch genug von dieser zweitrangigen Szene, die wird bei der Montage sowieso rausgeschnitten, wir wollen nur erwähnen, daß das Kind auf dem Weg zum Laden auf den fürchterlich wütenden Süßen trifft (der Doktor ist an dir vorbeigegangen, Süßer, und hat nicht mal genickt, nicht gegrüßt, du machst dir Sorgen, versuchst zu ergründen, ob er das extra gemacht oder dich einfach nicht gesehen hat, für alle Fälle bist du sauer). Der Süße demonstriert den eisernen Griff der gesunden Hand, hebt den Jungen am Kragen hoch und hält ihn ein Stück über der Erde, das Kind strampelt und versucht loszukommen.

»Loß mich, ich geh bloß um Zigaretten fir den Alten!«

(Süßer, laß deinen Zorn nicht an Minderjährigen aus, das ist Zeitverschwendung, Adam ist gerade erst heimgekommen, vielleicht ist er noch nicht eingeschlafen.)

»Wenn du weiter spuckst als ich, laß ich dich los.«

Der Süße stellt den Jungen auf den Gehweg, zieht die Nase hoch, holt einen dicken Klumpen Schleim aus den tiefsten Tiefen der Nebenhöhlen und spuckt ihn mit Schmackes auf die andere Straßenseite, fast erreicht er den gegenüberliegenden Gehweg; doch das Kind ist clever, kein Rotz kann mit einem alten Kaugummi mithalten, der Junge hamstert in den Taschen alle möglichen Schweinereien, der Kaugummi ist schon lange zu einem harten Kügelchen vertrocknet, und bitte sehr, jetzt schießt er aus seinem Mund heraus wie ein Artilleriegeschoß, der gegenüberliegende Gehweg ist erobert, die Freiheit wiedergewonnen, er kann in den Laden laufen und billige Zigaretten kaufen, und einen neuen Kaugummi.

Der Süße kommt aus dem Versteck heraus, der Nachbar ist damit beschäftigt, seine Frau zu beruhigen, er hat das Fenster geschlossen, aber das Gekreische ist trotzdem deutlich zu hören, der Schwall der Beschimpfungen ist penetrant wie das Solo eines unbegabten Freejazz-Saxophonisten, der mit übertriebener Lautstärke die technischen Mängel zu kompensieren versucht, der Lärm dringt durch die bebenden Scheiben, der Nachbar blafft zurück usw., jedenfalls kann der Süße einen Moment unbemerkt vor Adams Haus stehenbleiben und zu den Fenstern im Obergeschoß hinaufschauen, in denen nichts zu sehen ist; er würde ja pfeifen, aber er will keine Aufmerksamkeit auf sich lenken, lieber geht er gleich rein.

Adam würde schon schlafen, hätte nicht die Mutter angerufen; sie stellt Fragen, möchte sich gern beruhigen, spricht von Sehnsucht. Adam, den Hörer am Ohr, ist am Eindösen, er hat schon die Schuhe aus, die Socken, streift die Hose ab, wenn Mama doch endlich fertig wäre und ihn endlich schlafen lassen würde nach dem Dienst, aber ihr fällt noch dies ein, ah, und das hat sie noch vergessen, und sie muß ihm unbedingt noch sagen, daß sie schon mit dem Vater gesprochen, ihn schon milde gestimmt hat, er ist gar nicht mehr böse, er weiß, daß der Junge seinen Ehrgeiz hat, das muß man anerkennen, das Häuschen läuft ja nicht davon, es kann warten, also Adaś, sag uns, wann wir am besten zu dir kommen, wir würden dir auch was Feines mitbringen, und ich könnte dir ein bißchen aufräumen, bügeln, du hast ja bestimmt keine Zeit für solche Sachen, also wann können wir dich in der Stadt besuchen … Adam sagt, es sei ihm ganz egal, aber das sagt er eigentlich schon im Schlaf, die Mutter fragt – aber ganz egal, das heißt wann, besser morgens oder nachmittags oder vielleicht sonntags, Adam ist es jetzt wirklich egal, er weiß nicht einmal, ob er tatsächlich ein Klopfen an der Tür hört oder ob er das nur geträumt hat, er hat keine Kraft mehr zu reden (das Klopfen wiederholt sich, stärker als der Traum), Adam steht auf, geht schlaftrunken zur Tür, öffnet und steht Auge in Auge seinem Süßen gegenüber.

Jetzt ist er nicht mehr müde.

5

Solange seiner Frau nicht in den Sinn kommt aufzustehen, an die Tür zu klopfen und Robert zu ermahnen, ist das Badezimmer einer der wenigen Orte im Haus, wohin er sich ungestört zurückziehen kann. Die Dusche hört man durch die Tür; Robert hat sich schon lange gewaschen, jetzt sitzt er einfach da, versucht seine Gedanken der letzten Stunden zu sammeln und zu ordnen, beunruhigt stellt er fest, daß sie sich alle um seine Gesundheit drehen, daß sie schwer sind, weil von schlechten Vorahnungen überwuchert. Die Dusche verschwendet Wasser, Robert versucht, an sein verschwendetes Leben zu denken, soeben hat er sich daran erinnert, daß er sterblich ist; der Tod denkt ebenfalls an ihn. Robert hat keine Angst vor dem Tod, nur vor der Krankheit, vor der Klinik, dem Gestank der Desinfektionsmittel im Behandlungszimmer, im Operationssaal, in der Ambulanz, er hat Angst vor dem bläulichen, steifen Bettbezug der Krankenhausdecke, dem Glas mit Kompott, das er nicht trinken können wird; am meisten Angst hat er vor dem Schmerz. Der Schmerz hat sich schon angekündigt, hat Signale gesendet, gewarnt, Vorposten aufgestellt, Roberts Belastbarkeit getestet, wobei er sich jedesmal mehr erlaubte, gerade eben unter der Dusche hat er sogar eine Probeexplosion in der Wirbelsäule durchgeführt, nun ja, schließlich zieht es jedem ab und zu ein bißchen im Kreuz. Robert hat die Primeln des Schmerzes kennengelernt, er hat Angst, daß jeden Moment alles in ihm schmerzhaft erblüht. Er versucht sich vorzustellen, wie es unter der

Herrschaft des Leidens sein wird, wie er für das Recht auf Schmerzfreiheit kämpft; kann man sich daran gewöhnen? Wird sich der Schmerz als anhaltend, unerträglich, autoritär, keinen Widerspruch duldend erweisen, wird er ihn auf dem Krankenlager in wenigen Augenblicken restlos zermalmen? Robert hat Angst vor den Knöpfen am Bett, die die Leidenden benutzen, um die Krankenschwester zu rufen; sie klingeln, und dann beten sie, daß die Schwester sofort mit der Spritze kommen möge, daß sie weiß, was los ist, denn manchmal hat auch eine der jungen Dienst, die immer erst kommen und fragen: »Was fehlt Ihnen? Ah, es tut weh? Gut, ich gebe Ihnen gleich eine Spritze.« Und dann muß sie noch einmal den ganzen Weg vom Bett zum Dienstzimmer gehen, die Arznei finden, die Injektion vorbereiten und zurückkommen, und das dauert schließlich Minuten, Minuten, in denen man krampfhaft das Laken zerknüllt; Robert hat Angst vor den Minuten, in denen er ganz dem Schmerz ausgeliefert sein wird, so sehr, daß er nicht einmal stöhnen kann, denn er hat Angst, daß das Stöhnen dem Schmerz vielleicht nicht gefällt und dieser zur Strafe stärker wird; stöhnen darf man erst dann, wenn die Spritze zu wirken beginnt und man spürt, daß der Schmerz »bis später« sagt. (Denn das ist das schlimmste – die Sterbenskranken stöhnen nicht vor Schmerz, sondern vor Groll, weil der Schmerz nie »leb wohl« sagt, sondern immer »tschüs«, »bis dann«, »bis später«; »bis später« ist die perfideste der Abschiedsfloskeln, der Schmerz weiß, daß die Sterbenskranken nur noch sporadisch leben; Gesunde leben permanent, Kranke nur in den lichten Momenten, ihr Leben ist zerborsten, die lichten Momente sind die, in denen sie versuchen, immer kleinere Teilchen aufzusammeln und zusammenzusetzen; Sterbenskranke sind nur noch teilweise gesund, stückweise, es kommt nicht mehr vor, daß alle ihre Teile zugleich bereit sind zu leben, doch es gibt Momente, in denen zufällig die meisten davon mobilisiert werden können – dann empfinden sie eine Art Erleichterung.) Robert sucht einen Ausgang aus der Zelle der bösen Vorahnungen, letztendlich ist das Urteil noch nicht gefallen, das endgültige Gespräch mit dem Spezialisten soll in ein, zwei Tagen erfolgen, während dieser ein, zwei Tage ist er, auch wenn er sich ungesund, krank und sogar sterbenselend fühlt, noch auf der Seite der Gesunden; solange er nichts mit Gewißheit weiß, solange das letzte der heiklen Ergebnisse nicht genau analysiert ist und als Beweis gegen ihn verwendet werden kann, ist er noch auf der Seite des Lebens. Selbst wenn er unheilbar krank ist – im Bett wartet seine Frau auf ihn, und vielleicht wird sich gerade jetzt die einmalige Gelegenheit bieten, daß er glücklicher Vater wird, besser gesagt, daß das Wesen, dem er das Leben schenken wird, auch die Garantie auf eine glückliche Kindheit bekommt. Seit er die Hölle des Elternhauses (darüber kein Wort) verlassen hat, hat Robert nie mit seinem Vater gesprochen, solange dieser noch lebte; der tote Vater unterbricht ihn nicht, fällt ihm nicht ins Wort, um es niederzumachen, der tote Vater hört zu und schweigt wie das Grab, in dem er liegt; seit er die Hölle des Elternhauses (kein Wort) verlassen hat, ist Robert überzeugt davon, daß sich nachgeborene Kinder am besten mit ihren Vätern verstehen.

Seine Frau liegt im Bett und sieht nicht aus, als könne sie es nicht erwarten, daß ihr Mann kommt, sie liest eine Illustrierte für moderne Frauen, diesmal liest sie wirklich und blättert nicht nur, das schlimmste ist, daß sie sich festliest in den Reihen von Buchstaben, die so tun, als ergäben sie Ausdrücke, in den Spalten von Ausdrücken, die so tun, als ergäben sie Sätze, und in den Sätzen, die so tun, als ergäben sie einen Text, und all das in der Überzeugung, auf diese Art und Weise die tägliche Dosis Lektüre zu absolvieren, die man für eine korrekte mentale Entwicklung und die Aufrechterhaltung der geistigen Aktivität braucht. Zu Büchern greift sie selten, und wenn sie welche liest, schläft sie fast auf der Stelle ein, im Liegen, im Sitzen, abends, tagsüber, egal – Literatur schläfert sie ein, aber moderne Zeitschriften nicht; Robert überlegt, ob die Seiten dieser Illustrierten nicht mit einem belebenden Duftstoff getränkt sind. Seine Frau behauptet, sie lese keine Bücher mehr, seit er zu schreiben aufgehört habe, auf diese schlaue Art erhebt sie ihre geistige Trägheit in die Dimension ostentativen Fastens, des Hungerstreiks aus Protest; Robert ist schuld, er war ihr Lieblingsschriftsteller, über einem Buch von ihm wäre sie nie eingeschlafen, die anderen sind langweilig, von anderen Schriftstellern braucht er ihr gar keine Bücher mehr zu bringen. Seine Frau liegt da und liest, die Bettdecke ist von ihrem angewinkelten Bein gerutscht und enthüllt dieses bis zu …, ja, bis zur Muschi, die Muschi seiner Frau liegt unschuldig geöffnet zwischen ihren Schenkeln, vielleicht weiß sie es selbst nicht, die Muschi döst ja außerhalb ihres Blickfelds, besser gesagt, flirtend auf Roberts Augen gerichtet, simuliert sie das Dösen, ist gerührt von seinem Blick, denn sie scheint gar nicht angespannt, die Muschi, sondern sie wird vielsagend feucht, es besteht also kein Zweifel, daß seine Frau sich der Muschi durchaus bewußt und die Zufälligkeit der weggerutschten Decke und des angewinkelten Beins nur vorgetäuscht ist, seine Frau hat die Position geschickt vorbereitet und ihr den Schein des Zufalls verliehen; seine Frau ist eine Meisterin im Vortäuschen von Zufällen, ihre kleinen Brüste mögen keinen Büstenhalter, dafür eignen sie sich hervorragend für die scheinbar zufällige Entblößung zwischen den Rändern der nicht ganz zugeknöpften Bluse oder im Dekolleté, wenn sie es für angebracht hält, sich unangebracht vorzubeugen, oder in einem scheinbar schlecht gewählten, etwas zu durchsichtigen Kleid; seine Frau liebt es, mit den Sinnen der Männer zu spielen, denn sie gewinnt immer. Robert beginnt mit dem Zeremoniell der Zungenwanderung vom Fuß bis zur Muschi. Seine Frau protestiert noch nicht, sie liebt diese Langsamkeit, die Muschi wartet fiebernd, bis sie an die Reihe kommt, theoretisch ist sie ungeduldig, aber gerade das ist das Angenehmste; wenn Robert zu schnell an Ort und Stelle wäre, würde er den ganzen Spaß verderben, er muß die Muschi umkreisen, zart die Leisten lecken, sich auf den sorgfältig enthaarten Stellen nähern, bis seine Frau spürt, daß sie gleich abhebt, erst dann darf er sanft anklopfen, Prinz Zunge darf anfangen, Prinzessin Kitzler zu erobern, immer heftiger, fließend, flink, beidseitig, kreuz und quer mit dem ganzen Mund, Lippe an Lippe, aber immer mit besonderer Rücksicht auf den Kitzler, den darf er nicht aus der Zunge lassen, dafür gibt es im übrigen auch keinen Grund, die Tore des Schlosses bleiben sowieso geschlossen, vor allem, wenn man sie mit dem Rammbock stürmen will. Sobald Robert aufhört, die Muschi zu küssen, und versucht, das vor lauter Nichthineinstecken ganz wunde Glied dort zu plazieren, wo es am wärmsten ist, zerrt seine Frau ihn an den Haaren in die Ausgangsposition zurück oder stößt ihn einfach weg und erklärt wie immer:

»Du weißt doch, daß wir das nicht dürfen.«

»Was bildest du dir jetzt wieder ein.«

»Wir dürfen nicht, eine Schwangerschaft würde mich umbringen, ich bin krank.«

»Du bist überhaupt nicht krank, außerdem hat die Menschheit schon einiges an Verhütungsmitteln erfunden.«

»Aber keines ist hundertprozentig sicher!«

Und so endet der Versuch, einen Nachgeborenen zu zeugen. Robert versucht es noch einmal, aber alle Zärtlichkeiten und Küsse sind irgendwie nicht das richtige, seine Frau ist beleidigt, steif, verschlossen. Robert versucht es trotzdem, verzweifelt, mit Gewalt (seit Monaten besteht für seine Frau der Sex einfach nur aus der primitivsten Lösung für den Knoten seiner Leidenschaft, gewöhnlich übernimmt sie in solchen Situationen das Steuer und geht danach ins Bad, um sich die Hände zu waschen, während Robert vor Erleichterung einschläft), heute möchte er um jeden Preis mit ihr schlafen, letztendlich kann es sein, daß er keine Gelegenheit mehr dazu haben wird, wenn der Schmerz sich richtig in ihm einnistet.

»Hör auf, mit deinem Schwanz in mir rumzustochern, ich hab nein gesagt!«

Seine Frau steht auf, zieht ihr Nachhemd zurecht, gibt ihm keine Chance:

»Beruhig dich, oder ich geh zu meinen Eltern schlafen.«

»Mein Gott, ich halt das nicht mehr aus mit dir.«

»Du kannst nur meckern und drohen. Im Quatschen bist du groß.«

Robert greift nach einem Buch, die Situation stabilisiert sich, seine Frau geht ins Bett zurück, zu ihrer modernen Illustrierten, aber nur für einen Moment, sie hat sich zu sehr aufgeregt, die Buchstaben ergeben keine Wörter mehr, sie kann nicht lesen, sie will die Lampe ausmachen und schlafen, aber der hier wird sich jetzt wieder bei Licht in die Lektüre versenken, man muß etwas tun, muß ihn irgendwie ausschalten.

»Hast du heute etwas geschrieben?«

Robert antwortet nicht, er ist eingeschnappt und hat wohl wirklich die Absicht zu lesen, trotz seines schlechten Gewissens, daß er nicht schreibt; nichts hat er geschrieben, seine Frau weiß das sehr wohl, sonst würde sie gar nicht fragen. Sie findet unter der Decke seinen Schwanz, er ist noch warm, so abgewiesen, ausgeschlossen, beugen wir uns über ihn. Seine Frau beugt sich über ihn, nimmt ihn in den Mund und will ihn nicht mehr loslassen, bevor nicht Entschädigung geleistet ist, normalerweise dauert das nicht lange, man kann es beschleunigen, indem man mit den Fingernägeln an den Hoden kratzt, so ist es bequemer, man muß nicht ins Bad, man muß nur schlucken, sich umdrehen und schlafen. Der letzte macht das Licht aus.

»Seit ich mit dir schlafe, träume ich nicht mehr, hörst du?« Robert lügt, er hat nie geträumt; er versuchte sich immer einzureden, er habe Träume und könne sich nur nicht an sie erinnern; jedenfalls hatte er nie Zugang zu seinen Träumen und fühlte sich dadurch immer wie ein Krüppel, aber wenn man ihn fragte, ob er gut geschlafen habe, konnte er sich nicht beschweren, schließlich quälten ihn keine Alpträume, er schlief gleichmäßig, wie tot, wie blind. »Sogar Tiere haben Träume«, dachte er, »ich bin ein Unglücksrabe. Ein traumloses Leben ist ein sinnloses Leben«, dachte er. »Wenn man daran denkt, daß manche im Traum miteinander sprechen, ja, sogar Sprachen sprechen, die sie nicht kennen«, klagte er in Gedanken. Er zog aus seiner Traumlosigkeit Schlüsse metaphysischer Natur, fürchtete, das Fehlen von

Träumen könnte ein Zeichen für das Fehlen der Seele sein, also hatte er Angst, daß ihm das Leben nach dem Tod – der unendliche Traum der unsterblichen Seele – vorenthalten werden könnte; auch das Beten für Träume blieb wirkungslos. »Gott erhört mich nicht, weil ich nur mit dem Geist bete. Ich bin ein Mensch ohne Seele« – solche Gedanken beschäftigten ihn.

»Hörst du?« Seine Frau hört nicht, sie brummt und windet sich im Schlaf, Robert spricht zu ihr, weil er glaubt, sie habe einen erotischen Traum, er betrachtet sie neidisch, fühlt sich mit sich selbst betrogen (er geht davon aus, daß seine Frau nicht von einem anderen träumt). Hinter der Wand ist die Übertragung des »Stündchens« zu hören, gleich darauf nähert sich die Sendung im tragbaren Radio gemeinsam mit der Schwiegermutter, die wie immer bei Tagesanbruch kommt, um dafür zu sorgen, daß der Schwiegersohn nicht verschläft. Die Schwiegermutter schätzt Familienharmonie über alles, ebenso Ordnung, sie glaubt, ein ordentlicher Mensch ordne sich den präzise definierten Prinzipien eines harmonischen Lebens unter; die Schwiegermutter kümmert sich um die Ordnung im Haus sowie um das Frühstück für die Männer. Sie bekennt sich zu traditionellen Werten, zu denen das Bewahren der Familienharmonie gehört, daher werkelt sie im Morgenmantel in der Küche herum, brüht Tee auf, stellt einen Teller mit belegten Brötchen auf den Tisch; die Männer kommen in Ausgehkleidung herunter. Der Schwiegervater klappt den Laptop auf und liest beim Kaffee die aktuelle Internetzeitung, dann gibt er seinen Namen in die Suchmaschine ein und schaut nach, wo in den vergangenen vierundzwanzig Stunden etwas Neues über ihn gesagt wurde, egal, ob etwas Gutes oder Schlechtes, das schlimmste wäre in der Tat, wenn es eines Tages nichts Neues geben würde, der Schwiegervater möchte den Tag nicht erleben, an dem keine einzige neue Information über ihn erscheint; der Schwiegervater hat keine Angst vor dem Tod, sondern vor der Nichtexistenz, er hat Angst, daß er in die Belanglosigkeit abrutschen könnte, er fürchtet sich panisch vor dem Tag, an dem seine Aktivitäten, Ansprachen, alles, was er tut, belanglos sein könnten, nichts davon in den Medien erwähnt werden würde; Belanglosigkeit ist Nichtexistenz. Schon als Kind wünschte sich der Schwiegervater, daß einmal eine Straße nach ihm benannt werden möge, seither stellte er Nachforschungen zu jedem Namensgeber in der Stadt an, wo auch immer er war, las er die Tafeln mit den Informationen zu den Namensgebern der Straßen und prüfte nach, wer derjenige war und wodurch er sich ausgezeichnet hatte; die Kindheit des Schwiegervaters lag in einer Zeit, in der die Namensgeber meistens sogenannte Aktivisten waren; wenn man nirgends eine Auskunft zu dem Patron einer kleinen Straße in einer kleinen Stadt bekommen konnte, sagten die Erwachsenen: »Das war bestimmt irgendein Aktivist« – also beschloß der Schwiegervater, daß er später einmal Aktivist werden würde, was immer das bedeuten mochte. Mit der Zeit begriff er, daß der Aktivist ein Mensch ist, dessen Aktivitäten von Bedeutung sind, die bemerkt, zur Kenntnis genommen werden und in Erinnerung bleiben, meistens, weil er ein Vertreter der Macht ist und seine Aktivitäten deshalb Einfluß auf den Lauf der Dinge haben, wer weiß, vielleicht sogar auf den Lauf der Geschichte. Der Schwiegervater ist schon so lange an der Macht, daß er es wahrscheinlich nicht ertragen würde, wenn man sie ihm entzöge, dann könnte er Aktivitäten entfalten wie verrückt, und kein Mensch würde sich darum scheren, der Schwiegervater hat panische Angst vor dem Tag, an dem er nichts Neues über sich wird lesen können. Und dann gibt es noch ein wichtiges Privileg, auf das man in einer Stadt von hohem Verkehrsaufkommen nicht verzichten kann: Als hochgestelltem Aktivisten mit Abgeordnetenimmunität steht dem Schwiegervater ein Blaulicht zu, dank dessen die immer verstopften Straßen für ihn kein Problem darstellen; wenn er mit eingeschaltetem Signal in seiner Regierungslimousine fährt, weichen die Autos zurück wie das Rote Meer vor Moses, es gibt keinen Stau, den das Blaulicht nicht entwirren könnte; der Schwiegervater hat noch nie in einem Stau gestanden, er weiß nicht, wie angenehm das sein kann, Robert hat nie mit ihm darüber gesprochen.

»Man zitiert mich schon wieder.« Heute ist der Schwiegervater sehr zufrieden, er war gestern gut in Form, nicht nur daß er eine außergewöhnlich brillante Rede im Sejm gehalten hat (die meisten Abgeordneten seiner Gruppierung haben Schwierigkeiten, ihre Gedanken gut zu formulieren, also nehmen sie Zuflucht zu seinen angeborenen oratorischen Fähigkeiten, der Schwiegervater ist ein festangestellter Redenschreiber, die Stimme seiner Partei, er ist nicht aus dem Gleichgewicht zu bringen), auch hinter den Kulissen hat er noch seinen Senf dazugegeben, dort sagt er immer, was er auf der Tribüne nicht sagen darf, aber die Journalisten schätzen gerade diese inoffiziellen Aussagen am meisten, sie zitieren ihn als Abgeordneten, der anonym bleiben möchte, aber es weiß sowieso jeder, um wen es geht, als Abgeordneter, der anonym bleiben möchte, ist der Schwiegervater der Liebling der Medien, er hat schon von einigen seriösen Verlagen Angebote bekommen, seine Statements unter dem Titel *Der Abgeordnete, der anonym bleiben möchte* als Buch zu publizieren, aber vorläufig stimmt der

Schwiegervater nicht zu, er wartet noch, will dem Schwiegersohn keine Konkurrenz machen, schließlich ist Robert der Schriftsteller. Indessen liest der Schwiegervater also laut sein außergewöhnlich brillantes anonymes Statement vor, und die Schwiegermutter, die schon für morgendliche Harmonie gesorgt, das Frühstück gemacht und ihrem Mann die Krawatte zurechtgezogen hat, wird langsam boshaft:

»Aber warum wieder nur inoffiziell, warum nicht namentlich? Das ist fehlende Zivilcourage. Das zeugt von einem schlechten Gewissen. Das ist die schlimmste Art von Feigheit und Konformismus. Der wohltätige Pater spricht immer geradeheraus und ohne Umschweife, er hat keine Angst davor, daß es jemandem nicht passen könnte. Man muß nur der Wahrheit dienen, dann hört man auf, sich vor irgend etwas zu fürchten; vielleicht könntest du das auch mal versuchen?«

Der Schwiegervater würde diesen direkt aus dem Radio übernommenen Quatsch unkommentiert am Ohr vorbeirauschen lassen, aber Robert sitzt am Tisch, ißt gerade sein Frühstück zu Ende und hört zu, in Anwesenheit von Robert muß der Schwiegervater Herr der Situation bleiben, deshalb antwortet er:

»Meine Liebe, die Diplomatie verlangt, daß man bestimmte Inhalte bis zu einem bestimmten Zeitpunkt anonym ausspricht. Die Gesellschaft muß sie von sich aus gutheißen, darum geht es.«

Und bevor die Schwiegermutter wieder etwas loslassen kann, wechselt der Schwiegervater das Thema und fragt Robert höflich, aber bestimmt (ohne diese höfliche Bestimmtheit hätte er es im Leben nie zu etwas gebracht, wie er immer sagt):

»Na, wie gehts mit dem Schreiben?«

»Gar nicht. Mir fehlt die Inspiration.«

»Inspiration brauchen Dichter. Wenn es dir an Ideen mangelt, könnte ich dir helfen …«

»Ich sage nicht, daß ich keine Ideen habe. Ich kann einfach nicht schreiben.«

»Was heißt das? Warum machst dus denn so kompliziert, warum zierst du dich denn so? Reiß dich zusammen, setz dich auf den Hosenboden, schließlich hast du Talent …«

»Tut mir leid. Ich kann nicht. Die Worte sind erschöpft.«

Robert räuspert sich, frühstückt nicht zu Ende, trinkt den Kaffee aus, bedankt sich, steht vom Tisch auf und geht zur Tür. Der Schwiegervater ist sauer, er mag diese Wehleidigkeit nicht, ein aktiver Politiker kann einen Künstler im Ruhestand nicht verstehen, der tatkräftige Aktivist ist ärgerlich über die Untätigkeit des Schöpfers, der Schöpfer sollte schließlich etwas schaffen. Noch hofft der Schwiegervater ja, daß Robert nur kokettiert, daß er klammheimlich an einem großen Roman bastelt, aber noch nichts rausläßt, es vorerst geheimhält, ja, bestimmt ist es so, seine Tochter hat ihn schließlich davon überzeugt, daß Robert ein Genie ist und sicher bald den Nobelpreis bekommt, was dem Schwiegervater einen außergewöhnlichen Gewinn an Prestige bescheren wird, unter dem eigenen Dach einen Nobelpreisträger heranzuzüchten ist kein Zuckerschlecken, da muß man Geduld haben, sich kümmern, Treibhausbedingungen schaffen, deshalb hat er ihm ja diese warme und anspruchslose Stelle verschafft, damit Robert ein paar Stunden am Tag seine Ruhe hat, Genies sind schwierig, launisch, sonderbar, Robert schreibt sicher an etwas, will es aber nicht beschreien; genug der Spekulation, man muß das überprüfen, er wird noch mal das Mädchen zum Spionieren schicken, und sie soll bloß nicht mit leeren Händen kommen, sonst wird sie entlassen.

Robert ist ratlos, er sitzt im Souterrain, starrt auf den Bildschirm des Computers und will nicht anfangen zu schreiben, denn das einzige, was ihm in den Sinn kommt, ist ein Roman über einen Schriftsteller, der keinen Roman schreiben kann. Über das Unvermögen zu schreiben zu schreiben ist oft der letzte Sargnagel für einen Schriftsteller, der nicht schreiben kann. Robert will kein Schriftsteller in der Krise sein, er will überhaupt kein Schriftsteller sein, er will, daß es sich ganz von selbst schreibt, so wie früher, ganz unmerklich, ohne Anstrengung; sobald er merkt, daß er ein paar Sätze eines Romans geschrieben hat, dessen Held ein Schriftsteller in der Krise ist, löscht er sofort den ganzen Text (immer *backspace*, nie *delete*, Robert orientiert sich unbewußt an dem Pfeil nach links, er ahnt, daß das die richtige Richtung ist; das soll der Schwiegervater ruhig erfahren).

Robert schaut aus dem Fenster mit der Aussicht auf die Beine und erinnert sich daran, was ihm ein alter Meister gesagt hat, als Roberts Wege noch nicht vom häuslichen Kontrollturm aus überwacht wurden, als er noch nicht um Erlaubnis bitten mußte, eine andere Strecke zu fahren, als er noch zu Leuten ging, mit denen er sich unterhalten und nicht nur plaudern konnte; Robert ist ausgehungert nach einem Gespräch, er hört den ganzen Tag nur Geschwätz um sich herum. Leider gibt es im Souterrain des Gerichtsarchivs niemanden, mit dem er sich unterhalten könnte, dafür gibt es aber etwas zu sehen an einem warmen Tag wie heute. Robert erinnert sich an die Worte des alten Meisters, die er als Antwort auf die Frage vernahm, was er tun könne, damit es sich von selbst schreibe. »*Genius loci*, mein Junge, du brauchst einen *genius loci*, ein Künstler muß seinen Platz finden, einen, an dem er ein Bündnis mit den Geistern schließt, an dem er sich ohne Worte mit dem Geist des Tisches, dem Geist des Stuhls, dem Geist der Tasse Morgenkaffee versteht; du solltest seelenlose Orte meiden, mein Junge. Aus dem, was du mir erzählt hast, geht hervor, daß du an einem seelenlosen Ort wohnst; auch wenn du alle Sinne anstrengst, fühlst du dich immer, als hätte dir jemand einen Turban um den Kopf gewickelt, der alle Gedanken erdrückt, sie erscheinen alle flach, keiner ist es wert, festgehalten zu werden. Solche Orte mußt du meiden, solche Orte sind dem Intellekt feindlich gesinnt, selbst wenn es dir gelingt, aus anderen Orten ungeschriebene Geschichten herauszuschmuggeln – wenn du sie an einen seelenlosen Ort bringst, verflüchtigt sich der *genius loci* sofort aus ihnen, sie werden belanglos, wertlos, du wirst versuchen, aus ihnen deine Erzählung zu bauen, und nur Ohnmacht spüren. Du mußt umziehen, mein Junge. Es gibt Orte, an denen die Geister unablässig tafeln, an die sie gern zu Besuch kommen, und wenn du dich hinsetzt, um zu schreiben, übertönen sie einander, jeder von ihnen will dir zuerst seine Geschichte einflüstern. Das sind Orte, an denen einmal ein kreativer Intellekt gewohnt hat; selbst wenn sie von den kreativen Menschen schon lange verlassen worden sind, selbst wenn diese kreativen Menschen schon lange gestorben sind, hat ihr kreativer Intellekt jeden Quadratmeter durchdrungen, diese Orte warten nur auf einen neuen Mieter, um ihm kreative Impulse einzuhauchen. Du mußt also deinen seelenlosen Ort verlassen, Junge, such dir einen Ort mit *genius loci*, sieh dich genau um, wähl dir einen Platz aus, mit Blick aus dem Fenster, das ist sehr wichtig, jeder Mensch sollte täglich Kontakt zur

Natur haben, und sei es nur durchs Fenster. Jeder Mensch sollte vor dem Fenster zumindest einen Baum haben, zumindest den Teil eines Baums, zumindest ein paar Äste, um zu sehen, wie ein anderer lebender Organismus auf Wind und Regen reagiert, jeder sollte seinen Baum in Sichtweite haben, auf dem Bildschirm des Fensters rund um die Uhr zugänglich, veränderlich, beweglich im Wind, voller Gezwitscher zur Zeit der Vogelversammlungen, in Blüte oder mit fallenden Blättern, ruhig den Jahreszeiten entgegensehend, langlebig. Die Menschen sollten von den Bäumen lernen, sie sollten sich nicht zufriedengeben mit Wohnungen, aus deren Fenstern kein Baum zu sehen ist, und schon gar nicht mit Wohnungen, deren Fenster auf andere Fenster hinausgehen, Fenster auf Fenster in brunnentiefen Höfen alter Mietskasernen, Fenster auf verlotterte und stinkende, ewig schattige Hinterhöfe alter Häuser, solche Fenster sind seelenlos, seelenlose Augenhöhlen seelenloser Wohnungen, aus den Fenstern solcher Höfe springen die meisten Menschen, in solchen Höfen stürzen kraft des Willens der an Selbstmord denkenden Menschen die Balkone in die Tiefe, auf mickrige Rasen, die von den Pinschern der Nachbarn vollgeschissen sind. Die Menschen müssen von ihren Fenstern aus ein Stück Himmel und ein Stück Baum sehen; ich spreche nicht von Fenstern mit Meerblick oder Terrassen am Fuß eines Berges, ich spreche von dem Recht jedes Menschen auf einen durch nichts verstellten Blick auf die Farben des Himmels, auf Wolken, Blätter und Rinde; ein Mensch, der freiwillig solch einen Blick aufgibt, ist ein seelenloser Mensch; ein Mensch, dem man gegen seinen Willen einen solchen Blick weggenommen hat, den man zur Blicklosigkeit verurteilt hat, ist ein Selbstmörder; ein geistiger Mensch, der sich an einem seelenlosen Ort quält, ohne zumindest durch das Fenster die Möglichkeit des täglichen Kontakts mit der Natur zu haben, solch ein Mensch ist, auch wenn er momentan keinen Selbstmord begeht, ein Selbstmörder, er lebt nicht, sondern schiebt den Selbstmord hinaus, er denkt nicht, sondern sinniert über den Selbstmord; er ist verloren.« Damals arbeitete Robert noch nicht im Souterrain, er schaffte es nicht, den alten Meister zu fragen, was er von einem Fenster mit Blick auf die Beine der Menschen halte, er schaffte es nicht, mit ihm darüber zu sprechen, was man von menschlichen Beinen lernen könne; der Meister sprang kurz nach dem Gespräch aus dem Fenster seiner Wohnung in einem alten Haus, sein Körper stürzte hinab in den immer schattigen, brunnentiefen Hof, auf den er die letzten Jahre seines Lebens geschaut hatte.

Plötzlich blinken vor dem Fenster bloße Beine, irgendwie bekannt, clever kauernd, im Slip, und über ihnen die hübsche Spionin im Minirock, die, die sich als Praktikantin ausgibt, sie schirmt hübsch die Augen ab, schaut herein, schärft den Blick. Robert ist verlegen, eine solche Umkehrung der Ordnung hat er noch nie erlebt, das ändert die Sachlage, die ganze Fleischanschauung bricht zusammen, denn jetzt schaut die Welt mit den Augen der hübschen Praktikantin Robert an, Robert weiß nicht, wie er sich verhalten soll, wie er die nichtdemaskierte Haltung erhalten kann; plötzlich verschwinden die bloßen Beine, was bedeuten könnte, daß sie jetzt zu seinem Souterrain eilen, was bedeuten könnte, daß er Gelegenheit haben wird, sich zu unterhalten, na ja, wenigstens zu dem Mädchen zu sprechen, das, wenn es auch nur zum Plaudern fähig ist, sicher hübsch zuhören kann. Robert macht es sich am Schreibtisch bequem, nimmt Arbeitshaltung an, wartet, schon hört man sie kommen, die Beine haben sie hergetragen, die pochenden Absätze kündigen ihre Erscheinung an. Da ist sie, klopft, tritt ein, lächelt liebenswürdig und so hübsch, daß Robert zum ersten Mal im Leben merkt, daß er doch Haare an den Armen hat, erst jetzt merkt er es, wo sie sich sträuben; er zieht die Ärmel herunter.

»Haben Sie sich wieder verirrt?«

»Nein … Ich … wollte nur sagen, daß ich Ihre Bücher kenne … Ich hab sie gelesen …«

Das ist ja ein Ding, der Schwiegervater muß wohl sehr entschieden und an der Grenze zur Unhöflichkeit sofortige Fortschritte in der Untersuchung gefordert haben, da die Praktikantin aufs Ganze geht und jetzt halbherzig versucht, die Literaturliebhaberin zu spielen; Robert würde so gern glauben, daß dieses hübsche Geschöpf mit seinen Büchern unterm Kissen schläft, daß er beschließt, die Illusion sofort zu zerstören:

»Ja? Welche genau haben Sie denn gelesen?«

Jetzt wird die Praktikantin rot (man muß wohl nicht hinzufügen, wie hübsch sie das macht), streckt den Busen raus, klimpert mit den Wimpern (im Studium hat das immer gewirkt), stellt das Stimmchen einen Ton höher, hilflos wie ein Embryo ist sie, in solchen Momenten muß der Schwiegervater ein gewaltiges Schutzbedürfnis gegenüber ihrem zarten Wesen empfinden und sie auf den Schoß nehmen.

»Äh …, das heißt …, ich meine … Ich hab sie gelesen, aber nicht persönlich …«

»Wie bitte?!«

»Äh …, ich hab …, ich hab … über Sie gelesen … Da stand viel über Sie drin, in den Zeitungen. Was machen Sie eigentlich hier? Ganze Tage in diesem Souterrain? Schreiben Sie etwas?«

Die Praktikantin möchte wirklich, aber wirklich nicht

aus dem Sekretariat des Schwiegervaters entlassen werden, auf Feinheiten läßt sie sich gar nicht ein, sie hat überhaupt keine Lust, mit diesem ungesund aussehenden, leichenblassen Typ zu diskutieren, im Diskutieren war sie nie gut, sie kann viel besser schweigen, mit den Wimpern klimpern oder mit den Klimpern wimpern, das hat immer genügt, bisher haben sowieso alle in ihren Augen Verständnis gesucht, und dieser seltsame Typ hier scheint sie von oben herab zu behandeln; entspann dich, Junge, auf mich guckt man nicht so von oben herab. Die Praktikantin beginnt im Zimmer umherzugehen, sieht sich um, sucht nach Details; als sie ans Fenster tritt, Roberts Lieblingsbeobachtungsposten einnimmt und seine Fleischanschauung nachahmt, entlarvt er sie endgültig:

»Bezahlt er dich wenigstens dafür, sag?«

»Was? Wer? Wovon sprechen Sie?«

»Tu nicht so. Du bist nicht die erste, die er hergeschickt hat.«

Er stellt ihr einen Stuhl hin, soll sie sich setzen, Robert will sie nicht mit leeren Händen gehen lassen; sie ist so hübsch, in Friedenszeiten ist das eine nützliche Eigenschaft.

»Das wichtigste ist, sich den richtigen Blickwinkel auszusuchen. Na? Was siehst du?«

Die Praktikantin ist keineswegs begeistert, daß dieser altmodische, angestaubte Typ sie eigenhändig auf den Stuhl gesetzt hat; daß der Schwiegervater sie sich auf den Schoß setzt und so weiter, kann sie von der Steuer absetzen, das lohnt sich, in dem Abgeordnetenbüro bekommt die Praktikantin zum erstenmal im Leben mehr als den Durchschnittsverdienst, da kann sie der alte Lustmolch ruhig mal auf den Schoß und so weiter, zumal das ein einflußreicher Mann ist, der teuer riecht und gut angezogen ist, nicht so ein ungehobelter Kavalier mit Stroh in den Schuhen, sondern ein vornehmer Mann, ein echter Abgeordneter, aber der hier ist überhaupt nicht vornehm, außerdem Nichtschriftsteller, der soll besser die Pfoten von ihr lassen, der setzt sie wie ein Kind auf den Stuhl, Mensch, und läßt sie auch noch Frauen von unten betrachten, da, gerade ist eine vorbeigegangen; Roberts Augen kamen ihr gleich irgendwie unangenehm vor, schon auf den ersten Blick, irgendwie unbegreiflich, so … abartig, pervers, ja, alles klar, dieser Perverse glotzt die Frauen an, das ist kein Schriftsteller, sondern ein Perverser, ein Psycho, ein Zwerg, ein Wichser, was will der von ihr, warum läßt er sie da rausglotzen?

»Was soll ich denn sehen? Nichts, irgendwelche Beine.«

»Nichts? Hast du gesehen, wer vorbeigegangen ist?«

»Woher soll ich das wissen?«

»Das Mädchen geht zur Wiederholungsprüfung. Sie trägt einen dunkelblauen Rock fürs Abitur. Das ist schon das dritte Mal, die meisten ihrer Freundinnen aus dem Jahrgang haben schon bestanden, zum erstenmal geht sie allein. Normalerweise geht sie so wie jetzt, mit kräftigem Schritt, ein bißchen männlich, die Absätze klopfen laut auf dem Gehweg. Als sie durchgefallen ist, hatte sie einen unsicheren Schritt, vielleicht hat sie etwas getrunken, weil sie traurig war … Ja, und der hier, wer ist das?«

Es sind Beine in einer Anzughose und schwarzen Schuhen, die Praktikantin lehnt sich vor, reckt den Hals, man sieht noch ein Köfferchen; jetzt sieht man nichts mehr, die Beine sind vorüber.

»Da geht ein Typ … zur Arbeit?«

»Zu langsam. Sechs Sekunden. Das ist das Tempo der Arbeitslosen und Studenten.«

»Aber er hatte doch einen Aktenkoffer, Bürokleidung.«

»Stimmt. Er hat erst kürzlich die Arbeit verloren. Als er arbeitete, ging er doppelt so schnell. Die Schuhe blitzten wie Lack, jetzt sind sie matter, er putzt sie nicht richtig, ich wette, daß er sich heute wieder nicht rasiert hat.«

Robert hat recht, er erkennt die meisten Beine in der Stadt einwandfrei. Außerhalb des Souterrains, an der Oberfläche, geht Robert immer mit gesenktem Kopf, seit sich seine Fleischanschauung entwickelt hat, seit er den Menschen direkt in die Beine schauen kann, liest er aus ihnen alles heraus, was die Menschen verbergen möchten; die meisten Leute machen normalerweise gute Miene zum bösen Spiel, aber Robert gegenüber sind sie hilflos, maskieren können sie nur das Gesicht, die Beine bleiben unmaskiert, man müßte diskret, unauffällig gehen können, aber diese Fähigkeit besitzen nur wenige, seit dem Religionsunterricht in der Kindheit haben die Leute das Gefühl, wenn sie jemand beobachtet, dann von oben, aus der Vogelperspektive, die Engel linsen verstohlen, der liebe Gott schaut mit dem Fernglas aus dem Fenster und fällt dann von oben seine Urteile, die wichtigsten Entscheidungen fallen immer von oben, die Beine sind unwichtig, sie bleiben verborgen, die Erde ist schließlich kein venezianischer Spiegel, die Perspektive von unten ist marginal, es lohnt gar nicht, sie zu berücksichtigen.

»Man muß nur beobachten und Schlüsse ziehen. Alles hat seine Bedeutung, die vernachlässigten Schuhe, die Häufigkeit, mit der jemand die Hose wechselt, die Breite der Laufmaschen in den Strumpfhosen.«

Robert hat eine Zeitlang sogar versucht, Notizen zu machen, Karteikarten anzulegen, da ihm klar wurde, daß sich in diesem Chaos die Wiederholbarkeit menschlicher Schicksale abzeichnete; um sich das Aufzeichnen zu erleichtern und zu bestimmten Zeiten kein Beinpaar zu übersehen, ersetzte er die Buchstaben durch Ziffern, die Wörter durch Symbole, die Sätze durch Graphen. Er dachte, er müsse soviel Information wie möglich auf frischer Tat ertappen, später würde er das alles erklären, umschreiben, doch da kam der Frühling, und die Luft wimmelte von Muschis, irgendein Sternchen vergaß einmal, zu einem Konzert einen Slip anzuziehen, und sorgte auf diese Weise für eine neue Mode, Robert wurde abhängig von seiner privilegierten unterirdischen Position; solange er Menschen zuhörte oder sie sogar belauschte, fiel es ihm leicht, das in Literatur zu übertragen: Dies und jenes kam ihm zu Ohren, und er schrieb es auf; seit er angefangen hatte, die Leute zu beobachten, hatte er das Gehör verloren; Robert wurde skopophil, statt zu schreiben, zeichnete er Vaginen in sein Heft, alle Zeichen, Symbole und Graphen waren eine Muschi wert. Das Heft in dem schönen Ledereinband hatte er noch zu Schreibzeiten erhalten, im Rampenlicht, von einem seiner wohlhabenden weiblichen Fans, als er noch keine Abneigung gegen die Salons hatte, als ihm die Verehrung exaltierter Kokotten noch schmeichelte. (Die Abneigung gegen die Salons entwickelte er erst mit der Zeit, hauptsächlich aufgrund der lästigen, raubtierhaften Aktivität sogenannter Salonlöwen, vor der er sich nicht zu schützen wußte; diese Stammgäste der Salons spannten bei seinem Anblick gleichzeitig Hirn und Bizeps an und flüsterten bedeutsam: »*Kalos kagathos*, mein Herr, was meinen Sie, ist dieses griechische Ideal in unserer Zeit nicht etwas heruntergekommen?« Doch er zog sich zurück, versuchte, ihren Vorstößen aus dem Weg zu gehen, und traf dabei auf die weiblichen Stammgäste, beschwingte Kokotten, die ihn forschend anblickten und unverändert konstatierten: »Ich habe Sie mir völlig anders vorgestellt, ach, Sie sind ja noch so jung«, und wenn er reumütig die Schultern zuckte und keine Worte fand, um sich für diese Kluft zwischen Realität und Phantasie zu entschuldigen, nahte ein anderer Stammgast, nahm ihn zur Seite, versuchte, ihn mit einem Salongespräch zu unterjochen, indem er ihm in einer scheinbar freundschaftlichen Geste ein Gläschen billigen Merlot in die Hand drückte und sagte: »Hören Sie nicht auf die, das sind furchtbar oberflächliche Personen«, und wenn Robert schon hoffnungsvoll den Verbündeten in ihm witterte, schleuderte der ihm ins Gesicht: »Dostojewski, mein Herr, mit ihm hört die Literatur auf, nicht wahr?« Doch wenn er sich auch aus dieser Bedrängnis befreit hatte, stellte sich heraus, daß ihn eine andere Löwin ihrem Grüppchen einverleiben wollte, von seinen mangelnden Umgangsformen offensichtlich angezogen: »Trinken Sie dieses Zeug nicht«, sagte sie und zog Robert am Arm, »ich entführe Sie«; und sie begann ihn ihrer Gesellschaft vorzustellen, die aus Stammkunden und Stammkundinnen eines anderen Salons bestand, zu dem man sich gerade heimlich davonmachen wollte; nach Befriedigung des Bedürfnisses, den neuangekommenen, besser gesagt, den hierherverirrten Schriftsteller vorzustellen, überließ die Löwin ihn neuen Konversationen zum Fraß, aber nach dem ersten »Ach, Sie sind das also«, »Wie schön, Sie kennenzulernen«, »Gratuliere zu Ihrem Buch, aber ich muß gestehen, ich habe es noch nicht gelesen«, wandten sie sich alle wieder sich selbst zu, spannten und bogen sich, überspannten den Bogen, lachten, kicherten, schnupperten an ihren Hälsen, berührten sich delikat nach der Etikette, stießen mit Anekdoten an und gossen sich Tratsch ein, und schon war Robert nicht mehr unter ihnen, konnte nicht mehr unter ihnen sein, er zog sich zurück, schloß die Tür und knöpfte auf der kühlen Straße, die ihm um den Nacken wehte, den Mantel zu, stellte den Kragen auf und setzte die ersten Schritte in die Freiheit.) Doch diese Zeit ist längst vorbei, das Heft voller vaginaler Berechnungen ist der endgültige Beweis für den Verlust des Glaubens an das geschriebene Wort, ist ein Dokument seines unmäßigen Unglaubens, Robert kann sich des Heftes entledigen, aber den Glauben bekommt er dadurch nicht zurück, im übrigen wird das Heft ohnehin zu ihm zurückkehren, wahrscheinlich noch heute.

»Bring das bitte meinem Schwiegervater, sag ihm, das ist mein Roman.«

Die Praktikantin streicht vorsichtig über den Einband des Heftes, der Einband ist ein verständliches und sehr wesentliches Detail, die Praktikantin liest keine Bücher, die keine ordentlichen Einbände haben, ein Hardcover-Einband mit Schutzumschlag ist das mindeste, was man verlangen kann, das Buch muß nach etwas aussehen, man liest es ja nicht immer zu Ende, eigentlich liest man meistens nicht einmal die erste Seite zu Ende, und es kommt auch vor, daß die Lektüre des Buches mit dem Lesen des Umschlags und der Titelseite beendet ist, deshalb spürt die Praktikantin, als sie den geschmackvollen Ledereinband des Heftes streichelt, daß sie echte Literatur in den Händen hält, einen solchen Erfolg hat sie gar nicht erwartet, zwar hoffte sie, diesem Sonderling irgend etwas zu entlocken, das den Schwiegervater zufriedenstellen würde, aber einen ganzen Roman hat sie nicht erwartet, noch dazu in einem so schönen Einband; die Praktikantin fährt mit dem Finger über die Prägungen des Leders, und sie tut es mit so unwissender Schönheit, daß es Robert schmerzt, daß es nicht seine Haut ist, über die sie fährt, von diesem Schmerz bekommt er Schmerzen in der Wirbelsäule, stärker als je zuvor, er weiß nicht, welche Position er einnehmen soll, damit es weniger schmerzt, das ist bestimmt ein Nervenschmerz, der geht gleich vorbei, erklärt er sich das Stechen im Rücken; die Praktikantin bemerkt nichts, soeben legt sie die hübsche Stirn in Falten über den geöffneten Seiten des Heftes, die abscheulich dicht bekritzelt sind, ja, das ist wirklich ein Perverser, dieses schöne Heft so kaputtzumachen, was für ein Mensch, und jetzt jagt er sie auch noch fort, ganz schroff, die höfliche Entschiedenheit seines Schwiegervaters beherrscht er offensichtlich nicht; Robert wirft die Praktikantin hinaus, er hält es nicht länger aus, den Schmerz zu verbergen, und beginnt zu stöhnen, als würde er singen, na geh schon, schneller; er schließt die Tür hinter ihr und ist allein mit einem Schmerz, den er nicht kennt, den er noch nie gespürt hat, ein solcher Schmerz hat sich ihm noch nicht vorgestellt, Robert spürt, daß soeben etwas Unwiderrufliches geschehen ist; morgen schon wird er von dem Spezialisten erfahren, ob das vorübergehende Beschwerden sind oder ob die Vorhut des Todes den Boden ebnet, um das Lager aufzuschlagen.

Der Reporter, meine Damen und Herren, der Reporter selbst versucht die Lethargie im Spiel der Polen zu verstehen, analysiert den einzigen Fehler, der weitere nach sich zog und in der Konsequenz zum Verlust eines Tors führte, haben wir doch gegen einen weitaus schwächer eingeschätzten Gegner verloren, unsere Fußballer haben nicht das Engagement gezeigt, das man nach den hochmütigen Ankündigungen erwartet hätte, der Reporter verkündet das Ende des Traums, das Abenteuer mit dem Pokal hat für uns wieder einmal ein frühzeitiges Ende genommen; der Schwiegervater ärgert sich vor dem Fernseher, diesmal ohne die Kappe in den Nationalfarben, heute ist er nicht im Stadion, denn die Mannschaft spielt auswärts, an einem Ort, der in so weiter Ferne liegt wie die nächsten Wahlen.

»Die sind ja völlig paralysiert. Weiße, Gelbe, Schwarze, Rote, alle verarschen uns nach Strich und Faden. Wir haben den Antifußball in den Genen, verdammte Scheiße!«

Der Reporter fragt den kommentierenden Fachmann, ob er auch der Meinung sei, daß wir die erste Halbzeit verschlafen hätten, der Fachmann ist auch der Meinung und fügt hinzu, das Spiel habe sich für unsere Jungs nicht richtig entwickelt, denn wenn es sich richtig entwickelt hätte, wäre das Ergebnis gerade umgekehrt gewesen; der Schwiegervater hält es nicht mehr aus, er schaltet den Fernseher ab und sagt wütend:

»Genau das ist es: Unsere tapferen Jungs gehen aufs Spielfeld, um dazustehen und zuzuschauen, wie sich heute das Spiel entwickelt; die Gegner spielen und schießen Tore.«

Die Schwiegermutter ist schwer am Bügeln (das Eisen in ihrer Hand ist eines der Symbole der Familienharmonie), seit einiger Zeit plant sie allerdings den nächsten Sabotageakt; sie überlegt, wie sich schlecht gebügelte Hosen auf das Bild des Schwiegervaters in den Medien auswirken könnten.

»Diese Tölpel sind keinen Pfifferling wert, und du machst hier einen Aufstand. Schade, daß die Leute nicht hören, welche Ausdrücke du zu Hause gebrauchst.«

Roberts Frau durchsucht das Erdgeschoß, ihr Mann ist irgendwo verschwunden, das Getrippel nimmt zu, denn er ist immer weniger anwesend, na bitte, im Wohnzimmer ist er auch nicht, vielleicht haben die Eltern ihn gesehen, vielleicht hat er sich das Spiel angeschaut.

»War Robert nicht hier?«

Der Schwiegervater ist heute doppelt wütend, diesen

Paralytikern ist es nicht gelungen, ihn zu beschwichtigen, nachdem ihn der Schwiegersohn endgültig zum Narren gehalten und ihn vor den Augen seiner persönlichen Sekretärin lächerlich gemacht hat.

»Dein Mann interessiert sich nicht für Sport.«

»Was ist denn das für ein Sport? Vierundzwanzig Typen, die über ihre eigenen Beine stolpern. Und Tausende Naivlinge vor dem Fernseher.«

»Zumindest sind sie so schlau, daß sie für dieses Stolpern Geld verlangen. Und deiner …?«

Der Schwiegervater zeigt vorwurfsvoll auf das auf dem Tisch liegende Notizbuch in dem dicken, geschmackvollen Einband mit dem ungewöhnlich geschmacklosen Inhalt. Bis zuletzt hatte der Schwiegervater geglaubt, diese Aufzeichnungen seien der chiffrierte Text eines genialen Romans des zukünftigen Nobelpreisträgers, er ließ sie von Spezialisten analysieren, die fähigsten Köpfe der Spionageabwehr vergeudeten einen Tag damit, dem Schwiegervater zu erklären, daß ihn da jemand an der Nase herumgeführt hat.

»Schau dir das an, das ist sehr lehrreich. Ich verschaffe ihm eine Stelle, damit er ideale Bedingungen hat, und der Herr Literat malt aus Langeweile monatelang irgendwelche Zeichen in sein Heft und beschäftigt sich mit Schweinkram! Hast du ihn gefragt, wie er mit *Nichtschreiben* euren Unterhalt verdienen will?!«

»Du wolltest einen Künstler als Schwiegersohn, jetzt hast du ihn. Wer hat denn so genervt, wer wollte nicht zulassen, daß wir in wilder Ehe leben?!«

Die Schwiegermutter, die bügeleiserne Lady, verbittet sich diesen lauten Ton, sie muß die Familienharmonie verteidigen; Vater und Tochter verhalten sich zu emotional, Emotionen und Leidenschaften machen vollkommene Familienharmonie unmöglich; wo Emotionen die Oberhand gewinnen, ist es aus mit der Harmonie; im Leben, auch im Familienleben, sollte man sich vom Verstand leiten lassen; wo der Verstand schläft, erwachen die Gespenster.

»Also weißt du! In diesem Ton spricht man nicht mit seinem Vater!«

Roberts Frau hat schon jeden Winkel des Hauses durchsucht, ganz offensichtlich hat Robert es eigenmächtig verlassen, der Schwiegervater muß ihn entschieden und unfreundlich gerügt haben, vielleicht war er beleidigt und ist gegangen, seine Frau beginnt, sich vor der Furcht zu fürchten, die sie wieder ergreifen könnte, so viele Tage hat sie es ausgehalten, hat sich schon so gut gefühlt, daß es geradezu beunruhigend war, sicher lauert die Angst irgendwo und sucht nur nach einem Vorwand, um anzugreifen; Roberts plötzliches Verschwinden könnte so ein Vorwand sein, vielleicht ist er ja nicht weit, vielleicht hat er sich nur im Schuppen versteckt, um in Ruhe an irgendwas zu basteln, wir werden nachschauen; vorerst werfen wir aber einen Blick in das Heft, das Papa so verärgert hat; o heilige Muttergottes, was ist das? (Die Angst haut auf die Pauke.) Dieses ganze schreckliche Zeug, wie sieht das überhaupt aus, was soll das bedeuten? (Die Angst drückt die Faust auf das Brustbein.) Lieber Gott, mach, daß Robert im Schuppen ist, daß er das sanft und vernünftig erklären kann. (Die Angst reißt den Atem weg.) Ist er da? Ist er nicht da? Sie muß weiter rein, das Taschentuch vor der Nase, denn hier ist das Reich des Staubs, und den Schnupfen hat sie gerade erst hinter sich.

»Robert? Bist du hier?«

Er ist da. Sitzt auf dem Boden, an die Wand gelehnt. Der Schmerz tut furchtbar weh. Ein schrecklicher Schmerz. Er hat keine Kraft aufzustehen; nichts zu machen, soeben hat er sich beim Leiden erwischen lassen.

Seine Frau weiß nicht, was sie sagen soll, Robert sieht aus, als sei er kaputtgegangen; wenn es um das Licht im Schlafzimmer oder um die Spülung ginge, wüßte sie sich vielleicht selbst zu helfen, wenn die Waschmaschine nicht mehr funktionieren würde, könnte sie Robert um Hilfe bitten; aber der kaputte Robert ist ein Problem, mit dem sie nicht gerechnet hat; die Angst sagt der Frau, daß Robert vielleicht nicht mehr zu reparieren sein wird.

»Du wirst wohl zum Arzt gehen müssen.«

6

Heute wird die Neuinszenierung von Calderón gespielt, Rosa figuriert offiziell immer noch in der Besetzung, das zieht Publikum an, aber in den Programmen ist neben ihrer Rolle ein Stempel mit dem Namen der Ersatzschauspielerin; vor der Vorstellung rufen Leute an, fragen, ob Rosa heute spielen werde, sie hören unverändert die Antwort: »Entschuldigen Sie, das ist vorher wirklich nicht zu sagen, aber eines ist sicher: Wenn sie kommt, wird sie spielen, selbst wenn sie erst fünf Minuten vor Vorstellungsbeginn eintrifft«, deshalb ist der Saal immer voll, die Zuschauer warten, aber heute werden sie wieder enttäuscht; Rosa sitzt in einem Liegestuhl vor dem Haus und ruft sich den Text des Stückes in Erinnerung, sie weiß, wann es beginnt, genau um diese Zeit wird sie zu Hause mit ihrem eigenen Stück beginnen, sie wird ihre Sätze genau im gleichen Moment sagen wie die Ersatzschauspielerin auf der Bühne, mit dem Unterschied, daß unter den häuslichen Bedingungen das Publikum aus ihrem Hund und dem mit anderen Dingen beschäftigten Herrn Ehemann besteht; Streß und Lampenfieber sowie das Risiko, plötzlich einzuschlafen und die Vorstellung zu unterbrechen, sind unter diesen Bedingungen vollkommen ausgeschlossen.

Ein warmer Nachmittag, es geht ein frisches Lüftchen, die Flasche Mineralwasser liegt im Bach hinter dem Zaun, das Leben ist schön, Frau Rosa; die Paparazzi haben nichts zu fotografieren, neidisch blicken sie von ihren Hochsitzen herab, wie Sie, Frau Rosa, in eine Decke gewickelt auf der

Veranda sitzen und in aller Ruhe lesen, alles an Ihnen und um Sie herum ist so unskandalös, das kauft kein Mensch, die Paparazzi schlafen vor Langeweile gleich ein und fallen von den Bäumen, sogar Ihr Hund ist eingeschlafen, obwohl er jetzt, in dieser Stille, so neugierig die Ohren spitzt, als hätte er etwas gehört, o ja, da kommt ein Auto, es wird doch nicht etwa was passieren, die Teleobjektive sind in Bereitschaft, Achtung, wer ist das, ach, Herr Ehemann kommt von der Arbeit, der Hund springt auf und läuft zum Tor, Herr Ehemann öffnet es mit der Fernbedienung, fährt auf das Grundstück, begrüßt den Hund, neckt und zaust ihn wie jeden Tag. Den Herrn Ehemann mit Hund hatten wir schon, und wie Sie auf der Veranda Herrn Ehemann begrüßen ebenfalls, wie wärs mit einem kleinen Familienstreit, bitte, Rosa, verschwinden Sie noch nicht im Haus, sonst verlieren wir unsere Arbeit; sie ist reingegangen, wenn sie reingegangen ist, wird es nichts mehr, durch die Scheiben sieht man nichts, die Nacht werden sie sich dafür nicht um die Ohren schlagen; die Paparazzi machen Feierabend, unterwegs werden sie noch nachschauen, ob bei Małysz was los ist.

»Wie fühlst du dich heute?« Herr Ehemann fragt wie gewöhnlich prinzipiell liebevoll, wie es seiner Frau geht; die Sache ist nämlich die, hat Rosa sich gut gefühlt, so hat sie etwas Leckeres gezaubert, doch wenn sie ihre Launen und so weiter hat, dann schläft sie, statt etwas zu zaubern; Herr Ehemann probiert, ob schon etwas zu riechen ist, indessen riecht Rosa an ihm, hält ihn am Kragen fest und schnuppert, diesen Geruch kennt sie, aber sie weiß nicht mehr, woher.

»Ich habe einen Bärenhunger …« Herr Ehemann befreit sich, geht ins Bad, als ob er sich die Hände vor dem Essen waschen wollte, aber hinter der geschlossenen Tür schnuppert er selbst; verdammt, man riecht nichts, aber sie hat etwas gewittert, sie hat eine Nase wie ein Spürhund, er zieht sich besser um.

Rosa schaut gerne zu, wenn Herr Ehemann ißt, in ihm hat sie einen treuen Fan ihrer Kochkunst, Herr Ehemann würde es nie wagen, in der Stadt zu essen, zumindest unter diesem Aspekt hat sich die Ehe als gelungene Investition erwiesen, die ganze Karriere mit Pizza und Mikrowelle, und dann plötzlich täglich Gaumenfreuden, nie zuvor hat er erlebt, daß Essen so schmecken kann, er fürchtet, es wird schwer sein, sich das abzugewöhnen, das ist einer der Gründe, warum Herr Ehemann den Gedanken an Scheidung nicht zuläßt. Rosa wird, wenn das Erbe ihrer Gähn-Oma sie nicht verläßt und sie sich einen anderen Beruf suchen muß, ein Restaurant eröffnen; das Zubereiten von ausgesuchten Speisen hebt ihr Befinden, es hat etwas vom Streuen eines Mandalas: Die kunstvollen und langwierigen Vorbereitungen enden immer gleich, die leeren Teller landen in der Spülmaschine, und Herr Ehemann stöbert im Kühlschrank, um noch was zum Knabbern zu finden, und sei es nur eine Kabanossi, er ist ja nicht zum Verkosten hier; er schätzt die Bemühungen seiner Frau, das ist alles sehr lecker, aber manchmal ein bißchen zu gesund; mit dem Ritual der Kabanossi nach dem Essen ist die Sache erledigt. Was haben wir denn heute, ein Süppchen für den Anfang, riecht gar nicht schlecht, schmeckt auch ganz gut, ist nur etwas dünn, Herr Ehemann würde es am liebsten schnell runterschlabbern, um gleich das Hauptgericht zu bekommen (er hat heute viel Kaffee getrunken und spürt ein Ziehen im Magen, der auf das Süppchen mit zornigem Brummen reagiert), aber zuerst muß er etwas Begeisterung zeigen; Rosa schaut Herrn Ehemann gern zu, wenn er ißt, an ihm kann sie neue Ideen ausprobieren, sie weiß, daß sein Geschmackssinn begrenzt ist, seine kulinarischen Gewohnheiten primitiv, unter diesem Aspekt entspricht Herr Ehemann dem Idealtypus des durchschnittlichen Restaurantkunden, Rosa ist dabei, ein perfektes Menü zusammenzustellen, zu avantgardistische Speisen kommen für Herrn Ehemann nicht in Frage; doch ganz will Rosa nicht auf Experimente verzichten. Zum Beispiel heute: Die Suppe ist fein, was nicht heißt, daß sie jemals jemand bestellen wird, dazu braucht es Mut; schauen wir mal, ob der Idealtypus des Restaurantkunden fähig ist, Vorurteile zu überwinden.

»Schmeckt es dir?«

»Hervorragend. Was ist denn das?«

»Cremesuppe aus rötlichem Fliegenpilz.«

Herr Ehemann hat sich ein bißchen verschluckt, er ißt nicht weiter, erstarrt über seinem Teller; er sieht aus, als würde er die Minuten zählen, die ihm vom Leben noch bleiben.

»Ist der nicht manchmal giftig?«

»Manchmal ja. Wenn er abgekocht ist, nicht.«

»Das heißt, wenn er nicht richtig gekocht wäre …«

Der idealtypische Kunde leidet unter starkem Streß, vielleicht hat er sogar den Appetit verloren, die Fliegenpilzsuppe ist für das ideale Menü nicht geeignet, eher für Spezialaufträge.

»Hab keine Angst. Hat dir jemals eines meiner Gerichte geschadet?«

Herr Ehemann hat immer noch Angst, sich zu bewegen, er betrachtet die restliche Suppe auf seinem Teller: »Soll so mein Tod aussehen?« denkt er, »Ich hab ihn mir immer anders vorgestellt, als Knochenmann, Skelett mit Sense oder weiße Dame mit Schleier, klar, aber als Suppe?!« denkt er und fragt:

»Sind das die roten mit den Tupfen? Und die sind wirklich nicht giftig?«

»Nein, Liebling, du kennst dich nicht aus. Du meinst die roten Fliegenpilze, die sind tatsächlich etwas giftig und stark halluzinogen, die Schamanen haben sich früher durch ihren Genuß in Trance versetzt, deshalb war der Fliegenpilz tabu, und dieses Tabu wirkt bis heute in uns, vielleicht ein Atavismus; schon als Kinder malen wir giftige Pilze als Fliegenpilze mit Tupfen.«

Die Suppe wird wieder zur Suppe, aber Herr Ehemann will sie nicht mehr, er könnte heute etwas Richtiges vertragen, vielleicht ein Stück Fleisch, er schaut in die Töpfe, oh, da sind Frikadellen, leider aus Soja, dumme Sache, na ja, er wird eine Kabanossi dazu essen; doch bei den Frikadellen denkt Herr Ehemann immer noch über Pilze nach, sie lassen ihm keine Ruhe, so viele Arten, da kann man sich leicht irren, er müßte lernen, sie zu unterscheiden, aber das rechnet sich nicht, auch wenn Pilzesammeln ganz angenehm sein kann, was für einen Sinn hat eine Annehmlichkeit, der man nur ein paar Wochen im Jahr nachgeht, Pilze gibt es ein paar Wochen im Herbst, da ist es schon besser, Fische zu fangen, natürlich Meeresfische, ein männliches Abenteuer, das man das ganze Jahr haben kann. Mit Fischen kennt Herr Ehemann sich aus, er träumt von einem Marlin; in seiner Junggesellenzeit hat sich Herr Ehemann, in gänzlich bilanzfreien Stunden, mit Hemingway beschäftigt; das ist gute, bewährte, männliche Literatur, sagte er, wenn man ihn fragte, warum ausgerechnet Hemingway, zu Hemingway nahm Herr Ehemann auf hemingwaysche Art Platz, in einem alten Wollpullover, der sich noch an Gymnasialzeiten erinnerte, bei einem Glas Whisky ließ er den Blick über die Seiten schweifen und dachte an den Marlin; das Platznehmen zu Hemingway reichte ihm vollkommen aus, es war angenehmer als die Lektüre selbst, er las keines der Bücher zu Ende, na, jedenfalls nicht persönlich, das ist vielleicht auch besser, bei seiner Anfälligkeit für Hemingway hätte er womöglich nach gefährlicheren Requisiten gegriffen, Herr Ehemann muß geahnt haben, daß mehr als der Pullover, der Whisky und das Nachdenken über den Marlin nicht gut für ihn gewesen wäre; nun ja, manchmal ging er in ein kommerzielles Fanggebiet, Forellen fangen mit einer Spinning-Angel, und er beschloß, sich bald Zeit für ein echtes, männliches Mittelmeer- oder gar Ozeanabenteuer zu nehmen; doch vorläufig hat Rosa Probleme mit ihrer Gesundheit, Herr Ehemann hat Probleme mit seiner Frau, obwohl diese wunderbar kocht, sich mit Pilzen und Kräutern auskennt wie eine Hexe, in der Nähe des Hauses am Waldrand findet sie immer etwas und verwandelt es in ein kulinarisches Wunder, wenn vielleicht auch etwas zu gesund; o ja, Rosa ist eine Hexe: Sie weiß, daß ein Stückchen Wald ausreicht, um eine ganze Kompanie zu ernähren. Und eine Armee zu vergiften.

Seit einiger Zeit geht die Rechnung von Herrn Ehemann nicht mehr auf, er rechnete mit Diskretion und hat sich verrechnet, jetzt muß er noch einmal erklären, daß sie ihn nicht anrufen darf, wenn er zu Hause ist, weil seine Frau überall herumwuselt und lauscht, Herr Ehemann sagt in den Hörer, sie solle sich beruhigen, sie nehme schließlich den ersten Platz in seinem Herzen ein, aber er wird ausgelacht, Herr Ehemann bekleidet einen verantwortlichen Posten und kann sich daher nicht erlauben, unverantwortliches

Verhalten zu tolerieren, er sagt, sie solle sich das aus dem Kopf schlagen, leider haben seine Worte nicht die gleiche Kraft wie sonst in seinen finanziellen Verhandlungen, Herr Ehemann ist genervt, von unberechenbaren Menschen hat er sich immer ferngehalten, im Geschäft ist gegenseitiges Vertrauen das wichtigste, sie solle ihm vertrauen, sagt er in den Hörer, schließlich habe er ihr versprochen, die Scheidung einzureichen, er wolle nur einen Skandal vermeiden; Herr Ehemann erhebt unvorsichtigerweise die Stimme. Rosa steht hinter der Tür und lauscht; es geht ihr gut, seit sie Herrn Ehemann im Verdacht hat, etwas sehr, sehr Unehrliches zu tun, sie vervollkommnet die heimischen Methoden des Lauschens, weiß schon, welches der Gläser die Laute am besten überträgt, wenn man es an die Wand hält. Herr Ehemann hat soeben laut und deutlich geflucht, das gefällt Rosa nicht, in ihrer Anwesenheit hat er noch nie geflucht, und in beruflichen Gesprächen benutzt er eine sehr offizielle Sprache, Rosa möchte zu gern wissen, wer Herrn Ehemann so aus dem Gleichgewicht gebracht hat, wohin er jetzt will, so wütend, daß er die Tür zum Arbeitszimmer zuknallt; sie verstellt ihm den Weg.

»Mit wem hast du gesprochen? Mit ihr?«

Herr Ehemann versucht, Rosa aus dem Weg zu gehen, stößt sie zur Seite, wie gewöhnlich gibt er eine ausweichende Antwort, das ist abstoßend.

»Ich weiß nicht, wen du meinst, ich habe ein dienstliches Gespräch geführt.«

»Ich träume jede Nacht, daß du mich betrügst …«

»Na und? Soll ich dich für deine Träume um Verzeihung bitten? Ich habe viel zu tun, ich bitte dich, laß mich jetzt in Ruhe.«

Herr Ehemann schaut sie mit leerem Blick an, diesen

Blick fürchtet Rosa, sie weiß, was er bedeutet, so schauen Menschen, die einem ins Gesicht lügen; über ihr Gesicht laufen soeben Tränen, die Lügen des Herrn Ehemann lassen Rosa verwelken. Sie selbst konnte nie lügen, sobald sie es versuchte, wurde sie rot und verriet sich, selbst wenn es um kleine Schummeleien um des lieben Friedens willen ging, fiel es ihr äußerst schwer und kam ihr so widerlich vor, daß sie errötete, wenn ihr eine Lüge herausgerutscht war, sie quälte sich damit, ob der Belogene ihr wirklich glaubte, versuchte, es herauszubekommen, indem sie ihm in die Augen sah, und dabei entschlüpfte ihr ein halbes Lächeln, das sie entlarvte; so sah das aus, ihr Pseudolügen. Rosa ist nicht naiv, nur gutmütig: Sie geht davon aus, daß es in der menschlichen Natur für das uneigennützig Böse keinen Platz gibt, sie denkt, das Böse beginnt dort, wo die Uneigennützigkeit aufhört; Rosa glaubt nicht, daß ein Mensch einem anderen grundlos etwas antun kann, genau wie sie auch nie Menschen verstehen konnte, die ohne Grund lügen.

Herr Ehemann zum Beispiel lügt, um nicht aus der Übung zu kommen, in seinem Beruf ist das sehr wichtig, systematisches Lügen macht den Meister; Herr Ehemann hat sich schon mehrmals mit einem Lügendetektor gemessen und bei Wetten mit einem befreundeten Detektiv beträchtliche Summen gewonnen; nachdem der befreundete Detektiv zweimal eine beträchtliche Summe verloren hatte, rief er andere Detektive zusammen, die sich um den Apparat herumstellten und noch beträchtlichere Summen verloren; Herr Ehemann hätte seinen Lebensunterhalt ausschließlich mit Lügen verdienen können, der Detektiv schlug eine GmbH vor: Er würde die Organisation der Auftritte übernehmen, und Herr Ehemann würde ein- bis zweimal im Monat lügen wie gedruckt – hatte man doch noch keinen Detektor erfunden, der es geschafft hätte, Herrn Ehemann bei einer Lüge zu ertappen; wie wir schon wissen, ist er kein Mensch der kleinen Lügen und kleinen Geschäfte, er zieht es vor, global zu lügen, er nennt es »die Leute überzeugen«. Herr Ehemann weiß, daß eine geniale Lüge überzeugend sein muß, und dafür müssen zwei Bedingungen erfüllt sein: Man muß immer das sagen, was die Leute glauben wollen, und immer so lügen, daß man sich selber glaubt. Herr Ehemann fühlt sich nicht schuldig – ist denn das unverantwortliche Versprechen selbst nicht schon die Keimzelle der Lüge? Die Menschen sollten sich keine Treue bis zum Tod geloben, denn nicht die Zukunft gehört ihnen, sondern nur das Gewissen; Herr Ehemann belügt Rosa gewissenhaft, weil er es gut mit ihr meint, sie soll sich nicht aufregen.

Rosa sieht Herrn Ehemann in die Augen, die Lüge will ihr nicht in den Kopf, sie hofft, daß sie auch für den Kopf von Herrn Ehemann zu groß ist, Rosa läßt den Blick über sein Gesicht schweifen und sucht die Lüge in einem Blinzeln, im Mundwinkel, die ungeliebten Augen schauen Herrn Ehemann ganz aus der Nähe an und sehen nichts Lebendiges; Rosa läßt ihn nicht durch, sie greift ihm in den Schritt, packt zu, daß es weh tut, verlangt noch eine Lüge:

»Schwör mir, daß du mich nicht betrügst …«

Herr Ehemann hätte geschworen, daß er treu ist, aber da klingelt sein Handy, Rosa preßt seine Hoden mit der Hand zusammen und zieht ihm mit der anderen das Telefon aus der Tasche; Herr Ehemann leidet wirklich. Die Nummer wird nicht angezeigt, auf Rosas Stimme antwortet Schweigen, die Verbindung wird getrennt; Herr Ehemann befreit sich aus dem Griff, dreht Rosa den Arm um und nimmt ihr das Telefon ab, wobei er drohend zischt:

»Mach das nicht noch mal.«

Auch das Leiden wird aufgerechnet, Herr Ehemann hält Rosas Arm genauso lang in der schmerzlichen Verrenkung, wie sie ihn an den Eiern festgehalten hat, nein, länger noch, Herr Ehemann will nicht gerecht sein, er will ihr eine Lehre erteilen; Rosa hat ihn enttäuscht, soll sie ruhig ein bißchen jammern jetzt. Herr Ehemann hat Mitleid mit Rosa, aber er kann ihr nicht helfen, er möchte, daß sie diesen Schmerz lange in Erinnerung behält, so wie er sich bis heute an den Muskelprotz in seiner Klasse erinnert, der ihm in den Pausen gern den Arm umdrehte und auf den Hinweis, daß es weh tue, zu philosophieren begann: »Das soll weh tun, das muß weh tun, Schmerz ist lehrreich, je früher du ihn kennenlernst, desto leichter wirst du es im Leben haben.« Der Muskelprotz war der Primus und der absolute Liebling der Lehrer, also gab es keine Möglichkeit, sich effektiv über ihn zu beklagen, erst viel später erfuhr Herr Ehemann, daß dieser Junge haargenau die Lehre wiederholte, die ihm sein Vater ins Ohr geflüstert hatte, der ihn elf Jahre lang ungestraft mißbrauchte; bevor der Junge sich in seinem Versteck in der Dachkammer aufhängte, schrieb er Briefe an ein paar Leute, von denen er sicher zu sein glaubte, daß sie seine Leiden nicht vertuschen würden; also verzieh ihm Herr Ehemann die Schmerzenslektionen zwischen den Lektionen, im übrigen wurden sie alle zu Schülern dieses Athleten, seine Überlegenheit an Größe und Gewicht reichte für alle, Schleimerei half nicht weiter, niemand konnte wissen, an welchem Tag oder zu welcher Stunde er zu dem schmerzhaften Unterricht herangezogen würde, alle verziehen ihm, wenn auch nicht jeder sich dazu durchringen konnte, an dem Klassenausflug zu seinem Grab teilzunehmen, manche fehlten unentschuldigt, aber sie verziehen ihm, das ist sicher; Herr Ehemann muß sich, wenn er Rosa Schmerz zufügt, keine Gedanken darüber machen, ob sie ihm verzeiht, denn soeben ist sie eingeschlafen, die Arme, sie wird sich an nichts erinnern, wie schade, die ganze Lektion für die Katz.

Herr Ehemann arbeitet schwer diese Nacht, im Schweiße seines Angesichts produziert er Lust, er ist in Fahrt gekommen wie eine verrückte Lokomotive, doch wen rattert er da im Rhythmus der Kolben so gelungen durch, daß man es im ganzen Haus widerhallen hört, wer gibt sich dem keuchenden Boß so willig hin, wer läßt sich da fördern, so gut es geht, warten wir, aus dieser Position sieht man es nicht genau; Herr Ehemann beginnt schon mit dem finalen Abzählen, soeben hat er angekündigt, er werde gleich kommen, aber er hört ein Gemurmel, die Bitte: noch nicht, jetzt nicht, gleich, aber Herr Ehemann kann nicht mehr bremsen, in mehreren Raten entlädt er den ganzen Vorrat an Munition, alles hinein, wie Gott befohlen, Herr Ehemann muß endlich jemanden befruchten, ein geburtenstarker Jahrgang ist im Kommen, einflußreiche Geschäftsleute erlauben sich ein drittes Kind, während er mit der Vermehrung noch nicht einmal begonnen hat. Leider werden wir nicht erfahren, wessen Körper Herrn Ehemann so gastfreundlich aufgenommen hat, weil dieser gerade erschöpft zusammengeklappt ist und alle Details verdeckt, Moment, schauen wir auf die schlanke Wade mit dem sehr sinnlich gewählten Kettchen, schauen wir auf die Zehen, die sich rhythmisch zusammenziehen, als würden sie versuchen, den fliehenden Orgasmus festzuhalten, sehen wir uns die gepflegten schwarzlackierten Fingernägel an – zweifellos eine junge, attraktive Frau. Rosa, die im Nebenzimmer ihren ruhigen und von Herrn Ehemann persönlich regulierten Schlaf schläft, ist auch jung und attraktiv; Herr Ehemann hat einen guten Geschmack.

7

Adam hat eigenhändig den Arm des Süßen aus dem Gips befreit, es sieht aus, als wäre der Knochen richtig zusammengewachsen, nur die Muskeln müssen wieder aufgebaut werden, Adam wird den Verlauf der Rehabilitation überwachen, wenn der Süße sich gehorsam nach ihm richtet, wird er bald wieder herumspringen. Adam taucht einen Lappen in eine Schüssel und wäscht die Haut ab; er liebt es, seinen Süßen ganz zu waschen, den Geruch der Straße abzuwaschen, er liebt es, ihn naß bei sich zu haben, aber auch, ihn dann mit dem Handtuch abzutrocknen, ihm die Nägel an den Zehen zu schneiden (an den Fingern nagt der Süße sie selbst ab), die Hühneraugen zu entfernen, ihn mit einer duftenden Creme einzureiben, zu pflegen, zu enthaaren; Adam liebt alles, was der Süße ihm gestattet, er ist der zärtlichste und behutsamste Pfleger, denn wenn der Süße auch nicht gerade ängstlich oder scheu ist, so kommt er doch noch nicht mit dem zurecht, was geschehen ist, was jeden Tag geschieht, hat sich noch nicht an die bisher unbekannte Annehmlichkeit gewöhnt, die er daraus schöpft, daß er einen grenzen- und bedingungslos ergebenen Liebhaber besitzt, der ihm auf jeden Wink unterwürfig dient.

Die gebrochenen Rippen sind auch zusammengewachsen, der Süße kann aus voller Brust atmen, sich schmerzfrei von einer Seite auf die andere werfen, wenn er einen Alptraum hat, das ist wichtig, denn er schläft unruhig, jede Nacht schlägt er sich herum und überschüttet seine Verfolger im Traum mit einer Ladung Schimpfwörter; seit er bei

Adam wohnt, muß er sich fürchten. Er wohnt heimlich bei ihm, niemand, aber auch wirklich kein Mensch darf es erfahren; für den Fall, daß doch etwas durchsickern sollte, hat er eine Erklärung parat, jedenfalls glaubt er, eine zu haben: Er hat sich einen Dummen gesucht, um an dessen Geld ranzukommen, das Doktorchen ist reich, der tut nur so, als ob er ein armer Schlucker wäre, seine Alten schwimmen im Geld und schicken ihm welches, das ist ne feine Sache, so nen Dummen zu haben, Jungs (der Süße weiß, daß ihm seine Kumpels das Wesentliche an dieser Geschichte nicht abkaufen werden, ein Detail wird ihnen ins Auge springen: Warum ein Dummer und keine Dumme, bist du vielleicht ne Schwuchtel?). Der Süße ist keine Schwuchtel, das nun wirklich nicht, nie hat er jemandem den Arsch hingehalten, Leute, versteht ihr, er läßt sich nur einen blasen, der Doktor ist große Klasse im Blasen, die Damen könnten einiges von ihm lernen, was wollt ihr denn, was ist schon dabei, daß sie zusammen schlafen, habt ihr nie mit einem Typ in einem Bett geschlafen? Wenn es nachts kalt ist, kuscheln sie sich auch mal aneinander, spielen ein bißchen mit den Pimmeln, um warm zu werden, wenn das für euch schwul ist, dann fickt euch ins Knie, Schwuchteln gibts im Knast, aber das wißt ihr ja nicht, ihr Arschlöcher, weil ihr nie gesessen habt.

»Ich habe heute lange Dienst. Vergiß nicht, den Schlüssel mitzunehmen, wenn du rausgehen willst«, sagt Adam und knöpft die Jacke zu; noch einen Moment steht er an der Tür, er hätte gern einen Kuß zum Abschied, würde gern den Morgen erleben, an dem der Süße ihn einfach küßt und ihm einen schönen Tag wünscht, doch das wird ihm noch eine Weile zu schaffen machen, da hilft nichts, für Küsse ist es entschieden zu früh; Adam geht, der Süße hat ihn heute nicht einmal angesehen, er muß wieder Angst vor sich selbst bekommen haben. Adam weiß, daß der Süße von seinem Versteck für die Ersparnisse weiß; die Mutter hat angefangen, Geld zu schicken, Adam ist von seiner ursprünglichen Absicht, es zurückzuschicken, abgekommen, er würde ohne diese Hilfe zurechtkommen, aber er versteckt das Ersparte in der alten Ausgabe des *Vademecum der Allgemeinmedizin* zwischen den Seiten mit *Neoplasmata ossium et articulationum* und *Myeloma multiplex Plasmocytoma*, damit der Süße etwas hat, was er ihm stehlen kann. Adam sorgt sich um seinen Dieb, er legt ihm leichte Beute hin und füllt die Vorräte immer wieder auf, sogar einen Dankesbrief an seine Mutter hat er zu diesem Zweck geschrieben und geschickt suggeriert, sie möge häufiger etwas schicken; Adam möchte, daß der Süße, wenn er schon stehlen muß, zu Hause stiehlt, statt sich mit seinen Kumpels herumzutreiben, soll er lieber das Training wiederaufnehmen; Adam versteht nicht, daß einsam in einem leeren Haus zu stehlen das gleiche ist, wie allein zu trinken; der Süße bestiehlt ihn nicht, er nimmt sich nur sein Honorar, stehlen – das tut er lieber in der Stadt.

Adam ist nicht mehr so scharf darauf, Vertretungen zu übernehmen, er bleibt nicht mehr länger im Dienst, obwohl sich die Patienten daran gewöhnt haben, daß der junge Doktor am genauesten untersucht und bei ihm immer alle drankommen, die älteren Kollegen sind überrascht, daß er sich ihnen so schnell angepaßt hat, der Schlauberger, die Zeit der Sonderangebote ist vorbei, jetzt schmieren die Kranken ihn sicher wie bekloppt. Natürlich schmieren sie ihn; Adam schlägt es nicht ab, er hat schon gelernt, ganz nebenbei den Briefumschlag in die Schublade zu legen, beiläufig, ohne das Gespräch mit dem Patienten zu unterbrechen, als würde das Überreichen und Annehmen sich irgendwo weit weg abspielen, es gibt ja Augenblicke im Leben, in denen zwei Menschen durch schweigende Übereinkunft verbunden sind, stellen wir uns zum Beispiel zwei herausragende moralische Autoritäten vor, Professoren der Philosophie und Literatur, allgemein geschätzte und einander schätzende Bürger, die alle paar Tage in ihrem Lieblingscafé Streitgespräche führen, die den Tisch, an dem sie sitzen, im ganzen Land berühmt machen, stellen wir uns also vor, daß sie zufällig im Freudenhaus aufeinandertreffen: Eine stillschweigende Übereinkunft verbietet ihnen, einander zu erkennen, der Grad des gegenseitigen Beschämens wäre zu groß, dabei würden sie ihre Potenz verlieren, also gehen sie aneinander vorbei, als kennten sie sich nicht, und am nächsten Tag führen sie, als wäre nichts gewesen, beim Kaffee ihre Debatten über universelle Dinge, die nächtliche Begegnung mit keinem Wort erwähnend; wenn zwei Menschen im selben Moment zu dem Schluß kommen, daß nichts geschehen ist, dann müssen sie sich nicht schämen, schließlich ist nichts vorgefallen; die Patienten händigen Adam die Umschläge aus, als täten sie es nicht, Adam nimmt sie an, als würde er sie nicht annehmen; natürlich nimmt er sie an, damit der Süße ihn nicht verläßt, er fürchtet, wenn es nichts mehr zu stehlen gäbe, wäre er bald einsam. Adam fürchtet sich vor der Einsamkeit; der Süße hat, als er zum erstenmal über Nacht blieb, Adam das Alleinsein für immer gestohlen, wenn er geht, bleibt nur die Einsamkeit. Adam verweigert den Patienten nicht die genaue Untersuchung, er untersucht sie noch sorgfältiger als zuvor, aber leider kann er ihnen nicht mehr Zeit widmen, als in seinem Vertrag steht. Adam beendet seine Arbeit jetzt überpünktlich und geht im Laufschritt nach Hause, in der Hoffnung, daß dort schon der Süße auf seinen Diener wartet, Adam schiebt nach der Arbeit jetzt privat Dienst, beim Gedanken daran kribbelt es ihm im Bauch. Bitte schön, gerade erst hat er das Krankenhaus verlassen, und schon ist er in seiner Straße, er muß gelaufen sein, und zwar den Großteil der Strecke, deshalb ist er so außer Atem, gleich wird er drei Stufen auf einmal nehmen ins Obergeschoß, schauen wir mal, ob ihn etwas aufhalten kann.

»Hej, du! Junge!«

Die Stimme tönt irgendwo aus dem Untergrund, von einem Nachhall verstärkt, und klingt, als wäre Gott persönlich beleidigt, daß Adam in Kleinbuchstaben an ihn denkt; Adam bleibt stehen, wie es sich für einen Mediziner gehört: Wenn jemand ruft, könnte es ein Hilferuf sein, selbst wenn es Gott/GOTT persönlich wäre. Nur daß die Stimme ganz allein ist, zu hören, aber nicht zu sehen, Adam weiß nicht einmal, in welche Richtung er schauen soll, er denkt: Wenn Gott/GOTT doch existiert, wenn er gerade zu existieren begonnen hat, könnte er es übelnehmen, daß Adam den Jungen im Mann liebt, nein, selbst GOTT mit Großbuchstaben hätte kein Recht dazu, ihm das nachzutragen, solange die sündlose Liebe zum Guten führt; Adam meint es gut mit dem Süßen, er will ihn ja ans Licht holen, das verirrte Schaf zur Herde zurückführen. Was willst du/Du von mir, Gott/GOTT, denkt Adam, und wenn du/Du es nicht bist, wer hat mich dann gerufen, was will er?

»Du!«

Adam hört die Stimme deutlich, er folgt ihr dorthin, wo niemand ist, obwohl die Stimme des Herzens ihn in eine andere Richtung lenken würde, dorthin, wo der Süße sicher schon in Boxershorts wartet, ach, was werden sie sich kabbeln, bis er ihm erlauben wird, sie ihm auszuziehen, und dann ein bißchen spielen anfassen in den Mund nehmen; Adam nähert sich unsicher diesem Niemand, erst mitten auf der Straße sieht er einen Mann im Gully, na klar, es werden die Kanaldeckel geklaut, da ist es schon passiert, daß ein Betrunkener reingefallen ist und die ganze Nacht verkeilt einen Meter unter der Erde gesessen hat, aber der hier sieht aus, als sei er vorher in alle anderen Gullys der Stadt gefallen, und das mit dem Kopf voran, jedenfalls ist er blutüberströmt und kann nicht raus; Adam betrachtet mit Grauen das übel zugerichtete Gesicht: Beide Augenbrauen sind geplatzt, das linke Auge ist furchtbar geschwollen, die Nase ebenfalls; wo war Gott, als dieser Mensch mißhandelt wurde?

»Was ist passiert?«

»Hob Dresche gekriegt von die Fäger. Fir nix un wieder nix. Hob ich denn viel gehobt? Nix wie Kleingeld … Fir zwanzig Zloty hobn se mir gebrochen die Nos … Un hobn mir genommen die Uhr, wo eh is hinieber …«

Adam hilft ihm herauszuklettern, der Typ versucht zu stehen, doch das Bein knickt ihm auf Höhe des Knies nach vorn, er fällt hin und wird nur deshalb nicht ohnmächtig vor Schmerz, weil er stockbesoffen ist; Adam ruft einen Krankenwagen, sie fragen, ob sie einen Arzt schicken sollen oder ob er selbst zurechtkommt (der Süße wartet … Und wenn er nicht wartet? Wenn ihm schon langweilig geworden ist? Wenn er da ist, wird er auch später noch dasein; wenn er nicht da ist, ist es besser, das so spät wie möglich zu erfahren), nein, kein Arzt, Adam kümmert sich selbst darum.

Der Süße schläft schon, nackt, seine Klamotten liegen verstreut auf dem Boden, er muß müde gewesen sein, er wird doch nicht schon richtig rumgesprungen sein? Er schläft auf der Seite, tief, aber sein Gerät ist hellwach; was er wohl träumt? Adam ist fix und fertig von der Sache mit dem zusammengeschlagenen Säufer, von der Untersuchung, den Aussagen und allem, gleich wird er sich auch ausziehen und sich an seinen heißen Süßen schmiegen, in einem sogenannten Sesselchen oder Löffelchen oder wie man da sagt, er wird ihn sanft am Schwanz fassen und mit dem Schwanz in der Hand einschlafen, es sei denn, der Süße wacht auf und möchte mehr. Adam hebt dessen Hose und Hemd vom Boden auf, legt sie auf den Stuhl und bemerkt an einigen Stellen Blutflecken. Sofort schaut er sich seinen Süßen näher an, der ist schön in voller Länge und unversehrt, nichts fehlt ihm, nirgends auch nur ein Kratzer, er stammelt etwas im Schlaf und wickelt sich wieder in die Decke. Adam bringt die Kleider des Süßen ins Bad und wirft sie in die Waschmaschine. Selbst wenn Gott/GOTT nicht existiert, ist nicht alles erlaubt: Adam weiß, daß er am nächsten Tag ein paar unbequeme Fragen stellen muß, und der Süße schätzt Bequemlichkeit über alles; da, bitte: Wie er sich auf dem ganzen Bett breitgemacht hat. Adam legt sich daneben, berührt ihn und denkt, daß er sich jetzt verhalten sollte, als müsse er morgen sterben.

Der Vater hat schon geparkt, aber er und die Mutter steigen nicht aus, ungläubig überprüfen sie die Adresse auf dem Zettel und vergleichen sie mit der Hausnummer, leider stimmt alles; sie haben die Straße gefunden, haben das Haus gefunden, aber das Singen ist ihnen vergangen, obwohl die Mutter, aus Freude, daß der Vater sich endlich zu einem

Besuch bei ihrem Sohn hat überreden lassen, unterwegs alle Schlager ihrer Jugend gesummt hat. Schließlich steigt der Vater aus, stemmt die Hände in die Seiten, betrachtet das Haus, in dem sein einziggeborener Sohn wohnt, und platzt fast vor Zorn und Schande (auf dem Land steht ein nagelneues Häuschen, und der wohnt hier in einem vergammelten Loch, einer Bruchbude, verdammt, einer gottserbärmlichen, aber ich sage nichts, ich sage nichts, es lohnt nicht, sich aufzuregen, ich mach mir nur den Knopf am Hals auf, mir bleibt fast die Luft weg). Auch die Mutter steigt zögernd aus, weiß nicht, ob sie die Taschen mit Gläsern voll Kompott Bigos Pilzen und allem, was ihr Sohn so gern mag, schon herausnehmen oder lieber warten soll, besser der Vater geht zuerst hinauf und schaut nach, vielleicht ist ja die Adresse falsch. Aus dem Fenster im Parterre schaut der Fensterbanknachbar bald auf die Ankömmlinge, bald auf die Limousine, schließlich spricht er den Vater an, der den Ekel schon überwunden hat und schnell im Treppenhaus verschwinden will, wo es nach Katzenpisse stinkt.

»Tag. Schenes Auto. Ich wirds lieber nich lossen stehn. Aber kennt ich aufpassen, daß nix passiert … Zwei Zloty die Stunde …«

Der Vater schaut verächtlich und überheblich, was ist denn das für ein menschlicher Pinscher, denkt er, wie sieht der denn aus, wie redet der, was ist das überhaupt für ein Viertel, auf das Angebot des Mobilienschutzes reagiert er gar nicht (das ist ein Fehler – man merkt, daß er nicht aus der Stadt ist).

»Wenn nich, dann holt nich«, sagt der Nachbar, aber der Vater hört ihn nicht mehr, er betritt den alten, verwahrlosten, muffig riechenden Flur, steigt die Holztreppe hinauf, wo es von unten durch die Ritzen schimmert, versucht würdevoll zu gehen an diesem unwürdigen Ort, ein kleiner Hund, so ein Mauerpisser, verdreht erstaunt den Kopf, was da für ein seltsamer Typ diesen ländlichen Geruch hereinträgt, für alle Fälle bellt er ein Mal, ein zweites Mal, aber ohne Überzeugung; die Mutter ist weit zurückgeblieben, muß auf den Treppenabsätzen Luft holen, sie hat ja gedacht, egal wo er wohnt, in der Stadt wird sie mit dem Aufzug zu ihrem Sohn hinauffahren können, es gefällt ihr überhaupt nicht hier, man weiß nicht, ob das Haus gerade renoviert, gebaut oder abgerissen wird, jedenfalls ist das kein so richtiges Haus; der Hund schnuppert im Flur an der vollgepißten Wand, in die überall Schimpfwörter eingeritzt sind, ach, ihr Sohn hat einen besseren Ort verdient, da stimmt sie mit dem Vater völlig überein, aber wo ist er denn, warum wartet er nicht auf sie, Jesses, sie ist fix und fertig, wie viele Stufen sind das noch, und warum knarren die so, als wollten sie unter ihr wegbrechen.

Adam hört ein Klopfen und wacht auf; wie spät ist es wohl, wer ist das, er hat verschlafen, wie immer am Tag nach dem Dienst, wo ist der Süße, er wäscht sich, man hört Wasser im Bad; wieder klopft es, Adam soll endlich aufmachen, er wird nachsehen, abwimmeln, wen der Teufel hierher geschickt hat. Er zieht die Hose an, will sie schnell zumachen und verletzt sich mit dem Reißverschluß am Pimmel, zischt vor Schmerz, öffnet die Tür und steht mit offener Hose vor dem Vater persönlich.

»Papa!« sagt er laut, damit der Süße im Bad es hört, vielleicht wird er warten oder sich anziehen und als Arbeitskollege vorstellen, Adam ist schwer in Schwulitäten, denn der Vater überschreitet schon die Türschwelle, und irgendwo hinter ihm kommt die Mutter geschwankt; warum zum Geier hat er das vergessen, sie haben sich doch angekündigt, er hätte nur früher aufstehen müssen und dem Süßen erklären, er wolle ihn ja nicht loswerden, aber heute könne er sich doch ein paar Stündchen in der Stadt vergnügen …

»Adam, mein Junge! Im Krankenhaus haben sie gesagt, du hättest heute frei, das sollte eine Überraschung sein …«

Der Vater umarmt ihn schon auf männliche Art, heftig, herzlich, lang, bis Adam die Luft wegbleibt, er hatte Sehnsucht, mit Recht, soll er ihn ruhig drücken; Brot und Salz hat ihm niemand gereicht, aber der Vater ist nicht so schnell enttäuscht, schon platzt er herein, schaut, guckt, mustert das Zimmer. Er sieht das zerwühlte Bett, und seiner Aufmerksamkeit entgehen nicht die zwei Kopfkissen nebeneinander sowie die zwei Decken, und das Laken, an zwei Stellen eingedrückt, frische Spuren von Zweisamkeit, intim, privat, häuslich. Freudig wendet er sich dem Sohn zu, die Umstände machen ihm keine Sorgen mehr, ist halt ne Bruchbude, na ja, die Wohnung ist auch ein bißchen verwahrlost, aber macht nichts, alles nicht wichtig angesichts der wunderbaren Neuigkeit, die, wenn sie Adam auch offensichtlich im Hals steckengeblieben ist, er steht ja so blaß da, lasch, sprachlos, die für den Vater fundamental ist, wichtiger vielleicht sogar als die, die sie vor gar nicht langer Zeit gefeiert haben; also, der Sohn schläft nicht allein, es ist eine Begleitperson da, sie hat sich irgendwo versteckt, vielleicht ist sie einkaufen gegangen, um dem Herrn Doktor Frühstück zu machen, vielleicht arbeitet sie auch selbst und muß schon früh morgens weg, jedenfalls kann der Sohn jetzt nicht mehr verbergen, daß eine Frau da ist; endlich endlich eine Frau. Der Vater starrt die Abdrücke auf dem Laken an, versucht aus ihnen herauszulesen zu rekonstruieren sich vorzustellen, wie sie sein mag, schlank oder eher mollig, eine

Schönheit mit vollen Formen oder so ein hageres Ding, er starrt das Bett an, als wäre ihm die Besichtigung des Turiner Grabtuchs zuteil geworden, bereit, vor diesem Lager auf die Knie zu fallen und dem Herrgott zu danken, daß der Sohn eine Frau hat, eine Frau, Donnerwetter, er bumst eine Frau hier und brüstet sich gar nicht, hat gar nichts geschrieben, aber was solls; im Bad läßt jemand Wasser laufen, sie ist also zu Hause, das Schwiegertöchterchen ist da und wird ihnen nicht entgehen, bald wird sie sich zeigen, sicher macht sie sich gerade zurecht, malt sich an, düftelt sich ein, will sich den zukünftigen Schwiegereltern von der besten Seite zeigen; der Vater stirbt vor Neugier, streicht sich das Haar auf der Stirn glatt und zwinkert Adam zu, wobei er auf die Badezimmertür weist. Die Mutter erreicht mit ihrem Begrüßungslächeln genau in dem Moment die Tür, als der Süße nackt herauskommt und sich gleich darauf ängstlich ein zu kurzes Handtuch umzubinden versucht; er schafft es nicht, eine Position zu finden, in der er von beiden Seiten zugleich verhüllt wäre, da er sich dem Vater mit manierlich verdecktem Gemächt präsentieren will, streckt er der Mutter den nackten Arsch entgegen, jedenfalls sagt er beiden geflissentlich »guten Tag«, erst dann erlaubt er sich, mit einem verlegenen Flüstern, das der unschicklichen Situation angemessen sein soll, Adam zu fragen:

»Weißt du, wo meine Klamotten sind?«

»Was ist denn das«, denkt der Vater.

»Wenn ich mich nicht setze, falle ich um«, denkt die Mutter.

Wie ist das möglich, denkt der Vater.

Ogottogott, denkt die Mutter.

Wortlos fahren sie zurück, nur die Gläser klirren im Kofferraum. Kompott Bigos Pilze. Erst als sie vor dem Haus aussteigen, bemerken sie, daß jemand alle Radkappen geklaut hat.

Das nennt man Schweigen. Adam und der Süße sitzen am Tisch und schweigen sich an. Sie haben sich hingesetzt, um ernsthaft zu schweigen. Manche Dinge kann man nicht einfach bereden, die muß man ein für allemal ausschweigen, um Mißverständnisse zu vermeiden. Eigentlich ist es Adam, der schweigt, der Süße hört ihm zu. Adam hat noch nie die Stimme gegen jemanden erhoben, deshalb wartet er, bis da drin alles still ist, damit er in Ruhe reden kann. Der Süße fühlt sich nicht schuldig, das war Zufall, er hat es nicht gehört, hat gebadet, hätte er gewußt, daß jemand in der Wohnung ist, wäre er schließlich nicht herausgekommen; der Süße schweigt, wartet, daß Adam etwas sagt, die Spannung ist unerträglich, also spielt er mit der Uhr.

»Woher hast du die?« fragt Adam auf so vollendet ruhige Weise, daß er es lieber nicht wiederholen möchte, es könnte sein, daß es ein zweites Mal nicht gelingt. Der Süße kapiert nicht, worum es geht, auf wen oder was sich der Vorwurf in der so unnatürlich kalten Stimme bezieht; diese Art von Stimme kennt der Süße von den Verhören auf der Wache, und die mag er gar nicht.

»Was – woher?«

»Woher hast du die Uhr?«

Ach, um dieses frisch abgesahnte Ding gehts ihm, alter russischer Schrott, der Süße hat es dem zusammengeschlagenen Typ nur abgenommen, weil ihm sein Großvater damals genau so eine zur Kommunion geschenkt hat; der Großvater war der einzige Mensch in dieser beschissenen Familie, der einzige, um den der Süße bei der Beerdigung geweint hat, bei seinem Vater, diesem verdammten Arschloch, war er gar nicht am Grab und wird auch nie hingehen, es reicht, daß die Mutter dort rumjammert und bei einer Flasche Wodka ihre Andacht abhält, dann vollgekotzt auf der Grabplatte einschläft und in der Nacht, wenn sie verkatert aufwacht, brüllt, daß es die halbe Stadt hört, weil sie nicht aus dem Friedhof rauskommt; später sagen die Leute dann, es würde dort spuken, nicht einmal zu Allerheiligen trauen sich die Kinder dorthin. Die Sache von gestern hat der Süße schon vergessen, war ja auch nichts Besonderes, immer wenn er mit seinen Kumpels so einen Blödmann trifft, der völlig zugedröhnt ist, nehmen sie ihn sich zur Brust, aus Prinzip, nicht aus Geldgier, damit Ordnung herrscht in der Stadt, damit die Leute auf der Straße keine Angst haben müssen; Unkraut muß man jäten, so einer bekommt eins reingetreten und knallt mit der Fresse auf den Gehweg, dann wird er nicht mehr besoffen durch die Gegend schwanken und rumgrölen. Die Uhr; verdammt, was hat er mit dieser Uhr?

»Was heißt woher? Natürlich gekauft.«

»Warum lügst du?«

»Halt dich zurück, verdammt, verpiß dich, stellst mir hier Fragen wie ein Bulle, was soll das? Wo bin ich denn? Mit wem rede ich?«

Der Süße steht auf, muß sich bewegen, aber die Wohnung ist klein, man kann nur im Kreis, das ist blöd, lieber rausgehen oder sich wieder setzen, aber vorher die Unzufriedenheit, ja die Wut irgendwie ausdrücken, zum Beispiel … zum Beispiel … ja, das Glas runterwerfen, kaputtschlagen, bitte, das sieht bedrohlich aus, Glas, Krach; vielleicht reicht das, damit sich das Doktorchen hier wieder benimmt.

»Du warst in eine schwere Schlägerei verwickelt. Ich sollte zur Polizei gehen, statt dir die blutverschmierten Klamotten zu waschen.«

Hat sich der Süße verhört? Diese Schwuchtel droht mit der Polizei? (Süßer, ganz ruhig, ball die Faust nicht so, du willst ihm doch nichts antun.) Der Süße packt Adam mit beiden Händen am Kragen und hebt ihn auf Gesichtshöhe, Adam denkt einen Moment lang, der Augenblick des Kusses sei gekommen, wenn auch im unpassenden Moment, aber nein, der Süße will ihn nur ganz aus der Nähe anspucken, um genau auf den Mund zu treffen, dabei würgt er ihn, indem er die Hände am Kragen noch stärker zusammenpreßt; Adam schießen Tränen in die Augen, er empfindet Schmerz, Atemnot, und macht die Entdeckung, daß Gewalt, die er zum erstenmal so deutlich erfährt, auch Nähe bedeutet, die physische Erniedrigung ist ihm angenehm, eigentlich möchte er, daß der Süße den Griff nicht lockert, daß er ihn erwürgt; Adam spürt, daß er nicht nur aus Angst gerade feucht geworden ist.

»Das ist das Ende, verstehst du?« zischt der Süße durch die Zähne, läßt Adam los und geht hinaus, wobei er die Tür so zuschlägt, daß am Rahmen ein Stückchen Putz abbröckelt. Noch hört man ihn über die Treppe laufen, noch sieht man ihn mit schnellem Schritt am Haus entlanggehen, aber er verschwindet hinter der Ecke; das wars also. Er ist weg. Nein, es ist noch nicht ganz das Ende. Adam spürt den Speichel seines Süßen auf den Lippen, das Ende kommt erst, wenn der eingetrocknet ist.

8

Es ist alles untersucht, wenn auch noch nicht alles gesagt; Robert hat mehrmals laut und deutlich darum gebeten, man möge ihm gegebenenfalls ohne falsches Mitleid die Wahrheit sagen, jetzt wartet er im Behandlungszimmer darauf, daß dieser Arzt etwas sagt, er hat die ganze Krankengeschichte vor sich, alle Ergebnisse, er soll endlich aufhören, sie mal so, dann wieder so hinzulegen, zu rascheln husten seufzen, er soll sich konzentrieren, denn das ist nicht gerade ein angenehmer Moment, er könnte so gnädig sein und ihn nicht hinauszögern; Robert ist auf das Urteil gefaßt, fünf Buchstaben, eine Silbe, wie der letzte Schlag des Hammers auf den Sargnagel: Krebs.

Adam hätte in diesem Zustand nicht zur Arbeit gehen sollen, aber er fürchtete sich vor der leeren Wohnung, der entleerten, verlassenen Wohnung; Adam wird nicht fertig mit dem Süßen, dessen Fehlen ihn ganz ausfüllt, der Süße ist schmerzlich abwesend, nicht nur die Wohnung erinnert sich an ihn, auch das Krankenhaus und dieses Zimmer, sogar der Stuhl, auf dem jetzt der Patient sitzt, erschrocken, erwartungsvoll; Adam hat heute zum erstenmal im Leben die Pflicht, einem Kranken mitzuteilen, daß er nicht mehr gesund werden wird, Adam wußte, daß ihn das eines Tages erwarten würde, theoretisch war er darauf vorbereitet, aber praktisch hat dieser Patient außer der Krankheit einen Vornamen, Nachnamen und eine Lebensgeschichte, dieser Patient sitzt persönlich und als Mensch vor ihm und sieht ihn an; er will es wissen; vielleicht gelingt es ihm, es lautlos zu sagen, beredt zu schweigen; vielleicht sagt er es sich selbst?

Robert beobachtet die Pantomime des Arztes, und die Hoffnung nimmt zu, daß er auch diesmal erleichtert gehen wird, wie in den Zeiten seiner jugendlichen Hypochondrie, als von den Aussagen und Gutachten des Arztes die Phantombeschwerden verschwanden, vom Arzt nachsichtig quittiert frei nach dem Motto: »Schon wieder tut Ihnen etwas weh, dabei haben Sie Ergebnisse, um die man Sie nur beneiden kann. Sie sollten Wehleidling heißen.« Noch immer hat Robert Hoffnung, das Schweigen des Arztes läßt sie nicht geringer werden; Robert war ein lebendiger Mensch, als er das Krankenhaus betrat, er kann sich nicht vorstellen, daß er es als sterbender Mensch verlassen könnte. Sag schon was, Ärztchen; versuchs wenigstens.

Adam versucht (aufzuhören an den Süßen zu denken):

»Also … Gut sieht es nicht aus … Das eklige Ding hat sich unschön entwickelt … Ich habe Ihnen ja neulich schon gesagt, das darf man nicht unterschätzen … Wir müßten eine sehr intensive Chemotherapie durchführen … Garantieren läßt sich nichts, und Ihr Organismus ist sehr geschwächt … Sie müssen kämpfen wollen … Alles andere ist zweitrangig …«

Roberts Körper verwandelt sich augenblicklich in einen Sack spürbarer Eingeweide, alle bisher ignorierten Stiche, Blähungen, Spannungen und kleinen Unannehmlichkeiten, die ihn jeden Tag daran erinnert haben, daß er aus schwacher Materie besteht, sterblich und anfällig für Zersetzung, beginnen jetzt schmerzlich zu ihm zu sprechen, Gase, die sich im Gedärm quetschen, Verdauungssäfte, die im Magen zischen, das ganze subkutane Gluckern und Blubbern stimmt einträchtig im gemischten Chor sein hartnäckiges Memento an:

»Verrrrecken wirst du, verrrrecken …«

»Wissen Sie, ich möchte nicht, daß die Familie etwas erfährt. Bisher ist es mir gelungen, die Krankheit zu verbergen … Und diese Bestrahlung … Müßte ich da herkommen oder hier liegen?«

»Ich dürfte Sie eigentlich gar nicht mehr gehen lassen.«

»Aber … sehen Sie überhaupt noch einen Sinn? Das ist doch die pure Lotterie. Wieviel kann ich dabei gewinnen: ein paar Monate, ein paar Jahre?«

»So dürfen Sie nicht reden …«

Robert weiß, welche Frage er jetzt nicht stellen möchte; soeben hat er sich daran erinnert, wie er es vor Jahren in der Dämmerung gerade noch von Szałasiska zum letzten Bus nach Palenica schaffte, er ließ die drängelnde Menschenmenge an der Vordertür stehen, der einzigen, die der Fahrer geöffnet hatte und die sich jeden Moment schließen und die Verspäteten von der glücklichen Touristenmasse im Innern des Fahrzeugs trennen würde, ging um das Fahrerhäuschen herum, klopfte an die Scheibe und fragte: »Entschuldigung, gibt es überhaupt eine Chance, heute noch hier wegzukommen?«, worauf der Fahrer einen Moment nachdachte und antwortete: »Eine Chance gibt es immer«, die Scheibe hochkurbelte und wegfuhr, schwerfällig, überfüllt mit diesem Brei schwitzender Städter, die noch davon träumten, in der Cocktailbar in Zakopane über die majestätischen Berge zu diskutieren, die sie vom Fenster des Speisesaals aus gesehen hatten. Robert weiß, daß von der Frage, die er nicht stellen möchte, der Abgrund zwischen der Welt der Gesunden, zu der der Arzt gehört, und der Welt der Sterbenskranken, zu deren Vertreter Robert soeben ernannt wurde, tiefer werden wird; er fragt also, ohne es zu wollen:

»Habe ich überhaupt noch eine Chance, da wieder herauszukommen?«

Adam weiß, daß die Prognose in diesem Fall sehr schlecht ist, der Patient wird spätestens in acht Monaten sterben, und auch das nur unter der Voraussetzung, daß sein Organismus gewillt sein wird, sich mit den in den Klinikannalen verzeichneten Rekorden zu messen, eine eventuelle Operation birgt ein großes Risiko und führt höchstwahrscheinlich zu Komplikationen; Adam weiß, daß in diesem Menschen das Leben schwindet und die Medizin keine Methode kennt, das zu verhindern; Adam weiß, daß eine Lüge in dieser Situation dem Patienten die Zeit nimmt, sich mit dem Tod zu versöhnen und – wie man so sagt – seine Dinge endgültig zu regeln, Adam kennt Beispiele von Menschen, die belogen wurden und starben und es deshalb durchaus nicht leichter hatten; Adam versucht (aufzuhören, an den Süßen zu denken), will irgendwie sprechen, aber (der Süße) verschlägt ihm die Sprache. Adam breitet nur hilflos die Arme aus. In diesem Zustand hätte er nicht arbeiten gehen sollen. Er würde jetzt gerne ein bißchen lamentieren lacrimosieren dolorosieren misererieren sich vor Verzweiflung winden winseln wimmern, einem traurigen Kontratenor lauschen, heißes Wasser in die Wanne lassen und dann sein Blut, aber das kann er jetzt nicht, seine Tränen sind nichts gegen die, die dem frisch verurteilten Patienten gerade über die Wangen laufen; jetzt muß er ihm zuhören.

Robert glaubt dem Tod noch nicht, fürchtet ihn aber schon; ach, wenn man sterben könnte, ohne zu sterben, sofort, einfach erlöschen, den Stecker aus der Dose ziehen, die Gedanken ausschalten. Er hat gar keine Lust, dem Arzt die nächsten Fragen zu stellen, die sich ihm aufdrängen: Ist das Urteil rechtskräftig, warum hat man ihm das Recht auf Leben genommen, ist es tatsächlich eine unwiderrufliche Diagnose, oder hat sich der Arzt vielleicht geirrt, sich einen Scherz erlaubt, droht ihm wirklich der unbarmherzige, leichenkalte, unbestechliche Tod, derjenige, der nicht kommt, um ein bißchen über das Leben zu plaudern, sondern sich sofort ans Werk macht, geht es wahrhaftig um den tödlichen, den mörderischen Tod, ist auch ganz bestimmt er gemeint, kann ihm tatsächlich nichts mehr helfen, selbst wenn er sich in Tiefschlaf versetzen lassen würde wie Walt Disney, gibt es wirklich keine Rettung, läßt sich die Zeit nicht zurückdrehen, schafft er es, noch einmal um die Welt zu reisen, was würde der Arzt an seiner Stelle tun, ist das wahrhaftig die Wahrheit, wird es sehr weh tun oder noch viel mehr? Robert will nicht fragen, denn es gibt für ihn keine guten Antworten mehr; es gibt keinen Ort, der ihn vor der Zeit in Schutz nimmt.

»Ich spüre, daß ich etwas verpaßt habe. Ich habe mich leichtsinnig auf eine sehr ungesunde Ehe mit einer Frau eingelassen, die ich wahrscheinlich nie geliebt habe. Vielleicht habe ich es aus finanziellen Gründen getan, aber ich habe mich verrechnet. Ich dachte immer, ich hätte zumindest die Hälfte des Lebens noch vor mir. Es wäre noch Zeit, alles zu ändern. Und dann so eine Überraschung.«

Adam hört aufmerksam zu, jedenfalls versucht er es (aufzuhören, an den Süßen zu denken), aber er spürt, daß seine starke Trauer um den Süßen äußerst unangebracht ist angesichts der Trauer des Patienten um sich selbst; er öffnet die Schublade, nimmt das Tranxilium heraus, und statt eine Tablette zu schlucken, reicht er die Schachtel dem Patienten:

»Diese Tabletten können Sie nehmen, wenn Sie traurig sind.«

Robert nimmt die Schachtel ohne große Überzeugung und steckt sie in die Tasche; er ist nicht traurig, daß er sterben muß, eher bedauert er, daß er sein Leben so wenig gelebt hat, der Gehalt an Leben in seinem Leben war entschieden zu gering, als daß er sich danach sehnen könnte.

»Wissen Sie, ich habe gerade gedacht: Wenn ich schon nicht gelebt habe, wie ich wollte, vielleicht könnte ich dann wenigstens sterben, wie ich will … Wieviel Zeit geben Sie mir, wenn ich die Therapie nicht mache?«

»Nicht viel. Jedenfalls nicht viel Zeit, die man ohne Morphium ertragen könnte.«

Adam wollte das feierlicher sagen, dem Patienten dabei in die Augen sehen, aber er hat nicht die Kraft dazu, er senkt den Blick wie ein Schüler, der von der Direktorin zur Rede gestellt wird; er möchte nicht, daß die Tränen in seinen Augen falsch verstanden werden, diese Tränen gelten nur einer Person (dem Süßen).

»Das heißt, ich muß sie irgendwie auf meinen Abgang vorbereiten.«

»Wen?«

»Meine Frau. Sie leidet an Hysterie und kann meine Abwesenheit nur schlecht ertragen.«

Adam sieht in dem Patienten die gleiche tiefe Verzweiflung, die auch ihn erfüllt, sie sind in demselben schwarzen See versunken; ihre Verzweiflung verlangt Zurückgezogenheit, Zeugen mag sie nicht; Adam sagt durch den Patienten hindurch zu sich selbst:

»Sie müssen Lust haben auf das Leben ..., und ich spüre in Ihnen eine starke Todessehnsucht.«

»Eher Neugier ... Das wird schließlich mein letztes großes Erlebnis sein.«

Robert schaut aus dem Fenster: Die Zweige schwanken, der Wind trägt ein paar späte Schneeflocken heran, die in der Luft wirbeln, als wollten sie so spät wie möglich auf den Frühlingsboden fallen, um nicht so schnell zu schmelzen.

»Wissen Sie, Robert, ... den Tod erlebt man nicht.«

Der Stau ist gigantisch, alles verharrt in ekstatischem Stillstand, die Fahrer haben sogar aufgehört zu fluchen, sind ausgestiegen, rauchen, unterhalten sich, spielen Karten; Robert überlegt, wieviel Zeit vergehen muß, damit sie zu Fuß nach Hause gehen, die Autos stehenlassen, wo sie stehen, wie lange man im Stau stehen muß, um zu begreifen, daß man diesmal nicht mehr herauskommt, weil der Tag des Jüngsten Staus gekommen ist, an dem die Lebenden und die Toten in einer Reihe stehen, genauer gesagt: die Sterbenden, denn noch ist Robert *non omnis*, das »noch« ist jetzt das Schlüsselwort in seinem Wortschatz, noch lebt er, noch hat er ziemlich viel Kraft, noch kann er im Verkehrsstau stehen und nachdenken, zum Beispiel über sein Begräbnis. Noch amüsiert ihn seine Eitelkeit: Er versucht, sich vorzustellen, wie viele Leute an seinem Grab stehen werden, einige, vielleicht auch mehrere Dutzend aus der ferneren Verwandtschaft, wer weiß, vielleicht wird es auch eine offizielle Delegation der Stadtverwaltung geben, die seinen Tod einer kurzen Ansprache für würdig erachtet, sagen wir vom stellvertretenden Chef der Kulturabteilung; nur vom stellvertretenden, weil in den überregionalen Zeitungen die Nachricht von Roberts Ableben nur mit einem Satz erwähnt wird, zusammen mit einer kurzen Information zu seinen bekanntesten Büchern, und weil der Chef der Kulturabteilung nur auf den Begräbnissen derjenigen erscheint, denen die überregionalen Zeitungen mindestens eine Spalte widmen; der Bürgermeister selbst erscheint auf Trauerzügen, die die sterblichen Überreste der herausragendsten Vertreter der Kulturszene begleiten, derjenigen, die eine ganze Beilage in einer überregionalen Zeitung verdient haben, eine Sonderbeilage, die schon zu ihren Lebzeiten auf ihren Tod gewartet hat, im Journalistenjargon »Eisbein« genannt. Seit Roberts Popularität, auf eigenen Wunsch, abgenommen hat, wenngleich er immer noch der populärste nichtschreibende Schriftsteller des Landes ist, ist sein eventueller Tod sozusagen nur noch von untergeordneter Bedeutung. Robert kann höchstens mit einer Notiz in der überregionalen Presse und einer Spalte in der regionalen Tageszeitung rechnen, verfaßt übrigens von Bekannten, weil er in der Redaktion einige Freunde hat, mit denen er sich früher gern frenetisch alkoholisierte, sowie eine befreundete Sekretärin, zu der er in der Frühlingszeit regelmäßig eine körperliche Bruderschaft empfand, sie war immer eine der ersten Frauen, die er in Frühlingskleidern sah, wenn im März der Schnee schmolz und den Beton der Gehsteige entblößte. Das Klopfen ihrer Absätze begrüßte die wärmere Jahreszeit, mit nicht nachlassender Bewunderung betrachtete Robert Jahr für Jahr ihre Beine, die angemessen, wenn auch geradezu unanständig weit hinauf zu den Oberschenkeln entblößt waren, dann gebot ihm ein jäher vitaler Impuls, ihre Handynummer zu wählen und zu fragen, ob sie nicht traditionellerweise mit ihm zusammen den Winter austreiben wolle, und obwohl sie nie wollte, segnete er sie dafür, daß sie in ihm das Gefühl der ewig zyklischen Zeit wachhielt. Ihre aufrichtige

Anteilnahme an seinem Tod war Robert gewiß, wie auch einige Bekenntnisse ehemaliger dionysischer Mitstreiter, zu nationaler Trauer jedoch würde sein Tod nicht führen und auch nicht zu Diskussionen unter Bürokraten, die seine Kandidatur als Namenspatron für Schulen, Straßen und Bibliotheken erörtern würden; sein Ableben wäre, trotz der voraussichtlichen Anwesenheit von zwanzig, dreißig Leuten auf der Beerdigung, im Grunde genommen ein unauffälliges, unwesentliches, unwichtiges Ableben. Es sei denn, seine Frau würde der regionalen Klatschpresse attraktives Material liefern, indem sie an seinem Sarg einen apokalyptischen hysterischen Anfall erleiden würde; das sollte man besser vermeiden. Robert möchte ausziehen aus seinem verbrauchten Körper, er versteht nicht, warum er mit ihm zusammen sterben muß, warum er ihn nicht einfach verlassen kann, so wie er jetzt das nutzlose Auto verläßt, sich zwischen den Wagen hindurchzwängt, dann auf dem Gehweg die Schlüssel in einen Mülleimer wirft und sich nichts daraus macht, daß er den Stillstand behindert. Er geht vor sich hin, geht vorüber; am Friedhof wird er ebenfalls vorübergehen. Er weiß jetzt, daß er alles tun wird, damit auch die Beerdigung an ihm vorübergeht.

Robert ahnt, daß die Seele, im Falle einer ewigen und irreversiblen Trennung, selbst wenn sie sich nicht nach dem Körper sehnt, daß seine Seele bestimmt hin und wieder zu ihm zurückkehren will, kehrt doch selbst ein Verbrecher an den Ort des Verbrechens zurück. Es scheint ihm unmöglich zu sein, daß die unsterbliche Seele sich als so seelenlos erweisen könnte, die Annehmlichkeiten und Qualen zu vergessen, die sie mit dem Körper jahrzehntelang gerecht geteilt hat; die durch den Tod verursachte Trennung von ihrer irdischen Hülle muß die Seele mit Wehmut erfüllen, selbst wenn der Körper sich als nichts anderes als ein abgetragener Arbeitsanzug erweist, selbst wenn er nur eine zum Abriß bestimmte Ruine sein sollte, so kann man doch die Kleidung, die man das ganze Leben getragen hat, das Haus, in dem man das ganze Leben gewohnt hat, nicht leidenschaftslos verlassen, es kann nicht sein, daß man nicht nostalgisch von ihm träumt. Und wenn die Seele von dem Körper träumen wird, von dem sie sich befreit hat, ist es besser, daß dieser Körper an einem würdigen Ort zurückgelassen wird, daß er nicht in einem Familiengrab auf der kirchlichen Müllkippe des Todes landet, nicht in der Masse anderer Seelen, die auf dem Friedhof die Grablichter über ihren Särgen ausblasen, sondern in einem weiten und menschenleeren Raum, in Stille gebettet, von Nebeln liebkost, in steinernem Wasser, als Beute des Windes; in der erträglichen Leichtigkeit des Nichtseins.

Robert will nicht verschmelzen, er möchte sich lieber verstreuen. Er geht auf den Friedhof, um die Zweifel zu zerstreuen.

Auf wie vielen Begräbnissen war er in seinem Leben, vier, vielleicht fünf, alle in seiner Jugend, später konnte wollte war er nicht mehr imstande, fürchtete sich vor der Trauer der anderen und der Unangemessenheit des Kondolierens, der hohlen Beileidsbekundungen, die man nur aussprach, damit man sich so schnell wie möglich entfernen konnte, ohne – Gott behüte – den vom Tod berührten Augen des Trauernden zu begegnen. Der Friedhof ist der Schrottplatz der Erinnerung; Robert hat nie verstanden, warum Menschen auf den Friedhof gehen, um mit ihren Toten zu sprechen, meinen sie etwa, die Seele sei nicht imstande, durch die Reste des Leichnams, das faulende Holz und die Erde zu dringen, denken sie wirklich, am Grab sei das einzig zugängliche Sprechzimmer, glauben sie tatsächlich, daß ihre geliebten Toten auf ewig dort Seite an Seite liegen, fröhlich mit ihren Nachbarn plaudern und darauf warten, daß ein Angehöriger stirbt und sich daneben legt; warum gestatten sie den Pfarrern, sie mit Worten über den Staub zu verabschieden und sie dann in Feuchtigkeit und Dunkelheit verfaulen zu lassen? Robert konnte die katholische Bestattungstradition nie ausstehen, ebensowenig wie die weltliche Exaltation der Thanatologen, die von der Vereinigung mit der Urmutter oder vom demütigen Einreihen in die Nahrungskette schwafeln; auch wenn die Abneigung, zur Nahrung von Larven, Mücken, Schmeiß-, Toten- und Fleischfliegen, Fadenwürmern, Tausendfüßlern und anderen göttlichen Geschöpfen zu werden, egoistisch ist – Robert hat keine Gewissensbisse. Wenn in ihm etwas so Gesundes sein sollte, daß es ihn auf der Erde überleben könnte und damit ein fremdes Leben befruchten, dann verschenkt er sich gern; den Rest möchte er niemandem hinterlassen.

Robert hat keine klaren Erinnerungen an sein Elternhaus (über das er lieber schweigt), die klarste seiner Kindheitserinnerungen ist mit einem Urlaub an der See verbunden, er war dort mit seiner Mutter, und als der Vater sie besuchte, gingen sie, bevor wie immer die Hölle los war (still!!), zusammen an den Strand; Robert erinnert sich an das sandige Ufer, dicht bevölkert von einer Herde menschlicher Robben, und an die Ratlosigkeit des Vaters, der sich, mit Liegestühlen bepackt, nach einem freien Platz umsah und fragte: »Na, wo legen wir uns hin?« Robert bleibt dort stehen, wo sein Vater liegt, die Großmutter hat ihm den Platz nach zwanzig Jahren rücksichtsvoll überlassen, seltsam, daß sich Robert wesentlich besser an die Beerdigung der Großmutter als an die des Vaters erinnern kann, vielleicht deshalb, weil Robert auf der Beerdigung des Vaters – wie man zu sagen pflegt – abwesend war, in Gedanken war er bei seiner Mutter, überlegte, wie sie sich in dieser fremden Menschenmenge zurechtgefunden hätte, inmitten der sogenannten neuen Familie des Vaters, Robert dachte damals: gut, daß die Mutter das nicht mehr erlebt hat, obwohl sie vielleicht Erleichterung empfunden hätte (genug! da könnt ihr lange warten!). Die Großmutter starb damals in einem strengen Winter; Robert erinnert sich an das Entsetzen, nur weiß er nicht mehr, an wessen Entsetzen, jedenfalls das von jemandem, der sah, daß das Grab brennt: »Ich denk mir, Jesus, da mahnt schon das Höllenfeuer die alte Frau, ich laufe hin, um zu schauen, da konnten die Totengräber die gefrorene Erde nicht ausheben und haben, um sie aufzutauen, das Holz von Großvaters Sarg verbrannt, das heißt, dort, wo er gelegen hat.« Und alle – einer nach dem anderen, einer auf dem anderen, wenn sie zu Lebzeiten auch nicht gerade viel verband; unweit ist das Grab von Onkel und Tante, das ist etwas anderes, die liegen auf eigenen Wunsch beisammen.

Robert erinnert sich, daß die Tante immer weniger wurde: Als sie gelernt hatte, ohne das eine Bein zu leben, verlagerte der Krebs sich auf das andere, dann wurde ihr die Brust amputiert, und bevor sie den Onkel fragen konnte, ob er sie auch lieben würde, wenn sie gar keine Brust mehr hätte, fraß der Tumor ihr Hirn auf. Der Onkel hätte sie sogar geliebt, wenn nur die Stimme von ihr geblieben wäre, er sagte immer, Liebe erkenne man daran, daß man sich mehr nach jemandes Stimme als nach der Stille sehnt, lieben, sagte er, bedeute, einvernehmlich ein Gespräch unterbrechen, um dem Regen zu lauschen. Regen fiel auch während der Beerdigung der Tante, an der der Onkel nicht teilnehmen konnte, weil er schon im Kühlhaus wartete, bis der Kaplan sich überzeugen ließ, daß er aus Verzweiflung über den Tod seiner Frau Selbstmord begangen hatte und daher mit ihr zusammen begraben werden müsse, selbst wenn die katholische Kirche Widerspruch erheben, selbst wenn der Pfarrer Zweifel hegen sollte; denn der Onkel hatte sich an der Türklinke erhängt (die technische Seite dieses Unterfangens versetzte Robert in Erstaunen, aber er begriff, daß die Kraft der ungestillten Trauer dem Onkel den Boden unter den Füßen weggezogen hatte), nachdem ihn die Kinder unvorsichtigerweise für ein paar Stunden allein gelassen hatten, einen Tag nach dem Tod der Tante, in der Überzeugung, er habe das Beruhigungsmittel geschluckt (er hatte es ausgespuckt, sie fanden es in seiner Tasche). Der Pfarrer ließ sich schließlich überreden, nur die Totengräber maulten ein wenig, warum man das Grab überhaupt zuschütten mußte.

Manche der Grabsteine sind gespenstisch schief, unter dem westlichen Flügel des Friedhofs entdeckte man ein Flöz, das die Existenz des Bergwerks um ein paar Jahre verlängerte, bis zum ersten Gebirgsschlag; die Bergleute begrub man damals schon im östlichen Teil. Robert findet unter den teils eingestürzten Grabsteinen denjenigen, von dem immer die von den Schülerdelegationen angezündeten Lichter herunterrutschten; die Beerdigung der Lehrerin war die erste, an der er teilnahm, und die, an die er sich am besten erinnerte, vielleicht weil er die vor der Bestattung im offenen Sarg aufgebahrte Leiche gesehen hatte; ihr Beruf garantierte einen langen Trauerzug, aber außer den Schulklassen (in Zweierreihen, in Zweierreihen) und dem Lehrkörper gab ihr niemand das letzte Geleit; es war die Beerdigung einer sehr alten Jungfer. Sie hatte Geographie unterrichtet, obwohl sie nicht viel davon verstand, der Horizont ihrer altjüngferlichen Lehrerwelt war recht begrenzt, die Ausdehnung des Globus sprach ihr geradezu Hohn, provozierte durch die große Zahl unerreichbarer Länder; im Grunde genommen war, angesichts des bescheidenen Wegs der Lehrerin von ihrem Haus zur Schule und wieder zurück, die Geographie das unpassendste Fach, das es für sie gab. Manchmal, wenn sie krank war, ging eine Delegation von Schülern sie besuchen, ein- oder zweimal mußte auch Robert mit; er erinnerte sich an die aus jeder Ecke gähnende Einsamkeit einer Frau, die sich permanent durch alles verunsichert fühlte, was inoffiziell und spontan war; sie konnte nur in Uniform existieren, nur in ihrer Rolle als Pauker, privat schien sie völlig verloren zu sein, verwirrt, die gleichen Kinder, die zwischen den Pausen vor ihr zitterten, waren außerhalb des Schulgebäudes Schreckgespenster für sie; wenn sie sie nicht zurechtweisen, nicht bewerten, wenn sie nicht über sie verfügen konnte, erwies sie sich als völlig hilflos. Die Besuche der Schüler brachten sie in Verlegenheit, sie nahm ihnen übel, daß sie in den intimen Raum ihres Einzelgängerdaseins eindrangen, aber das konnte sie ihnen nicht einfach zu verstehen geben, denn in gewissem Sinn waren sie ja in offiziellem Auftrag da, sie wußte, daß dies ein ungeschriebenes Gesetz war, wie der Brauch, am Geburtstag Bonbons für die ganze Klasse mitzubringen; wenn sie krank war, mußte sie mit dem Besuch der Schüler rechnen, im übrigen kündigten sie sich immer telefonisch an, sie konnte sich also feinmachen, sich ein bißchen schminken, die beschämenden Spuren ihrer altjüngferlichen Geheimnisse beseitigen – doch sie schaffte es nicht, die Trostlosigkeit zu verbergen, die in allen Gegenständen nistete, in den Blumentöpfen mit den Zwerggummibäumen, die sie aus dem Lehrerzimmer mitgenommen hatte, in dem häßlichen, mit einer Walze aufgetragenen Muster der Wände, in dem Wandbehang mit dem Papst – dem einzigen Bild eines Mannes in der ganzen Wohnung –, in dem Sofa, das mit Kastanien gefüllt war, damit die Krankheit ihr nicht zusetzen konnte. Doch sie setzte ihr zu, immer mehr; sie unterrichtete fast bis zu ihrem Tod, noch nach den Bestrahlungen, immer die Baskenmütze auf dem Kopf.

Robert erreicht die Reihe der großen Familiengrabmäler, unter denen sich drohend der massive Kasten der noch leeren, aber schon äußerst würdig thronenden Gruft der Schwiegereltern erhebt; dieses Heim wartet noch auf seine Bewohner, aber schon wird es gepflegt und geehrt wie das wertvollste Familienandenken, die Schwiegereltern haben sich einen von den Bergschäden nicht bedrohten Platz gekauft, in der Zone, die für die ehrbarsten Bürger bestimmt ist, sie haben schon zu Lebzeiten ihr Grab mit eingraviertem Namen, Geburtsdatum und Platz für das Sterbedatum, schon kommen sie her und putzen es, polieren den Marmor, waschen die Buchstaben mit einer Ehrfurcht und Pietät, als würden sie nicht einen Stein streicheln, sondern eine Leiche mumifizieren, jede Woche von neuem, nach jedem sauren Regen, nach jedem Sturm, der den Friedhof mit Blättern überschüttet. Sie polstern sich ein Nestchen für die ewige Ruhe, stolz darauf, daß niemand in ihrer Familie in einem Grab liegen würde, sondern alle in einer Gruft (vor allem der Schwiegervater war immer empfänglich für Wörter, mit denen man sein Leben vergrößern, veredeln kann), sie fahren zum Friedhof, wie man zu einer Sommervilla fährt, dumm finden sie nur, daß sie offiziell immer noch nicht an Allerheiligen herkommen können, wenn hier der größte Andrang ist, daß sie keine

Kränze bringen und Grablichter anzünden können, die Leute würden sie für übergeschnappt halten, alle wissen, daß die Gruft noch leer ist, was für ein Unglück im Glück, aber was solls, immerhin kann man ein bißchen spazierengehen, nebenbei ein bißchen horchen, was die Leute reden, wie neidisch sie sind, wie sie, niedergeschmettert von der ungeheuren Größe und Pracht des Grabmals, ihre Bewunderung äußern und einander zuflüstern, wie gut man in so einem Grab liegen muß, ein herrschaftliches, ein königliches Grab, hier wird niemand mit Erde zugeschüttet, sondern auf einen steinernen Katafalk gebettet, so ein Grabmal kann man nicht übersehen, kann man nicht niedertreten, in seinem Schatten kann man sich vor der Hitze schützen, mächtig ist das, und was das gekostet haben muß, das will man gar nicht wissen; die Schwiegereltern lauschen gern heimlich, aber lieber wäre es ihnen, sie könnten jemandem im Blitzlichtgewitter die letzte Ehre erweisen, nun ja, aber beide kommen aus langlebigen Familien, zudem haben die Großmütter und Großväter, dickköpfig, wie sie sind, sich schon ausgebeten, daß sie auf einem der kleinen Friedhöfe weit weg von der Stadt liegen möchten, vor allem die Eltern des Schwiegervaters, die nicht besonders stolz sind auf die politische Karriere ihres Sohnes, sie möchten nicht mit ihm in einer Grabstätte liegen, die Mutter des Schwiegervaters kann, obwohl sie aus dem letzten Loch pfeift, ganz schön bissig werden, die läßt man besser in Ruhe, sie könnte Unruhe stiften, die Medien warten nur auf so einen Leckerbissen, wie hat sie sich doch neulich gleich ausgedrückt – sie verabscheue das sarmatische Theater ihres Sohnes in Begleitung der katholischen Kreuzzug-Zeremonie der Schwiegertochter; wenn einer von den Medien kommen würde, wäre sie fähig, den Schwiegervater durch eines ihrer Histörchen zu kompromittieren, zum Beispiel von der *Internationale*, die ihm an der Wiege gesungen wurde, von dem hübschen roten Tuch, das sie ihm umband, wenn er am Ersten Mai als Fahnenträger marschierte, lassen wir die Eltern der Schwiegereltern in Ruhe, sollen sie leben, wie sie wollen, und begraben werden, wo sie wollen, Hauptsache, sie verhalten sich ruhig.

Robert betrachtet die Wand des Grabmals und traut seinen Augen nicht: Neben dem Vor- und Nachnamen seiner Frau sieht er seinen Namen. Sie müssen lange überlegt haben, die Buchstaben sehen ganz frisch aus, sie wurden von einer anderen Hand eingraviert, außerdem steht nur bei Roberts Namen außer dem Sternchen und dem Geburtsdatum auch schon ein Kreuz.

9

Das muß aber das letzte Mal gewesen sein, so geht das nicht, so eine Situation darf sich nicht wiederholen – Herr Ehemann drängt, redet zu, erklärt, das Haus wird von Fotoreportern beobachtet, Rosa ist krank, und man darf ihre Schwäche nicht auf diese Weise ausnützen, sie können hier beim besten Willen nicht miteinander schlafen; nun, dann sollten sie eben anderswo miteinander schlafen, bekommt er zu hören, er soll endlich ausziehen und aufhören, alle zu betrügen, bekommt er zu hören, aber das wird er natürlich nicht tun, weil er ein bequemes Arschloch ist, bekommt er zu hören; Herr Ehemann wünscht einen solchen Ton nicht in seinem eigenen Haus, vor allem weil seine Frau noch schläft; Herr Ehemann bekommt zu hören, er soll vor seiner Geliebten seine Frau nicht als seine Frau bezeichnen, damit ist klar, daß er sich nie scheiden lassen wird – und er hört das Knallen der Tür und den Motor des wegfahrenden Autos. Zuviel Lärm; er schaut ins Schlafzimmer, Rosa schläft, Herr Ehemann würde sich gern zu ihr legen, er ist wirklich fertig, er muß sich ein bißchen frisch machen. Im Bad stellt er die Spiegel so ein, daß er seinen Rücken sehen kann, ja, da sind Spuren, am Hintern auch, aber darüber darf Herr Ehemann sich nicht beklagen, er verlangt es ja selbst, man kann sich nicht kloppen, ohne zu kratzen, die Krallen müssen zum Einsatz kommen, eventuell bis Blut fließt, es ist toll, die Liebe mit einer Prise Schmerz zu würzen, sie kratzt ihn, er zieht sie an den Haaren, während ihre Genitalien schmatzen, Herr Ehemann liebt es, ein bißchen herumzutollen, die Dinge beim Namen zu nennen, er ist gern vulgär im Bett, bei Rosa muß er auf seine Worte achten, aber die Geliebte erlaubt ihm, verschwenderisch zu sein: Er läßt sie fragen, was er mit ihr mache, und antwortet dann wahrheitsgemäß, er habe sich eben auf die Hand gespuckt und sei ihr über die Fotze gefahren, damit er ihn leichter reinkriegt, auch Fluchen ist ein Gewürz, in den Momenten ihrer leidenschaftlichen Zusammenarbeit liebt er es, sie zärtlich Hure, Nutte, Schlampe oder sonstwie zu nennen (je selbstvergessener er flucht, desto kleiner sein Schimpfwortschatz), wieviel Pikanterie steckt darin; die Geliebte ist stolz, daß der Herr Bankdirektor gerade mit ihr sogenannten Raubtiersex treibt.

Rosa steht an der Badezimmertür und betrachtet eindringlich Herrn Ehemann, der die Kratzspuren präsentiert, als wäre er stolz auf seine neuen Tätowierungen; Rosa versteht nicht, was sie da sieht, sie regt sich auf, kaum aufgewacht, hat sie schon wieder Grund einzuschlafen.

»Jesus Maria, du schleichst dich an wie ein Gespenst!« Herr Ehemann bemerkt, daß er bemerkt wurde, sie hat ihn erschreckt, außerdem mit den Kratzern erwischt, er ist ganz mit Spuren bedeckt wie mit frisch gefallenem Schnee, alle Wege führen zu der Geliebten, es gibt keine Ausflüchte, keine Erklärungen; Herr Ehemann weiß, daß er heute schon am frühen Morgen seine Frau gnadenlos neu starten muß, leider, sie ist früher aufgewacht als normal, sicher von den lauten Stimmen, also doch. Und wieder schnuppert sie an ihm.

»Wessen Geruch ist das? Wer war hier? Was geht hier vor sich?«

»Beruhige dich. Verdirb uns nicht schon am frühen Morgen den Tag.«

»Ich rieche es doch … Nach wem stinkst du … Wer hat dich so gekratzt …«

»Hör mal, wegen dir komme ich zu spät zur Arbeit, mach keine Szene, sonst fällst du mir gleich wieder um hier, und ich hab keine Zeit, mich um dich zu kümmern.«

»Warum tust du mir das an? Du Schuft …«

»Du beleidigst mich, und später weißt du es nicht mal mehr.«

Und schon ist es passiert, Herr Ehemann hält Rosa fest, damit sie nicht mit dem Kopf auf die Fliesen schlägt, nimmt sie auf den Arm und trägt sie über die Schwelle ins Schlafzimmer. Er legt sie ins Bett, deckt sie zu; in einer Viertelstunde wird Rosa die Chance haben, noch einmal aufzustehen, diesmal mit dem rechten Fuß; Herr Ehemann wird inzwischen duschen und sich anziehen (einen Rollkragenpulli, unbedingt einen Rollkragenpulli, am Hals sind auch Spuren).

Was für ein glückliches Erwachen, durch die Spalten der Jalousien dringen Sonnenstrahlen, Staubteilchen tanzen in der Luft, im Bad pfeift Herr Ehemann; Rosa streckt sich und steht auf, sie muß Frühstück machen. Kurz darauf kommt Herr Ehemann schon im Anzug, macht die Aktentasche zu, wieder hat er es übertrieben mit Hugo Boss, wie oft hat sie ihm schon erklärt, daß ein paar Tropfen am Hals genügen, Rosa rückt ihm das Jackett zurecht, Herr Ehemann fragt, wie sie geschlafen hat (besser hätte er sich auf die Zunge gebissen), Küßchen, gut, Küßchen, wie immer gut, Liebling, Herr Ehemann ist schon wieder in Eile, immer so arbeitsam in letzter Zeit, er redet von wichtigen Transaktionen, von denen viel abhängt, deshalb geht er früher los und kommt etwas später heim, heute könnte es auch so sein, Rosa soll sich also keine Sorgen machen im Falle eines Falles, sie werden das alles später nachholen, wegfahren, ohne Palmtop, ohne dienstliche Anrufe auf dem Handy, das verspricht Herr Ehemann, ein Häuschen in der Toskana, ein Gläschen Chianti im Schatten von Zypressen, lange Gespräche und heiße Küsse, aber jetzt muß er los, Küßchen, tschüs, und die Brote, braucht er nicht, er kauft sich eine Kleinigkeit am Büffet oder hungert ein bißchen, damit ihm das Abendessen besser schmeckt, nein, Rosa soll nicht sagen, was sie für heute geplant hat, es soll eine Überraschung sein.

Für heute ist ein ganz besonderer Verbrauchertest geplant; Rosa bereichert das Menü seit einiger Zeit auf sehr spezifische Weise, sie bereitet Gerichte aus Aphrodisiaka, in dem Glauben, daß Herr Ehemann sich dann unsterblich in sie verliebt, natürlich bekommt Herr Ehemann jeden Tag Kardamom, Galgant, Tollkraut, Ginseng und anderen Kram, aber nicht deshalb läuft er manchmal herum wie ein Verrückter und spürt, daß sein mit Blut gefüllter Bolzen nicht aufhört, Signale ans Gehirn zu senden, in der Tat, es gibt Tage, da muß Herr Ehemann zwischen den geschäftlichen Terminen im Bad eigenhändig den Überfluß an Adrenalin herunterholen, aber das kommt nicht vom Liebstöckel, sondern Herr Ehemann pudert sich die Nase (keine Angst, er kann sich Koks der Luxusklasse leisten), natürlich nicht täglich, das wäre ja übertrieben, aber in gesunden Abständen, eigentlich wundert sich Herr Ehemann, daß die Weltgesundheitsorganisation nicht empfiehlt, alle paar Tage eine kleine Portion Schnee zu schnupfen; schließlich kommt es vor, daß man morgens ein bißchen benebelt ist, und die Vertragspartner stehen Schlange, Leerlauf kann Herr Ehemann sich nicht erlauben, vor Beginn des Arbeitstages wirft er alle Rädchen im Getriebe an, manchmal reicht ein doppelter Espresso nicht, wenn man ein bißchen länger auf Trab sein muß.

Heute gibt es als Beilage Sülze aus Mark; der Taxifahrer hat einen Sack voller Knochen gebracht und gedacht, es gebe ein Festmahl für den Hund, nein, mein Herr, das ist für meinen Mann, was gucken Sie denn so komisch. Rosa schüttet die Knochen auf den Tisch, man muß sie mit dem Beil zerhacken, um an das Mark zu kommen, Rosa weiß, wie das geht, es ist schnell gemacht, es sei denn, man stellt sich die Frage: Warum eigentlich? Wozu soll das gut sein? Der Doktor hat gesagt, sie solle sich auf irgendeine Tätigkeit konzentrieren, um die schweren Gedanken zu vertreiben, aber was soll man machen, wenn die Frage »wozu« jede Bewegung lähmt? Rosa legt die Knochen weg und nimmt etwas anderes in Angriff, sie will die Frage »weshalb?« kleinhacken, zerreiben, in die Koteletts klopfen. Es gelingt nicht, sie gießt Wein in einen Topf mit Wasser, stellt ihn auf die kleine Flamme, aber die Antwort nach dem Sinn ist auch hier nicht zu finden.

Rosa setzt sich auf den Schemel, betrachtet das Chaos in der Küche und sieht immer weniger; sie weiß nicht, wo ihr Leben geblieben ist. Sie weiß nicht einmal, wann sie es verloren hat.

Herr Ehemann versucht, die richtige Definition für den Zustand zu finden, in dem er sich befindet, er ist deprimiert, nein, das ist zu schwach, verunsichert klingt auch nicht gut, vielleicht hat er sich ins Bockshorn jagen lassen, weiß eigentlich jemand, warum ausgerechnet »ins Bockshorn …«, desorientiert – ja, das ist besser, genauer, aber suchen wir weiter und schauen zusammen mit Herrn Ehemann, wie junge Männer an Seilen das größte Werbeplakat der Stadt entfernen. Das großformatige Gesicht verzerrt sich zu einer unschönen Grimasse, als die große Plane sich ungleichmäßig wellt und nach unten rutscht, noch einen Moment, und Rosa kommt eingerollt auf dem Beton an. Herr Ehemann weiß nichts von den Gründen; die Jungs wissen auch nichts, sie haben einen kleinen Nebenjob erwischt und freuen sich, es wird nach Fläche bezahlt, heute nehmen sie etwas runter, morgen bringen sie etwas an, auch irgendeine Visage, aber sie haben gar nicht geschaut, welche Reklame es ist. Herr Ehemann ist besorgt, ist erschrocken, er würde gern darüber reden, würde gern klären, ob Rosa für immer aufgehört hat, ein großformatiges Gesicht zu sein, ob das von ihrer verminderten Popularität herrührt, ob es nicht vielleicht ein Zeichen für einen sogenannten Karriereknick ist, aber mit wem, wo, wen kann er fragen, Leute, meine Frau verschwindet von den Plakaten, wißt ihr vielleicht, was das zu bedeuten hat? Herr Ehemann braucht Zeit, das zu durchdenken, zu analysieren, ob irgendwelche abstoßenden Informationen über Rosa ins gesellschaftliche Bewußtsein gedrungen sind, ob ihre Krankheit negativ aufgefaßt wird und die Gesellschaft kein Mitgefühl mehr empfindet, ob der Rückzug aus den Vorabendserien ihr Image geschwächt hat, ob die offensichtlich reduzierte Medienpräsenz und ihre eingeschränkte Anwesenheit auf Empfängen einen Rückgang des Identifikationsfaktors bewirkt und damit zugleich den Marktwert des Produkts verringert haben; es ist seltsam, aber gerade jetzt, da Rosa aufgehört hat, ihn von allen wichtigen strategischen Punkten der Stadt aus zu betrachten, fühlt Herr Ehemann sich unwohl, dabei scherzten früher die Kollegen mit höflichem Wohlwollen, wie sich wohl ein Mann fühlt, dessen Frau die Augen an so vielen Stellen zugleich hat. Herr Ehemann fühlt sich verstümmelt, degradiert, als hätte man ihm die Epauletten abgeschnitten, das betrifft ihn persönlich, wie soll er inmitten von boshaftem Grinsen und Flüstern erfolgreich Verhandlungen führen, er weiß nicht einmal, was er antworten würde, wenn jemand in einer kleinen Abschweifung, sozusagen zur Auflockerung der Atmosphäre, als Verschnaufpause in angespannten geschäftlichen Auseinandersetzungen fragen würde: »Und wie geht es Ihrer verehrten Gattin? Wir haben gesehen, daß die Plakate verschwunden sind ... Die werden sicher gerade ausgewechselt, es wird eine neue Werbekampagne mit ihr geben, oder?« Herr Ehemann stellt sich Dutzende von Möglichkeiten vor, wie potentielle Vertragspartner auf das Verschwinden des Gesichts größten Formats von den Plakatwänden anspielen könnten, bereitet Dutzende von Antworten vor, die es ihm erlauben würden, die Nerven zu behalten und eine starke Position im Gespräch zu bewahren, aber er weiß, es gibt keine Chance, dieses Geschäft wird vom Teufel regiert, das Business nährt sich von Details, Rosas von den Werbetafeln blickendes Gesicht war ein wichtiges Attribut, auch gegenüber dem Bürogebäude von Herrn Ehemann hing ihr Porträt; wenn die Verhandlungen nicht nach seinen Vorstellungen liefen, unterbrach er das Gespräch, stand auf, scheinbar um sich die Füße zu vertreten, öffnete das Fenster, ließ seinen Blick über die Stadt schweifen und zeigte in dieser kleinen Abschweifung, zur Auflockerung der Atmosphäre, auf die Plakatwand, hier, das ist meine Frau, oh, entschuldigen Sie, aber gerade fällt mir ein, daß ich sie anrufen sollte, ja, das machte Eindruck, Herr Ehemann ging für einen Moment hinaus, scheinbar um zu Hause anzurufen, und die potentiellen Vertragspartner sprangen ans Fenster und nickten anerkennend; die Abnahme der Aufnahme wird Herr Ehemann nicht so leicht erklären können, zumal er es sich selbst noch nicht erklären kann.

»Ach, heute schon? Tatsächlich … Nein, es ist nichts passiert, der Termin ist einfach abgelaufen, der Vertrag ist beendet, du weißt doch, daß ich keinen neuen unterschrieben habe … Kommst du heute normal oder viel später? So schlimm? Wie, nicht mit dem Essen warten … Mhm … ich verstehe … Ja, natürlich versteh ich das, aber …«

Rosa ballt die Faust, Herr Ehemann hat sich heute das Recht auf außergewöhnlich späte Rückkehr ausgebeten und das Gespräch getrennt, bevor sie protestieren konnte. Vor ihr liegt ein weiterer freier Nachmittag; die häusliche Fauna betrachtet Rosas Mattheit, seufzt und legt den Kopf wieder auf die Pfoten, wenn Frauchen in diesem Zustand ist, gibt es keine Chance auf einen verrückten Spaziergang im Wald, in diesem Zustand krault Frauchen einen höchstens hinter dem Ohr und fängt an zu klagen, ja, schon hat sie angefangen:

»Herrchen läßt uns wieder allein … Und was machen wir jetzt … Mein geliebtes Hündchen … Du hast es gut …«

Rosa weiß, daß es nichts Deprimierenderes für einen Menschen gibt, als sich daran zu gewöhnen, nicht geliebt zu werden, dies als offensichtlichen, natürlichen Zustand zu akzeptieren, als Regel, die hin und wieder durch eine Ausnahme bestätigt wird. Man muß sich dann unter Umständen jeden Morgen von neuem vom Sinn der einfachsten Tätigkeiten überzeugen, muß nach dem Aufwachen, allein im viel zu großen Bett, wie die Krankenschwester zum schwächlichen Patienten zu sich selbst sagen: »Und jetzt stehen wir auf, öffnen die Fenster, lüften die Wohnung und waschen uns.« Rosa fürchtet sich, denn mit der Zeit könnte es soweit kommen, daß sie sich – über ihre plötzliche Atemnot erschrocken – mehrmals am Tag wird sagen müssen: »Oh, wir müssen atmen, wenn wir aufhören zu atmen, werden wir aufhören zu leben, und ein bißchen leben wollen wir doch noch, trotz allem, oder?« Ungeliebten widerfährt nicht viel, ihr lebloses Leben schimmelt vor sich hin, ihre Seele erstickt. Früher wurde Rosa verehrt, bewundert, angebetet, daß sie aber auch – nach der Liebe greifend – an Herrn Ehemann geraten mußte, der so lieblos abwesend ist; jetzt hat sie mehr Zeit als Leben. Sie hat allen Blumen Namen gegeben, spricht täglich mit ihnen, aber sie gehen trotzdem ein; Rosa weiß nicht, was mit ihnen los ist, sie gießt sie hartnäckig, versteht nicht, was dieser Hungerstreik soll, was sie am Welken finden (der Tod legt die ersten Eier in die Töpfe, dann kommt die Zeit der Brut, der Wind öffnet nachts die Fenster, die Spiegel bersten, jemand geht von uns); sie liest aus abgefallenen Blütenblättern: Er kümmert sich nicht, das ist offensichtlich, aber liebt er sie? Sie hat Lust zu lesen, und sie hat keine Lust. Sie ist ganz krank von ihren Träumen. Muß man die Nacht allein verbringen, sind die Tage scharf wie Klingen.

Herr Ehemann kommt im Morgengrauen, der Mann hats wirklich nicht leicht, die eine paßt auf, daß er mit ihr einschläft, die andere, daß er mit ihr aufwacht. Er zieht die Schuhe aus, streichelt den gähnenden Hund, der zur Begrüßung gekommen ist, mit dem Schwanz wedelt und sich jetzt streckt; in der Küche brennt Licht, hat Rosa vergessen, es auszumachen? Nein, sie sitzt am Tisch, sicher ist sie eingeschlafen, sie sieht aus, als hätte sie sich zu Tode gewartet mit dem Essen; über die Speisen irrt eine Fliege. Herr Ehemann hebt einen Teller mit Sülze hoch, riecht daran und schüttelt sich, schaut Rosa an; Gott, warum hat sie die Augen offen, schläft sie nicht? Er hält ihr die Hand direkt vors Gesicht, nichts, sie macht keinen Mucks; Herr Ehemann hat Angst, sie anzufassen, vielleicht ist sie kalt, das wäre ja was, wenn sie tot wäre. Moment, sieht sie ihn an oder nicht, vielleicht schläft sie mit offenen Augen, das soll schon vorgekommen sein; Herr Ehemann macht ein paar Schritte nach links und nach rechts und ist immer noch nicht sicher, ob Rosa ihn ansieht oder ob es nur eine optische Täuschung ist wie im Museum, wenn ein illusionistisches Porträt dem Betrachter mit dem Blick zu folgen scheint.

»Wegen dir habe ich die ganze Nacht nicht geschlafen«, sagt Rosa, und zum erstenmal hört sie mit eigenen Ohren, daß erschrockene Männer wie Kinder reagieren: Sie kreischen vor Entsetzen im Falsett.

10

Süßer, mein Süßer, warum hast du mich verlassen.

Adam ist aus sich selbst vertrieben; sein Körper liegt da und schmäht ihn dafür, daß er es zugelassen hat, verlassen zu werden, er hat keine Kraft, den Arm zu heben, er atmet schwer, auf dem Rücken, und wartet, daß die Last leichter wird (er muß liegen: das Warten hat einen Stein am Hals, aus ihm wächst ein Buckel). Er ist völlig erstarrt, empfindlich wie ein Seismograph, bemerkt er jeden Mucks, die Geister haben Angst herumzuhuschen, weil jedes Ächzen des Bodens Adams Aufmerksamkeit erregt. Das ganze Haus erzittert regelmäßig zweimal die Stunde in seinen Grundfesten, wenn der Bus auf dem löchrigen Asphalt vorbeifährt, die Glasscheibe der Kredenz und die Gläser klirren gegeneinander, die Fayencetasse rutscht jedesmal ein paar Millimeter weiter an den Rand. Jeden Tag, wenn er von der Arbeit kam, zog Adam den Wecker auf und schob die Tasse wieder zurück; jetzt mißt keine Uhr mehr die Zeit, und die Tasse ist dem Absturz gefährlich nah. (Es geschieht so viel, wenn nichts geschieht; immer noch gibt es Fragen, die zeitweise seine Aufmerksamkeit ablenken: Wie viele Busse müssen noch vorbeifahren, damit die Tasse über den Rand des Brettes rutscht und herunterfällt; wird sie in tausend Splitter zerspringen oder nur in einige Teile zerfallen, oder landet sie vielleicht so glücklich auf dem Boden, daß sie es unversehrt übersteht; warten wir ab – wenn in tausend Splitter, dann sieht Adam den Süßen nie wieder, wenn in Stücke, sieht er ihn ab und zu, und das bedeutet nichts als Leiden, wenn die Tasse ganz bleibt, kommt der Süße zurück.) Der einzige Grund, warum Adam nicht sterben will, ist die Angst davor, daß vor dem Tod vielleicht wirklich noch einmal das ganze Leben vor einem abläuft; wie peinlich muß das für Selbstmörder sein: Wenn man den quälenden Film vorzeitig verlassen will, muß man ihn noch mal ganz von vorn sehen, wer hat sich diese Tortur ausgedacht? Still, vor dem Fenster hört man Bellen, vor der Tür Schellen, nebenan Scheppern, Schwätzen, jemand wäscht Teller, im Stockwerk über ihm ein Rauschen, Stapfen, Singen, die Seife ist weggerutscht; überall ringsum ballt sich unsanft das Leben. Warum bist du gegangen, Süßer? So schmerzlich fern, warum hast du dein Antlitz abgewandt? Auch die Eingeweide mißachten die lautlose Verzweiflung; wie soll man vor Trauer sterben, wenn es im Bauch rumort, Adam möchte von sich selbst gerührt sein, sich erhaben zu Tode hungern, und da rumort es so vertraut, laut, unverschämt; Adam versucht, sich über das Knurren des Magens zu erheben, über dieses klägliche Lied, hat er sich doch Reglosigkeit Lautlosigkeit geschworen; der Bus fährt vorbei, die Tasse fällt runter, Adam springt vom Bett auf und schaut: Sie fällt flach, ist scheinbar heil, an einigen Stellen gesprungen, wenn man sie berührt, zerfällt sie unausweichlich in Stücke. Adam ist gerührt, in Bewegung geraten, das läßt sich nicht mehr aufhalten, schließlich ist der Süße ja irgendwo, wenn er ihn also auch nur noch einmal sehen, hören, anfassen könnte – es gibt keinen Preis, den er dafür nicht zahlen würde. Er wirft einen Blick in die Küche, in der Spüle türmt sich ein Stapel mit schmutzigem Geschirr, er hebt eines der Saftgläser hoch und betrachtet die Ameisen, die darin herumwuseln. Er schnuppert an sich und erkennt seinen eigenen Geruch nicht wieder; also stimmt es, daß nach ein paar Tagen ohne Waschen der Mensch seinen ursprünglichen Gestank wieder annimmt, das ist nicht die Ausdünstung eines verschwitzten Körpers, sondern ein Tiergestank, ein Stallgeruch, ein bißchen wie Moschus, jetzt weiß er, was Seife und Deos abtöten; sofort erinnert er sich an den Geruch des Süßen, der manchmal direkt von seinen Spaziergängen ins Bett fiel, und dann roch er nach Straße, als hätte die Haut alles aufgesogen und festgehalten, was sie im Laufe des Tages einfangen konnte: Koks, Müll, Halden, muffige Höfe, Kippen, gequalmt zwischen Dreck und Wanzen, die alte Matratze, auf der die Kids gern tanzen, die Schale einer Mandarine, am Bahnhof geklaut, den Gestank der Latrine, vor dem einem graut. Er ist nicht da, nirgends ist er, dunkle Nacht ist hereingebrochen mitten am Tag; rotbraunes Wasser fließt aus den Rohren. Adam hört ein Klingeln, schnappt nach dem Telefon, nimmt ab, aber es ist nur jemand vom Krankenhaus, der sich Sorgen macht, fragt, Erklärungen und Rechtfertigungen für seine Abwesenheit verlangt. Adam reagiert nicht. Er betrachtet die Ameisen.

Seine Mutter hat immer gesagt: Wenn dich etwas bedrückt, fang damit an, um dich herum Ordnung zu machen, vielleicht kommt es dir vor, als sei alles sauber und aufgeräumt, aber schau genau hin, du wirst immer irgendein Regal finden, das nicht abgestaubt ist, Staubflocken auf den Schränken, Spinnweben unter dem Sesselbezug, und wenn du tags zuvor die letzte Spinne in den Staubsauger gesaugt hast, der Boden blitzblank glänzt, die Fenster so sauber sind, daß die Vögel dagegenfliegen, und du bist trotzdem noch traurig, dann mach Ordnung in der Ordnung, selbst wenn du nur die Stühle von einem Platz an den anderen stellst, die Reihenfolge der Bücher im Regal änderst, schließlich wirst du auf ein übersehenes Fleckchen Schmutz stoßen und es mit Freude begrüßen, glaub mir, mein Sohn, wenn dich etwas quält, mußt du dich ans Aufräumen machen, bevor du in dir selbst aufräumen kannst. Adam läßt den Blick über das Durcheinander schweifen, weiß nicht, wo er anfangen soll; die Schuhe geben ihm Zeichen, er solle sie putzen, aber er kann sich nicht aufraffen. Er hat so lange gelegen, daß er sich richtig nach dem Sitzen sehnte, jetzt hat er sich auf den Hocker gesetzt, aber schon hat es sich ausgesessen. Er weiß, daß er sich an die Arbeit machen muß, aber es fehlt ihm die Begeisterung, er ist entgeistert. Auch das ist gut; er beginnt damit, den Abfall einzusammeln. (Adam sieht miserabel aus; ein armer Schlucker mit seiner Ausbeute an Flaschen, die er in den Mülltonnen gesammelt hat, hält ihn für Konkurrenz, als er den Eimer in den Hof trägt: »Mach dich vom Acker, Junge, is mein Revier hier. Sowieso schon alles weg.«)

Sein Herz ist geschwollen; was auch immer er in Angriff nimmt, es drückt ihn, als würde es weitere Orte seines Körpers besetzen, Besatzungszonen auf allen Organen errichten: Leber, Nieren, Därme, Lungen sind jetzt Herzen, in jedem Winkel des Körpers nistet ein Herz und drückt wie verrückt, verlangsamt die Schritte, verflacht den Atem, nimmt den Appetit, alle Innereien beben, statt ihre ursprüngliche Funktion zu erfüllen, das Blut sehnt sich, statt zu pulsieren; zum Teufel mit einem Herz, das im Rhythmus des unersetzlichen Verlustes schlägt. Etwas in Adam hat sich unwiderruflich verschoben, eine fatale tektonische Unregelmäßigkeit ist entstanden, ein Riß, und nach diesem Riß paßt Adam nicht mehr zu sich selbst. Er tritt aus sich heraus, um nicht vor die Tür zu treten, den Süßen suchen, aber jeder mißlungene Versuch, das Gewicht auf etwas anderes zu verlagern, bringt ihn aus dem Gleichgewicht. Wie soll er das aushalten? Wie soll er das aufhalten? Adam hat keine Kraft aufzuräumen, er bringt nur eine scheinbare Ordnung zustande, gerade soviel, um aus dem Haus gehen zu können (den Süßen treffen), um wieder dazusein (für den Süßen) unter den Lebenden.

Der Süße wirbelt selbstvergessen, die Kumpels werfen ihm bewundernde Blicke zu, so in Form haben sie ihn schon lange nicht mehr gesehen, runter mit den Baseballkappen, das ist was Neues, nicht schlecht, hat das einen Namen?

»Damta Vaschais«, antwortet der Süße und kehrt in die Vertikale zurück, er würde gern jemandem in die Fresse schlagen, denn vom Tanzen vergeht ihm der Frust nicht, der ihn nach seinem Auszug erfaßt hat. Bei dem Doktorchen hatte er wenigstens Ruhe und eine anständige Umgebung, bei seiner Mutter stolperte er schon an der Tür über leere Flaschen und knallte der Länge nach hin, ein Wunder, daß er sich nicht geschnitten hat, die Küche ist versifft, alles klebt, wer sollte da auch abwaschen, die brauchen keine Gläser mehr, die Alte hängt direkt an der Flasche, aus der Spüle stinkt es nach Pisse, weil das Klo draußen ist, zu weit, wenn man sich zugedröhnt hat, außerdem ist es auch schon vorgekommen, wenn die Mutter oder einer ihrer ewig besoffenen Kavaliere zum Scheißhaus gingen, daß sie das Schlüsselloch nicht trafen und auf die Treppe pißten, die Nachbarn beschwerten sich bei der Verwaltung, damals setzte der Süße sich noch für sie ein, bürgte, sagte, was wollt ihr denn die Alte raussetzen, wartet noch ein bißchen, dann geben ihre Nieren den Geist auf, und sie hört ganz auf zu pissen und sogar zu atmen, doch die Mutter ist zäh, sie ernährt sich von Klarem der schlimmsten Sorte, aber Spiritus und Haarwasser rührt sie nicht an, sie ist die Königin des Nuttenviertels, bei ihr treffen sich die schlimmsten Penner, um ihr für eine Flasche Schnaps die Titten zu befummeln, die Tür ist immer offen, jeder kann rein, zu stehlen gibts da nichts, aufgeknöpft lädt die Mutter zur längsten Party der Welt ein, sie saufen grölen kotzen pennen, wachen auf, essen was, gehen in den Laden (ungern, vom Saufen sind sie lichtscheu geworden), und alles geht von vorne los; manchmal holt einer den Pimmel raus, und die Alte läßt nicht locker, aber da wird nichts draus, die Hurerei in diesem Diebesnest liegt in Agonie, Alkoholiker auf dem absteigenden Ast betatschen sich gegenseitig die verbrauchten Organe, denn wie durch Nebel erinnern sie sich noch an die Zeit vor der Zirrhose, als die Saufgelage von Männer-Frauen-Spielchen begleitet waren, an die Zeit, als sie noch fähig waren, andere Annehmlichkeiten zu empfinden als die, möglichst schnell den Kater zu ersäufen. Der Süße hat sein eigenes Kabuff, eine Wand grenzt an die Wohnung der Mutter, da kommen jeden Morgen irgendwelche Gespenster heraus und klopfen bei ihm, um sich ein paar Zloty zu leihen, der Süße haßt sie, deshalb leiht er nichts, sondern läßt sie verdienen: Wenn du auf allen Vieren zum Laden läufst, kriegst du einen Fünfer, wenn du dich hier mit der Leine festmachen läßt, einen Zehner; sie kennen seine Gewohnheiten, manchmal kommen sie gleich zu zweit, damit es für einen halben Liter reicht, dann führt der Süße das Paar Hundemenschen zum Lädchen an der Ecke, aber diese Spielchen machen ihm langsam keinen Spaß mehr, die Typen haben schon lange vergessen, was Demütigung ist, die Selbstachtung war schneller versoffen als die Gesundheit, tagsüber verdienen sie sich auf Säuferart was dazu; wenn sie einen Neuen in der Kneipe sehen, fragen sie, ob er ihnen ein Bier spendiert, wenn sie seinen Krug fressen, oder wenn die Zähne nur noch Erinnerung sind, gehen sie an der Theke spazieren, irgendwas fällt immer runter, mal fällt den Leuten Kleingeld aus der Tasche, mal das ganze Portemonnaie, aber das sind unsichere Einkünfte, saisonbedingt und zeitaufwendig, besser beim Süßen was lockermachen, der Junge ist ein guter Dieb, der trinkt nicht, hat immer was bei sich, nur will er manchmal, daß man ein bißchen Blödsinn macht, bevor er was für die nächste Flasche rausrückt. Der Süße geht nur ungern in diesen Siff zurück, bei dem Doktorchen konnte er wenigstens anständig baden, bei der Mutter kommen nachts die Kakerlaken aus den Rohren, und morgens bemerken ihn die, die den Hals nicht voll genug haben, und jammern nach ein paar Groschen, der Süße hat genug davon, der Gestank von Säuferschweiß, billigen Zigaretten, verschüttetem Alkohol auf dem Linoleum wird allmählich vom Gestank des Todes verdrängt, der wohl, statt sich eines dieser menschlichen Wracks zu holen, permanent mitzecht, sie könnten ihn jeden Moment in den Laden schicken, um Fusel zu holen, der Süße weiß nicht, was er dem Tod sagen würde, wenn er an seine Tür klopft, um fünf Zloty zu leihen; er zieht es vor, sich in seinem Zimmerchen zu waschen, am Spülbecken mit dem Hahn, aus dem nur kaltes Wasser tröpfelt, wieder wird er sich die Haare auf dem Kopf rasieren müssen, weil sie ungewaschen jucken und er nachts kratzen muß und nicht schlafen kann; ja, der Frust ist heftig, zwar ist das Doktorchen nur eine blöde Schwuchtel vom Dorf, aber er hat dem Süßen so ein, na ja, so ein Gefühl gegeben, gebraucht zu werden, und jetzt – o Scheiße, in ihm, um ihn und überhaupt, und das läßt sich nicht wegtanzen, damta Vaschais; vielleicht hilft es ja, wenn er mit den Kumpels klauen geht.

(Adam sieht, daß der Süße aufgehört hat zu tanzen und sich schlechtgelaunt von den Kumpels verabschiedet, also heißt es, schnell verschwinden und sich verstecken; Adam ist noch nicht bereit, den Süßen anzusprechen, vorläufig hat er ihn nur aufgespürt, beobachtet ihn heimlich und hält Ausschau nach seiner Chance.)

»Tattoo hat gesagt, keine halben Sachen; wie wärs, wenn wir runterholen das Kreuz vom Giewont, das gibt ne Menge Schrott ...« Ein Kumpel des Süßen, Spitzname Unmensch (wenn er mal anfängt zu schlagen, kann er nicht mehr aufhören, und seine Pranke ist kräftig, der Süße könnte wetten, daß der als erster aus dem ganzen Verein lebenslänglich kriegt, Artikel hundertachtundvierzig Paragraph zwei Punkt eins, besondere Grausamkeit, die fällt Unmensch besonders leicht, es reicht, wenn sie ihn einmal nicht rechtzeitig von jemandem wegziehen), wurde für den bravourösen Diebstahl des Kommandantensäbels am frisch aufgestellten Denkmal nicht genug gewürdigt; Tattoo, Chef und unangefochtene Autorität der Halbwelt, wenn es darum geht, so zu stehlen, daß es sich lohnt, verachtet die Schrottbranche immer noch, deshalb hat er im Scherz den Giewont erwähnt, aber in Unmenschs Kopf hat sich ein Sinn für Humor nie entwickelt, der Begriff Scherz ist ihm fremd, so manchen Spaßvogel erinnert die schiefe Nase oder der gebrochene Unterkiefer schmerzlich daran; nichts zu machen, er hat Feuer gefangen, er hat sogar schon auf der Karte nachgesehen, wo Zakopane liegt. Der Süße weiß nicht, wie er ihm erklären soll, daß die Sache unrealistisch ist, daß man sich besser überlegt, wie man auf den Bahnsteigen effektiv die Leute beklaut, jetzt, wo die Bullen am Bahnhof das Personal ausgewechselt und die Kontrollen verschärft haben, und das alles, weil der von Entlassung bedrohte Woiwode nach dem letzten Strohhalm gegriffen und angefangen hat, Giuliani zu spielen, Aktion null Toleranz oder so ähnlich, Diebstahl ist zum anspruchsvollen Handwerk geworden, aber die Flucht ins Schrottgeschäft kommt nicht in Frage, Schrott können sie sammeln, wenn sie in Rente sind; Unmensch, schlag dir endlich den Giewont aus dem Kopf.

Adam ist schon reif, noch nicht für ein Gespräch, aber für ein Gegenübertreten Auge in Auge, für einen direkten, forschenden, prüfenden Blick, ob in dem Süßen noch etwas glimmt, das man wieder anfachen könnte, oder ob da nur noch Asche ist; er muß sich überzeugen, um so mehr, als sich der Süße seit einiger Zeit mit so einem gegrillten Nacken widerlichen ungehobelten Fettsack ekligen Glatzkopf zeigt, Adam nimmt zwar nicht an, daß der Süße einen plötzlichen, spektakulären Transfer seiner Gefühle tätigen wird, aber er ahnt, daß dieser Kerl, dieser stattliche Bulle im Trainingsanzug mit der Grazie eines Schlachters die Reste des Jungen im Süßen töten wird, daß von dem Süßen nur der grobe Klotz des Mannes im Jungen bleiben wird, daß er sich die weißen Adidas mit Zahnpasta putzen, den Kopf kahlscheren und sich so mit Steroiden vollspritzen wird, daß der Schwanz endgültig schlappmacht, nein, solche Gestalten darf man an den Süßen nicht heranlassen. Adam geht ihnen entgegen, wendet, vom Süßen bemerkt, den Blick nicht ab, rempelt den Jungen sogar im Vorbeigehen leicht an, daß Unmensch sich wundert, warum der Süße auf die Beleidigung von diesem Abschaum nicht reagiert:

»Alter, was war denn das? Kennst du den Typ? Wer ist das?«

»Was weiß ich, irgendein Penner. Soll ich ihm vielleicht nachrennen? Paß lieber auf, Unmensch, du läßt dich zu leicht, verdammt, wie soll ich sagen, von Emotionen leiten.«

Adam sieht sich noch nach ihnen um, aber nur dieser fürchterliche Muskelprotz, dieser gepanzerte Hohlkopf wirft ihm einen feindseligen Blick nach, der Süße beschleunigt die Schritte, aber einen Moment lang hat er Adam angesehen, angesehen als Junge, ja sogar Mann, wie früher, und Adam würde seine Hand dafür ins Feuer legen, daß in seinem Blick weder Zorn noch Verachtung waren, sondern nur Erstaunen und Angst, Adam versteht schon, es ist jetzt nicht der Ort und die Zeit, aber sie werden sich sicher wiedersehen, um zu reden, und was damit einhergeht, sich zuhören, ineinander hineinhorchen; der Süße lebt, es ist noch nicht alles verloren, das ist noch keine Asche, wenn auch eher Rauch als Flamme.

Unmensch kann nicht verschmerzen, daß der Süße ihm die Gelegenheit zu einer kleinen Schlägerei versaut hat, das war doch eine klare Provokation, dem Blödmann hätte man zeigen können, wie man durch die Straße geht und wem man in erster Linie Platz macht, er hätte ihm, verdammt noch mal, den Bürgersteig-Kodex schon beigebracht, das Vortrittsrecht, der Süße ist in letzter Zeit irgendwie zu milde geworden, vielleicht wird man die Gesellschaft wechseln müssen.

Der Süße hat Angst; Adam hat ihn wieder berührt, *es* ist wieder erwacht, *es* ist genau auf halbem Weg zwischen Adam und dem Süßen und vergrößert sich; wenn sie sich nahe kommen, ist es auf sehr angenehme Weise spürbar, der Süße weiß, daß er *davor* nicht weglaufen kann.

Der Süße will kein Dieb mehr sein, er ist es leid, ein kleiner Fisch zu sein, in der Straßenbahn schwarzzufahren, während geschäftstüchtigere Kollegen ihre dicken Ärsche im Porsche herumkutschieren, er hat die Schnauze voll von dem ewigen Lavieren zwischen den Bullen, während sich vor den gewitzten Kumpels die Ordnungshüter verbeugen, hat genug davon, Wand an Wand mit der Mutter zu wohnen, für die er sich schämt, verdammt, während einige Jungs schon Häuser mit Schwimmbad haben; es reicht, es ist Zeit für eine Nummer, die es ihm erlaubt, unabhängig zu werden (es sei denn, er landet wieder in der Zelle, aber diesen Gedanken läßt der Süße lieber nicht an sich ran). Indessen sind die Einkünfte dramatisch gesunken, denn alle Schnellzüge sind von wachsamen Zivilfahndern umstellt, eine neue Methode, man weiß nie, wo sich ein Bulle versteckt, man kann ihn aus Versehen für einen der Trottel halten und die Hand in die falsche Tasche stecken, dann gibts Handschellen statt Knete, und ab auf die Wache, die Arschlöcher sind nicht zimperlich, wenn sie dich schnappen, binden sie dir die Hände auf dem Rücken zusammen, so eng, daß die Jungs nachher wie gelähmt sind und kein Glas mehr halten können, und dann noch das provozierende Gestichel, daß man bei den Arabern den Dieben angeblich die Hände abhackt, man hätte also gar keinen Grund, sich zu beklagen; na ja, den Intercity kann man fürs erste vergessen, man wird sich in den Nahverkehrszügen was einfallen lassen müssen, aufgehängte Jacken, aber auch da ist Vorsicht geboten, der Sicherheitsdienst hat Warnplakate angebracht, die Leute haben sie gelesen und sind in Panik, alle halten die Pfoten auf dem Geldbeutel, haben keine Lust zu teilen; es sieht ganz danach aus, als würde die Arbeit auf dem Bahnhof zu Ende gehen, da kommen dir die Tränen, so lange so leicht verdientes Geld, es hat für alle gereicht, und wie viele Kumpels hast du kennengelernt, jetzt wird sich der Verein auf Haltestellen, Supermärkte und Stadions verteilen, jeder wird für sich klauen; Tattoo ist auch sauer, daß sein Revier futsch ist, aber der ist mit allen Wassern gewaschen, der hat seine Truppe, die in den Kneipen im Zentrum Schutzgeld erpreßt, hat einen gemütlichen kleinen Puff am Stadtrand, vorläufig nur Ukrainerinnen, aber auf Thai gemacht, betrunken und im Dunkeln fallen alle drauf rein, und wenn sie mit einem Mädchen aufs Zimmer gehen, gibts kein Zurück mehr, hundertfünfzig die Stunde, im voraus, den Bahnhof hat Tattoo also nur aus Sentimentalität unter der Fuchtel, und aus Prinzip, um mehrere Standbeine zu haben, wo er recht hat, hat er recht, so sind die Zeiten, man muß vielseitig sein. Der Süße hat sich freiwillig gemeldet, damit sich Tattoo im Falle eines Falles an ihn erinnert, aber inzwischen steigt eine ganz andere Nummer: Unmensch, ein fanatischer Fan der Grünen, treu und todernst bei jedem Aufruhr dabei, ein Hooligan durch und durch, der sich nach jeder siegreichen Keilerei mit dem Messer ritzt, hat die Obersten aus seiner Schlägertruppe davon überzeugt, daß es nicht angehen kann, daß die Roten, ihre alten Nachbarn und Rivalen, einen reichen Sponsor haben und zum nächsten Derby irgendwelche Geschäftsleute kommen sollen, die daran interessiert sind, in den Klub zu investieren; Unmensch hat die Aufgabe übernommen, so einen Zoff zu organisieren, daß sich alle Sponsoren vor Angst in die Hose machen und sich Fußballinvestitionen ein für allemal aus dem Kopf schlagen, man muß dafür sorgen, daß das Stadion der Roten geschlossen und die Geschäftspenner abgeschreckt werden, man kann ja nicht zulassen, daß die hervorragenden Grünen in der zweiten Liga rumkrepeln und die beschissenen Roten eine Mannschaft für den Pokal aufbauen, das nun wirklich nicht; also sucht Unmensch Leute für eine Schlägerei, der Plan sieht folgendermaßen aus: Vor dem Match gibts für alle umsonst Amphetamine zum Warmwerden, gegen Ende der ersten Halbzeit ist Versammlung im unteren Teil des Sektors, wie um die Flagge zu hissen, wir fackeln auf dem Zaun die Schals der roten Arschlöcher ab, ziehen die Sturmhauben auf und laufen auf den Rasen, dahin, wo beim Feind der größte Aufruhr ist; wenn die Bullen in Aktion treten, machen wir sie fertig und warten auf Unterstützung, auf die Losung »Laß den Zuschauer in Ruhe« prescht der zweite Teil des Trupps von der überdachten Tribüne zur Sperre vor, wichtig ist, so nah wie möglich ranzukommen, damit jeder VIP den Slip voll hat, auf dem Weg wird alles demoliert, die Sitze werden rausgerissen, dies und das umgeschmissen, und es ist wichtig, daß die Mannschaft auf dem Spielfeld, bevor sie sich zurückzieht, den Rasen anzündet, das Spektakel muß publikumswirksam sein, die Roten sollen für die Renovierung des Stadions sammeln müssen und nicht, verdammt noch mal, für die Pokaltruppe. Der Süße fragt nicht, was er davon haben wird, das ist klar: Das Ding steigt um der Idee willen, erstens Polizei verarschen, zweitens den Fußballverband hochnehmen, drittens sind die Roten Wichser, viertens meine einzige Liebe die Grünen; außerdem, falls was schiefgeht – für ihn ist das Risiko nicht groß, in der Zelle ist es angenehmer als in dem Dreckloch bei der Mutter, regelmäßige Mahlzeiten gibts umsonst, und mehr als achtundvierzig Stunden kann man sie sowieso nicht festhalten, aber schnappen lassen sich eh nur Trottel, und die Videoüberwachung kann ihn auch nicht schrecken, selbst wenn der Süße lebenslänglich Stadionverbot bekäme, er ist ja nur ein Tagelöhner bei Gastspielen, auf richtige Spiele geht er nicht, das reizt ihn gar nicht, Unmensch ist da anders, der wäre fix und fertig, der würde sich an seinem Schal aufhängen; im Falle eines Falles boykottiert man die Liga, null Doping für die ganze Saison, nur die große Flagge mit der Aufschrift »Die Grünen sind wir, nicht ihr«, das wird der Vorstand nicht aushalten, da wird er einknicken, wird die Verbote rückgängig machen, wie kann man seine treuesten Fans strafen, wollt ihr vielleicht leere Tribünen, oder was? Unmensch ist außergewöhnlich wachsam, weil ihm jemand gesteckt hat, daß bei den Grünen Polizeispitzel unterwegs sind, sogar verkleidete Bullen, man darf für diese Aktion nur die vertrauenswürdigsten Leute auswählen, was den Süßen betrifft, hat er keinen Zweifel, deshalb zählt er auf ihn. Immer mit der Ruhe, sagt der Süße ohne große Überzeugung, um des lieben Friedens willen ist er damit einverstanden, bei der Schlägerei mitzumachen, er hat ja nichts Besseres zu tun, um so mehr, als er nicht so recht weiß, wie er darauf reagieren soll, daß Adam ihm immer noch folgt nachschleicht hinterherspioniert, an seinen Spuren schnüffelt, seine Krümel aufsammelt, hier und da auftaucht, scheinbar zufällig, um ihm in die Augen zu sehen, er versucht diskret zu sein, um dem im Mann versteckten Jungen keinen unnötigen Streß zu machen; Adam ist wie ein Schatten, er könnte dem Süßen bis ans Ende der Welt folgen auf der Fährte seiner abseitigen Abenteuer.

Auch zu dem Match will er ihm nachfahren; da muß man etwas unternehmen, kann nicht länger so tun, als würde man nichts merken, Unmensch kann jeden Moment wittern, daß der Süße diesen Schwanz hinter sich herschleift, man muß Adam warnen, ihm die Sache erklären, ihn irgendwie vertreiben. (Aber wie? *Es* wird immer größer.)

Am sichersten ist es am Telefon, am Abend, da kann man das Schweigen brechen, aber das Gesicht wahren, besser gesagt, die einzige in dieser Konstellation akzeptable Position (die desjenigen, der entscheidet; desjenigen, dem eigentlich nichts daran liegt; desjenigen, der überlegen ist, weil er besser so tun kann, als würde er nichts empfinden), man muß am Telefon von oben herab neue Regeln anordnen, besser gesagt, die Hauptregel:

»Hör auf, mir hinterherzurennen.«

Adam ist nicht einmal überrascht; die Eltern melden sich seit dem letzten Besuch nicht mehr, vom Krankenhaus ruft auch niemand mehr an, weil er um einen Kurzurlaub gebeten hat, um diese Zeit müßte das Telefon schweigen, um diese Zeit träumt Adam normalerweise, daß es klingelt, und erwacht nach mehreren Malen, wenn er abheben will; wenn er tiefer schlafen würde, würde er es vielleicht schaffen, das Gespräch mit dem Süßen zu träumen, aber das klappt nicht, der Traum gerät ins Stocken, er schafft es nie, vor dem Aufwachen abzunehmen, obwohl er im Traum weiß, daß er schnell sein muß, er weiß im Traum vom Traum, träumt, er sei sich bewußt, daß er träumt, vielleicht wacht er deshalb immer vorher auf; aber heute hat das Telefon wirklich geklingelt, Adam ist zum Hörer gestürzt und hat es geschafft, die Stimme des Süßen zu hören, sogar ihm sofort kategorisch zu antworten:

»Nein, ich höre nicht auf.«

»Mensch, du weißt ja gar nicht, in was für eine Schei…, was für ein Schlamassel du da kommst. Die werden dich pla…, werden dir weh tun, Mann.«

Was für ein schöner Kampf des Jungen mit dem Mann sich in dem Süßen abspielt, Adam ist fasziniert von diesen unterdrückten Schimpfwörtern, diesen zurückgehaltenen Grobheiten, da hat David Goliath die Sprache geraubt, die Siegesschale hat sich geneigt, der Süße hat sich auf halbem

Wort selbst verraten, Adam weiß jetzt: Was auch immer er noch wird ertragen müssen – der Junge im Süßen wird sich durch den Mann durchbeißen und zu Adam zurückkehren, der Rüpel wird schon abgeseiht sein, es wird ein Extrakt des Jungen sein, dem man den Weg ebnen und liebevolle, liebevollste Fürsorge angedeihen lassen sollte.

»Hab keine Angst, zu mir zurückzukehren. Das wird sich alles richten. Wir richten es uns ein.«

Der Süße kann jetzt nichts mehr erwidern, er möchte brutal und abstoßend brüllen, aber eher wird er wieder zu Adam stoßen, er öffnet den Mund, um in barbarischem Dialekt zu protestieren, aber die Wörter platzen ihm wie Seifenblasen im Mund, der Süße bringt keine Kraft auf, sich zu widersetzen, *es* hat ihn schon völlig durchflutet, durchblutet, er will zu Adam, jetzt, sofort, also besser den Hörer auflegen. Ob gut oder schlecht, Süßer, es führt dich in Versuchung, besser, du läßt dich verführen, als dich auf die Abwege des Stadions führen zu lassen, geh zu ihm, geh dorthin, wo die Gemütlichkeit des Bettes wartet, wo du dich selig ausschlafen kannst, von einem guten Wort genährt, wohin gehst du, Süßer, nicht da geht es lang, da ist es kalt, kehr um, ja, wärmer, warm, nur noch die Kurve, geradeaus bis zum Ende der Straße, gleich wird es heiß.

Gleich wird es heiß; Adam hat aufgemacht, weil er dachte, es sei der Süße, der klopft, der Junge sei endlich gekommen, hätte die männliche Haut für immer abgestreift, wer sonst sollte denn um diese Zeit und nach diesem Gespräch kommen, wenn nicht der Süße persönlich, wer ist denn das – so unsüß und fremd, einer, dann der zweite hinter ihm, dann der dritte, mit dieser unrühmlichen, verbotenen, irgendwie bekannten Visage, wer ist der Unmensch mit dem Kopf, kahl und glatt wie ein Knochen – was ist mit denen, was wollen die? Einen Moment zu lang überlegt Adam, er schafft es nicht, die Tür vor ihnen zu schließen, zu verriegeln, die glatte Stirn, schwer wie eine Keule, zerschmettert ihm zur Begrüßung die Nase, und das ist vielleicht besser so, der erste Schmerz zieht die ganze Aufmerksamkeit auf sich, die Fußtritte, die Unmensch ihm gibt, spürt Adam nicht mehr, und die sind schmerzhaft für die zerbrechlichen Rippen, Adam stöhnt nicht einmal, er weiß noch gar nicht, was geschehen ist, und hat schon so viele Brüche, von einem Tritt ins Sonnengeflecht wird ihm schwarz vor den Augen …

(wie zart ist doch die Struktur des Menschen, wie schwach sind seine Glieder, und dabei wie rührend geduldig, wenn sie wieder zusammenwachsen)

… das Bewußtsein kehrt zurück, als Unmensch ihn aufrichtet, vor sich hinstellt und ihm mit der offenen Hand ins Gesicht schlägt, um sich zu vergewissern, daß er richtig verstanden wird:

»Und was jetzt?«

Ja, das ist eine präzise Frage, Adam würde auch gern wissen, ob sie ihm noch etwas brechen werden oder ob man den Prozeß des Wundenleckens als eröffnet betrachten kann.

»Warum schnüffelst du? Für wen?«

Adam versucht gar nicht, sich zu wehren, um Mitleid zu flehen, er sieht Unmensch ganz ohne Angst an, was könnten sie ihm denn noch tun, höchstens dem Sonderangebot an Verletzungen noch ein paar hinzufügen, ihm hier und da Schnitte beibringen, Wunden sind schließlich die Larven der Narben, je mehr er an seinem Körper hat, desto ähnlicher wird er dem Süßen, also weiter, schlag doch, bitte sehr, mir fehlen schon die Wangen zum Hinhalten, denkt Adam, und Unmensch spürt, daß jene Wut in ihm hochsteigt, der er seinen Spitznamen verdankt, er hat fremden Schmerz gerochen, und jetzt sieht und spürt er nichts anderes mehr, immer wieder schlägt er auf Adam ein, immer stärker, von dem mangelnden Widerstand in Rage gebracht, drischt er auf ihn ein wie auf einen Trainingssack und verlangt nach Kampf:

»Wehr dich doch, du Schwuchtel! Kämpf doch, du Spitzel! Wehr dich, verdammt, wehr dich, wehr dich!!!«

Das Leiden nimmt zu. Auch der Süße leidet; er war schon im Garten, aber er hat es nicht geschafft, das Gänschen zu begrüßen, denn schneller als er haben die Füchse es angefallen, auf halber Treppe ist er umgekehrt, jetzt wartet er am Tor und betet, daß die Jungs Unmensch rechtzeitig weggezogen haben; intervenieren kann er nicht, er würde sich verraten, was hätte er um diese Zeit hier verloren, hat er etwa den Spitzel auf eigene Faust geortet, oder stecken sie unter einer Decke; der Süße wartet am Tor und weint zum erstenmal im Leben vor Ohnmacht, das ist kein Film mit Steven Seagal, er eilt nicht zu Hilfe, schlägt die Eindringlinge nicht mit Karate zusammen, bekommt keine Medaille für Aufopferung und Mut, er kann nur warten abwarten die Ohren spitzen, bis alles ruhig ist, erst wenn Unmensch sich mit seiner Mannschaft verdünnisiert hat, wird der Süße hochlaufen; wenn es dann bloß nicht zu spät ist.

Schnell und leise sind sie die Treppe heruntergekommen, keiner hat gelacht, das ist kein gutes Zeichen; der Süße wartet einen Moment ab und schaut ihnen auf der Straße nach, sie sind weg, man kann davon ausgehen, daß sie nicht wiederkommen; er geht nach oben. Die Tür ist angelehnt. Blut. Adam sitzt auf dem Boden, so wie sie ihn verlassen haben. Lieber nicht hinsehen.

Er lebt, wenn sein Gesicht auch bis zum Ende seines Lebens an diesen Abend erinnern wird. Vielleicht lächelt er sogar; gleich wird das besser zu sehen sein, der Süße hat ein Handtuch naß gemacht und wäscht Adam das Blut ab wie ein Restaurateur, der die Polychromie zum Vorschein bringt; ja, jetzt ist es besser zu sehen, Adam lächelt wirklich. Wer weiß, ob er jetzt nicht ein schurkenhafteres Gesicht haben wird als der Süße: Die Nase ist deformiert, das steht fest, der Rest wird sich zeigen, wenn die Schwellung zurückgeht, aber nach anderen Gesichtern zu urteilen, die von Unmensch gezeichnet sind, werden die Veränderungen grundlegend sein; Unmensch hat seinen Stil, er ist der Künstler unter den Psychopathen, mit der Faust modelliert er menschliche Gesichter, wenn man seine Opfer nebeneinanderstellte, würde das Auge des Kenners leicht die charakteristischen Gemeinsamkeiten erkennen (doch wessen Gesicht möchte er aus den anderen herausmeißeln? Wer hat den Mut, ihm diese Frage zu stellen? Vorläufig gibt es keine Kandidaten). Das ist eine filmreife Szene, der Süße wäscht Adams verschandeltes Gesicht, noch nie im Leben war er so zärtlich; ebenfalls aus Filmen weiß der Süße, daß der Waschung der Wunden des Helden normalerweise eine Kußszene und deren Fortsetzung im Bett folgt, es wäre also gut, sich an diese Regel zu halten, um so mehr, als der Verstand des Süßen für diesen Moment kein besseres betäubend-schmerzlinderndes Mittel findet, aber wie soll man ihn küssen auf diesen roten Brei aus Nase und Lippen, was solls, es wird eben ein blutiger, ein männlicher Kuß, auf diese Art werden sie Blutsbrüder, wie zwei Kerle, nicht wie zwei Schwuchteln (das nun nicht, wie wir wissen); der Süße küßt Adam lange, leckt ihm das Blut von der Zunge, schluckt es, als wäre es sein eigenes.

Der Urlaub verlängert sich, jetzt ist es schon bezahlter Urlaub; und wie mußte er sich im Krankenhaus den Mund fusselig reden, damit sie ihn nach Hause ließen: sie – schwere Körperverletzung, er – woher denn, es tut gar nicht mehr weh, sie – Junge, du merkst das noch nicht, weil du unter Schock stehst, er – er sei Arzt und könne sich selbst um sich kümmern, sie – zum Süßen: Dann solle der Kollege ihn wenigstens nach Hause begleiten und am besten bei ihm bleiben, wenn es geht, er – rot werdend unter all den Pflastern – genauso werden sie es machen. Gut, jetzt ist alles vorbei, die beiden liegen aneinandergeschmiegt, Adam ganz im Verband. Wund vor Glück hört er der Sprache des geretteten Jungen zu. Es ist rührend, wie der Süße versucht, richtig zu reden, das hat er vorher nie getan, alles ändert sich in ihm, er ist schon ganz verwirrt; er spricht mit einem harten, rauhen Akzent, die korrekte Aussprache ist noch nicht heimisch in ihm, klingt noch unnatürlich aus seinem Mund, muß hier und da noch die alten Gewohnheiten durchbrechen, aber es ist schön, das ist jetzt das schönste am Süßen: Daß der vom Mann verdeckte Rüpel aller Rüpel sich ergeben hat, daß der Junge gesiegt hat, daß er dieses Phänomen geistig noch gar nicht ganz erfaßt, instinktiv aber schon versucht, sich einer unbewaffneten, weichen Sprache zu bedienen, die richtigen Formen zu benutzen (Adam hilft ihm).

»Ich hab ja gesagt, daß sie dir die Fre…, daß du es bereuen wirst, wenn du mir hinterherrennst (nachgehst) … Aber es ist gut, daß ich später da war als sie, Schei...benkleister, wenn die gerafft (gemerkt) hätten, daß ich mit dir ... daß wir ... Mensch, wenn ich bloß daran denke ...«

Es reicht; Adam hält ihm die Hand vor den Mund. Man muß nicht sprechen; man muß darüber nachdenken, wo man leben könnte.

11

Robert dachte lange Zeit, alle würden auf einen mißlungenen Roman von ihm warten, deshalb zögerte er anzufangen; man könnte das als speziellen Fall von Graphomanie sehen: Er war vom Nichtschreiben besessen. Über lange Zeit lebte er relativ gut von seinem letzten, berühmtesten Roman, der allgemein als sehr gelungen bezeichnet wurde; in dieser Zeit glaubte er, er müsse eine längere Pause machen, Kräfte sammeln, Distanz bekommen; der Erfolg des Romans hatte ihm Elan gegeben, Robert brauchte das Schreiben nicht mehr, um sich gut zu fühlen, um so weniger, als er eben damals seine Frau kennenlernte und ein Familienleben zu führen begann, in der Umgebung wohlwollender Menschen, in der Nähe einer attraktiven persönlichen Frau machte er sich nichts mehr daraus, daß er nicht schrieb, man könnte sagen: Er konsumierte seinen Erfolg, der übrigens nicht zu unterschätzen war; wohlmeinende Kritiker sparten damals nicht mit Begeisterung, kritische Kritiker behaupteten, der Roman habe den Nerv der Zeit getroffen, so oder so – die Treffsicherheit konnte man seinem letzten Buch nicht absprechen. Mit der Zeit begann er, sich zu beklagen, daß alle auf einen mißlungenen Roman von ihm warteten; damit erklärte er seiner Frau und den Schwiegereltern die Tatsache, daß er eigentlich gar nicht schrieb, natürlich – er signierte Bücher, glänzte mit geistreichen Kommentaren zum literarischen und nichtliterarischen Leben, aber das Schreiben seines neuen, diesmal mißlungenen, unbedingt mißlungenen Romans verweigerte er konsequent.

Wenn seine Frau fragte, warum »unbedingt mißlungen«, wie er sich so einen Blödsinn einbilden könne, behauptete er, das komme daher, daß sein letzter Roman überschätzt worden sei, das ganze Unglück resultiere aus dieser allgemeinen Überschätzung, all die, die schamlos geschwärmt hätten, fühlten sich jetzt verpflichtet, seinen neuen Roman geringzuschätzen, müßten jetzt auf einen mißlungenen Roman warten; denn um künftig ein geschätzter Autor zu sein, müsse er einen schlechten Roman als Opfer bringen, sagte er, er müsse die allgemeine Kritik auf sich nehmen, den Geschmack der Niederlage kosten, er müsse all denen, die sich im nachhinein für ihre lautstarken Lobeshymnen schämten, erlauben, ihn jetzt öffentlich auszupeitschen für seinen neuen, mißlungenen Roman, für das literarische Mißverständnis, das dieser Roman darstelle, ein gelungener Roman, sagte er, sei einfach nicht akzeptabel, und sei es nur deshalb, weil sein letzter, außergewöhnlich gelungener Roman vom Leiden handele, weshalb die wohlwollenden Kritiker ihn als erschütternd bezeichnet hätten und die kritischen Kritiker als Roman, der auf zynische Weise menschliche Emotionen ausbeute, wenngleich man der Beschreibung der Leiden der Hauptfigur die Suggestivität nicht absprechen könne; also schrieb Robert seinen zweiten Roman nicht, denn auch er hätte vom Leiden handeln müssen. Das Problem war, daß er von etwas anderem als dem Leiden nicht ehrlich schreiben konnte, aber auf keinen Fall einen Roman schreiben wollte, der von der Unfähigkeit handelte, einen Roman über etwas anderes als das Leiden zu schreiben; sein neuer Roman hätte also, ähnlich wie der vorhergehende, vom Leiden handeln müssen, sein Held hätte, ähnlich wie der des vorhergehenden Romans, hauptsächlich mit Leiden beschäftigt sein müssen, wahrscheinlich hätte er auf die gleiche Weise gelitten wie der Held des vorhergehenden Romans, angesichts dessen hätten die wohlwollenden Kritiker des ersten Romans vom zweiten sicher behauptet, er versuche, auf das bewährte Rezept für einen erschütternden Roman zurückzugreifen, die kritischen Kritiker dagegen hätten dieses Buch als Resultat schöpferischer Erschöpfung und Selbstplagiat gewertet; deshalb weigerte er sich lange, seinen neuen Roman zu schreiben, und als der Schwiegervater ihm einen Arbeitsplatz im Souterrain des Gerichts verschaffte, damit er – fern von zu Hause – zur Ruhe kommen und vielleicht doch versuchen könne, etwas zu schreiben, da ging es los mit den Beinen vor dem Fenster und all dem, was, wie er zu sagen pflegte, die Worte erschöpfte. Er erklärte, er könne nicht einen weiteren Roman über das Leiden schreiben, er habe dazu nicht die geringste Lust, aber er könne auch nicht ehrlich über irgend etwas anderes als das Leiden schreiben, also könne er höchstens einen unehrlichen Roman schreiben, womit er das Ziel verfehle (sein Ziel war literarische Aufrichtigkeit), daher könne er einen ehrlichen Roman über die Unmöglichkeit schreiben, über etwas anderes als das Leiden zu schreiben, aber dazu habe er schon überhaupt keine Lust, das wäre erst recht ein spektakulärer Reinfall, sagte er, da hätten die Horden der Kretins einen idealen Nährboden, sagte er, über die Unmöglichkeit des Schreibens zu schreiben sei literarischer Selbstmord, sagte er und fing konsequenterweise nicht an, ein neues Buch zu schreiben. Wenn seine Frau ihn in seinem Arbeitszimmer antraf, als Robert dieses noch als solches, das heißt zum Schreiben, nutzte, bevor es definitiv, wie sie es boshaft nannte, zur Kammer der Erinnerung wurde, wenn sie ihn also beim Schreiben erwischte, sagte er, das sei nichts Wichtiges, ohne

Glauben geschrieben, außerdem sowieso zuwenig, um daraus einmal einen unehrlichen Roman über Lebensfreude und Geborgenheit zu komponieren, der die Erwartungen der Verleger erfüllen würde wie auch die der Schirmherren, Chefredakteure, Minister, all dieser Kulturaufseher, wie er sie nannte, die nichts verstehen, aber Macht haben, die über das Geld für Kultur verfügen und Kunstwerke in Auftrag geben können, von denen sie lediglich verlangen, daß sie ihr Geld vermehren. Er sagte, es könne ohnehin nichts werden wegen seines Unglaubens, mit dem er nur das Unmaß an Unehrlichkeit zu dokumentieren imstande sei, das er aufbringen müsse, um einen Roman über etwas anderes als das Leiden zu schreiben, er glaubte nicht, daß daraus ein Roman werden könne, der all die Kulturaufseher befriedigen würde, die ihm immer wieder sagten, er könne jetzt ja »vielleicht etwas Angenehmes, Positives schreiben«, weil »das Land schon erschöpft genug von alldem« sei und man deshalb erwarte, »daß wenigstens die Künstler uns in eine andere Welt entführen«, und zwar »in eine angenehme und positive Welt«; er glaubte es nicht, aber er setzte sich zumindest einmal am Tag an den Schreibtisch und versuchte, über die Welt positiv zu denken, doch er konnte es nicht, war nicht fähig dazu, litt unter dieser Unfähigkeit, hörte auf zu schreiben und rief seine Frau, die sich damals noch sehr gern in die Rolle der attraktiven persönlichen Frau fügte, die damals noch großen Appetit auf irdische Genüsse hatte, er rief sie, und dann lief es immer nach dem gleichen Schema ab: Seine Frau fragte, ob es ihm endlich gelungen sei, etwas zu schreiben, Robert antwortete, die Dunkelheit in seiner Seele habe sich noch nicht genügend aufgehellt, seine Frau fragte, ob sie ihm irgendwie helfen könne, Robert antwortete, aber natürlich, sie könne gemeinsam mit ihm die große Affirmation der Welt vollziehen, die ihn sicher dazu inspirieren würde, den Rest des Tages kreativ zu verbringen, und während er das sagte, versuchte er, sie um jeden Preis Richtung Schreibtisch zu locken, und als die Frau zurückzuweichen begann und fragte, ob der Herr Schriftsteller sie nicht etwas zu sehr als Objekt behandele, schnitt er ihr den Weg zur Tür ab, drehte den Schlüssel um und steckte ihn in die Hosentasche, die Frau begann nervös zu kichern, sagte, er solle sich auf den Hosenboden setzen und endlich anfangen zu arbeiten, Robert antwortete, er könne keine Inspiration finden, schob den Computer zur Seite, um Platz zu machen, und bestand darauf, daß die Frau sich auf den Schreibtisch legte, die Frau schien hilflos und erlag seinen Bemühungen sowie ihrer eigenen Leidenschaft und bat sich nur aus: »Daß du es ja nicht wagst, irgendwann darüber zu schreiben, wie du mich auf den Schreibtisch schiebst«, worauf sie, nachdem sie mit der gemeinsamen rhythmischen Affirmation begonnen hatten, hin und wieder mit schwacher Stimme hinzufügte: »Mein Schriftsteller du …«

Robert ist mit sich zufrieden, es ist ihm gelungen, den richtigen Augenblick abzuwarten; erst jetzt ist die Zeit für den Roman gekommen. Und wenn er noch so schlecht sein sollte, der Tod wird für effektive Werbung sorgen; als toter Autor wird er mit Sicherheit auch bei den Kritikern bessere Karten haben; und was das wichtigste ist: Er verleiht sich selbst den endgültigen Kontext. Robert denkt todernst darüber nach, mit dem Schreiben anzufangen; indessen muß er jedoch die Fliege machen.

Alles ist kleiner geworden. Als Kind war er jedes Jahr hier im Ferienlager, auch im Winter; jetzt, ein Vierteljahrhundert später, hat er dieses seltsame Gefühl, das zu erwarten war: Zäune, Schranken, Begrenzungen von Gehsteigen und Plätzen, schließlich das Mäuerchen an der Flußpromenade – alles ist kleiner geworden, geschrumpft; Roberts Erinnerung ist auf dem Niveau des Zehnjährigen stehengeblieben, jetzt muß er sich der Tatsache stellen, daß alles um vierzig Zentimeter kleiner geworden ist. Vielleicht ist nicht er gewachsen, sondern die Welt kleiner geworden; vielleicht wird nicht er verschwinden, auch wenn ihn das angekündigte Sterben quält, sondern die Welt um ihn herum wird verwelken. Vielleicht fürchtet er sich nicht davor, daß er fehlen wird, sondern daß die Welt ihm fehlen wird, daß die Welt schrumpfen wird, bis sie außerhalb der Reichweite seiner Sinne liegt, Robert wird allein sein, ohne Dekoration, ohne Publikum, mit einer Seele, die ebenso unsterblich wie unnütz ist in der Einöde der Ewigkeit. Direkt vom morgendlichen Bus aus, noch vor der größten Hitze, noch vor der Hochsaison, in dieser augenblicklichen Schläfrigkeit, dieser zeitweiligen Trägheit der verlassenen Straßen, geht er zur unteren Station des Lifts, geht über das Treppchen, das einmal eine Treppe war, und obwohl die Stufen in der Vergangenheit viel höher und steiler waren, erinnert er sich, daß er schneller hinauflief als die trägen Füße der Erwachsenen, leichter an Leib und Seele, denn damals dachte er nicht daran, daß jeder Schritt von ihm gezählt sei, daß er mit jedem Schritt näher komme, nicht dem Herrn Eisverkäufer, nicht dem Kiosk mit der neuen *Wildkatze*, sondern dem, was dem *Vademecum der Allgemeinmedizin* zufolge in allernächster Zukunft für ihn zum ungeheiligten Martyrium werden sollte, ohne Engelsfanfaren, ohne die Chronik eines Hagiographen, ohne geplante Himmelfahrt.

Er setzt sich als einer der ersten Passagiere dieses Tages in den Sessellift, das Personal warnt ihn, oben sei es noch sehr kalt, rät, er solle sich noch etwas anziehen; er fährt, die Hänge sind menschenleer, der Himmel ist klar, erst in ein paar Stunden wird es von Gleitschirmfliegern wimmeln, wenn der Wind günstig ist, und es sieht nicht danach aus, als würde es anders sein; vorläufig ist es windstill, die hohen Fichten stehen unbewegt, von der langsamen Fahrt der Seilbahn spürt Robert die kühle Luft im Gesicht; frisch weht es ihm entgegen. Er erinnert sich an eine der abgedroschenen Sprüche der Schwiegermutter, mit dem sie den Schwiegervater für seine Neigung zu teuren Anzügen rügt: »Wer das Geld zum Fenster rauswirft, den wirft es nach dem Tod in alle Himmelsrichtungen« oder so ähnlich, jedenfalls mußte es um eine Art Warnung gehen, daß die Knochen des Verschwenders von Hunden durch die Gegend gezerrt werden (vielleicht besser die »Gebeine«, seit einiger Zeit herrscht im Diskurs der katholischen Medien, die den Geist der Schwiegermutter restlos vereinnahmt haben, die Mode, biblische Archaismen zu gebrauchen, »die Hunde werden deine unbestatteten Gebeine zerstreuen«, so müßte die neueste Version des Fluchs für diejenigen lauten, die den Pfennig nicht ehren), wie gut, daß er das bald nicht mehr hören muß; und überhaupt nichts außer dem Wind, Moment, wer hat gesungen, daß *der Wind kommt, um uns wegzufegen, um die Spuren unserer Füße zu verwischen, und er verschüttet die Spuren, die da waren, wo wir gingen, denn sonst wäre es, als würden wir noch immer leben …* Das ist wohl doch etwas prätentiös, denkt Robert; aber wie soll man unprätentiös an den Tod denken, wie unprätentiös sterben, was soll man tun, um den Löffel einfach so, ohne aufgeblasene Sublimierungen, abzugeben und zugleich ohne sich begraben zu lassen, ohne dieser Bande von Katholen zu erlauben, über seinen Leichnam zu verfügen, ach, was hätten sie für eine Freude, ihm eine Kerze in die gefalteten Hände zu legen und vorher den Pfaffen zu rufen, für das letzte Sakrament, da wird der Wind schon besser sein, selbst wenn jemand meinen könnte, das sei aufgebauscht, kitschig, einfach nicht gut, selbst wenn jemand denken würde, daß zu einem – wie auch immer – schöpferischen Geist eine so banale Pointe nicht passe, sollen sie doch mäkeln, dummes Zeug quatschen, schließlich ist das sein Tod, das würde noch fehlen, daß ihn jemand beraten wollte, wie er sich ins Jenseits zu verabschieden habe. Selbst wenn es das Jenseits nicht gibt, es gibt den Wind; Robert glaubt an das Wehen, er möchte, daß der Tod es ihm mitgibt als Mitgift, die ewige Ruhe und das ewige Licht kann er sich schenken, und da der Geist weht, wo er will, möchte Robert so schnell wie möglich verwehen.

Soeben ist das Früher eingetreten, und nichts stimmt: Wo ist die Holzhütte in der Gegend von Dzianisz (er hat doch gelobt, sie später einmal zu kaufen), wo sind die Brüste der Bergbäuerin (er hat geschworen, daß er sich eines Tages ein rotbackiges Mädel mit strahlendem Gesicht sucht, um sie anständig zu vergöttern und zu befruchten), wo ist der Kamm der Hohen Tatra (er wollte sie endlich einmal ganz durchwandern). Warum ist sein Leben in die Niederungen abgerutscht, wo er sich doch nur in den Bergen richtig wohl fühlte? Er klagt: Jeden Moment wird er sich zerstreuen, er muß halten, was er sich versprochen hat.

Viele seiner ehemaligen Partner vom anderen Ende des Seils haben das Bergsteigen für das Gleitschirmfliegen aufgegeben; diejenigen, die immer zu wenig Luft hatten, denen der Kontakt mit dem Felsen nicht so angenehm war wie das lange, langsame Herabgleiten zum Boden nach beendeter

Aktion, die fliegen jetzt einfach mit Gleitschirmen über die Berge und kurbeln das himmlische Geschäft durch kommerzielle Flüge an, durch bezahlte Adrenalinspritzen für Sonntagstouristen, die mutig und gierig nach Eindrücken sind, außerdem haben sie auf Bäumen Affenhaine angelegt, die der Branchennachwuchs bei den Integrationsspielen nutzen kann (all das macht weniger Arbeit als die Städter, die sich in der Saison auf den Mönch bringen lassen wollen). Aus Tatraspezialisten sind also Übertatraspezialisten geworden, sie betrachten die Berge aus der Vogelperspektive; die Freiheit, häufig fliegen zu können, hat ihnen die irdischen Ängste genommen, gerade die Paragleiter, die sich lieber Gleitschirmflieger nennen (denn warum soll das ein Paraflug sein, wo doch gerade sie am reinsten fliegen, ohne Motor, ohne steife Flügel, auf Vogelart die vorteilhafteste Thermik nutzend, mit dem Wind vertraut wie niemand sonst), gerade sie scheinen Robert die einzigen Menschen zu sein, die den Begriff Freiheit nicht überstrapazieren. Leicht gehen sie über die Erde, als würden sie nur warten, bis sie wieder abheben und fliegen können – Süchtige, die wissen, wenn es einmal gelingt, sich von der Erde zu lösen und sicher wieder zu landen, dann gibt es kein Zurück, nichts im Leben wird ihnen je diese Befriedigung schenken; Gleitschirmfliegen ist wie Heroin, sagen sie, besser als Sex, sagen sie, und dabei sind sie, was für Robert das wichtigste ist, immer unprätentiös: Selbst wenn sie behaupten, dort in der Höhe seien sie wie Vögel dem Wind ausgeliefert, haben sie einfach recht, es stimmt aufs Wort. Deshalb ist auf einen von ihnen die Wahl gefallen: Robert muß seine Last mit jemandem teilen und braucht eine Garantie, daß sein Hiobsgeheimnis nicht unter näheren und ferneren Bekannten die Runde macht; das wäre für beide Seiten peinlich, man würde Robert meiden, warum sollten die Menschen auch dem Tod in die Augen schauen wollen, sind sie doch noch mit langfristigen Geschäftsplanungen beschäftigt, mit Kreditschwierigkeiten, dem Urlaub des nächsten Jahres und der Sorge um den Treibhauseffekt, während er schon mit dem Tod einhergeht, minuten-, stundenweise, noch zählt er die Tage und schüchtern die Wochen, obwohl der Tod schon jede Sekunde zählt. Die anderen sind noch mitten im Karneval des Lebens, Robert ist schon der wandelnde Aschermittwoch.

Nur einem Gleitschirmflieger kann man glauben und eine diskrete Bitte anvertrauen; ein Gleitschirmflieger schlägt dir nichts ab, wenn du ihn nur nicht vom Start abhalten willst, Gleitschirmflieger interessiert ausschließlich die Suche nach Aufwinden, das Segeln über den Bergen, die Vermeidung von Rotoren, damit es keinen Flop gibt, die Orientierung am Variometer; für Gleitschirmflieger besteht das Leben ausschließlich aus der Vorbereitung auf den Flug. Sie tun nur so, als würden sie sich für irdische Dinge interessieren, deshalb umarmt dich ein Gleitschirmflieger, den du nach Jahren triffst, er sagt, ein jeder Geist lobt den Herrn, Berg und Tal kommen nicht zusammen, er fragt dich, wie es geht, und fügt, noch bevor du antworten kannst, hinzu, ob du nicht vielleicht einen Tandemflug machen möchtest.

Eben in dieser Sache ist Robert gekommen, er möchte sich für einen Flug verabreden, ohne Firlefanz, nicht heute und nicht in diesen Bergen, unter Umständen, deren Besonderheit er noch erklären muß, aber das in aller Ruhe, am besten in einer Berghütte bei einem Tee mit Rum. Nein, besser vor der Hütte, der Gleitschirmflieger muß ein Auge auf die Zweige haben, wenn sie sich zu bewegen beginnen, heißt das: Es ist Thermik, man kann sich hinauftragen lassen, Zeit zu starten, einer nach dem anderen macht sich auf, und es zieht sie herrlich nach oben.

»Junge, wie soll ich sagen«, antwortet ihm der Flieger, »ich bin dabei, und wenn die Zeit kommt, weißt du, das ist kein Thema, es wird mir eine Ehre sein, bis dann, halt dich tapfer, also tschüs, ich muß los, die Thermik ist geil heute, schau, wie es die hochzieht.«

Und die Sache ist erledigt.

Seine Kehle ist trocken; auf die Zunge schiebt sich alles, was er auf später verschoben hat. Es tut immer mehr weh, und die Wehmut wegen der Wege, die er nicht mehr gehen wird, wird wohl nicht mehr weggehen. Frauen nicht seines Lebens trüben die Erinnerung (andere haben glücklicher gewählt): Robert ist vom Pfad abgekommen, hat sich ins Gras gelegt und rächt sich an sich selbst für die ungenutzten Gelegenheiten, indem er einsam Geschlechtsverkehr ausübt. Vor einem Vierteljahrhundert hat er sich an der gleichen Stelle ebenso verzweifelt einen runtergeholt; damals bediente er sich der Phantasie, jetzt bedient er sich der Erinnerung. Daran ist ja nichts Verwerfliches, aber unerbittliche Onanie ist in dieser Höhe recht anstrengend, Robert wird gleich zu ermattet sein, um aus eigener Kraft zur Haltestelle hinabzusteigen; es gibt auch nichts, wo man Wasser schöpfen könnte, er hat die Richtung verwechselt, die Quellen sind auf der anderen Seite des Hangs. Er wird auf dem Erdrutsch abrutschen und hinknallen, sich in dem stachligen Gestrüpp verfangen oder einfach im Wald einen Schwächeanfall bekommen und den nächtlichen Bodenfrost nicht überleben; wenn er sich den Tod in den Bergen heroisch vorgestellt hat, wird er noch Gelegenheit haben, seine Meinung zu ändern. Man muß ihm helfen, wir sind drauf und dran, die restliche Achtung vor ihm zu verlieren. Und wenn man ihn mit Rosa zusammenbringen würde? Steht doch unweit ihr Häuschen, hoch über dem Tal, abgeschieden, in dieser öden Gegend, die Paparazzi liegen nicht mehr auf der Lauer, denn der Medienfaktor ist zusammen mit den Reklametafeln, auf denen ihr Gesicht zu sehen war, in die Bedeutungslosigkeit gestürzt; warum sollte man die zwei Einsamkeiten nicht vereinigen? Von Instinkt und Willenskraft geleitet, erreicht Robert die sogenannten ersten Bebauungen, möge es der Zaun des uns bekannten Grundstücks sein; schauen wir, was dabei herauskommt.

»Mein Gott, was ist denn mit Ihnen passiert?«

Der laut bellende Hund hat einen Menschen weiblichen Geschlechts angelockt, Robert hat Glück, es ist ihm gerade noch gelungen, die Klingel am Tor zu drücken und sich am Zaun hinzusetzen, er ist völlig geschwächt, der Schmerz attackiert ihn immer öfter und immer länger, es wird immer schwerer, ihn auszuhalten. Noch vor kurzem hat er sich eingebildet, er könne sich vielleicht an ihn gewöhnen, indem er sich ein Ausdauertraining auferlegt; so wie er zu Lebzeiten nach jedem Übungszyklus, sagen wir, die Anzahl der Liegestütze vergrößert hat, so würde er jetzt, zu Sterbzeiten, versuchen, das Schmerzmittel immer etwas später einzunehmen, wenigstens ein paar Minuten, und konsequent darauf achten, daß er die sich selbst auferlegte Disziplin einhält; noch vor kurzem schien der Schmerz beherrschbar zu sein, aber jetzt zwingt er ihn immer schneller in die Knie; eine einfache Rechnung: Der Schmerz wird stärker, Robert schwächer. Nur mit Mühe hat er es bis zu den ersten Häusern geschafft, geklingelt, in der Hoffnung, daß jemand aufmachen möge, und sich zusammengerollt, um die Attacke zu überstehen; von den Schmerzen festgenagelt, hat er vorläufig nicht die Kraft aufzustehen, ganz zu schweigen von Begrüßungshöflichkeiten und Erklärungen; er wartet, bis es vorübergeht (die Welle scheint abzuebben, noch einen Moment, und es wird erträglich sein, aber die Tablette muß er dringend nehmen, allerdings ist die Kehle trocken, ohne Speichel kann er nicht schlucken, er braucht etwas zu trinken).

»Entschuldigung … Es geht gleich vorbei. Wenn ich Sie nur um ein Glas Wasser bitten dürfte.«

Robert hat noch nicht die Kraft, den Kopf zu heben, er sieht einen Menschen weiblichen Geschlechts bis zur Taille, sieht einen nicht ganz geschlossenen Morgenrock, der die verführerischen, berühmten Beine enthüllt; Robert erkennt sie sofort, an ihnen wiederum erkennt er die Frau, die nicht selten an seinem Kellerverlies vorbeigeschwebt ist; Beine, die viel sagen, Beine, die mit vielsagenden Schritten die verschiedensten Geschichten erzählen, eigene und fremde, die Beine einer Schauspielerin, die bei jeder Premiere anders gingen, manchmal tragisch, manchmal komödienhaft, getragen von den anprobierten Rollen, manchmal aber auch gebeugt unter der Last eines schlecht geschriebenen Lebens.

»Ja, natürlich, ich bringe gleich was«, hört er über den Beinen und sieht, daß diese flink nach Hilfe eilen, wobei sie ihre Würde nicht für einen Moment verlieren; Robert erinnert sich, daß diese Beine immer, unverändert, ungeachtet dessen, welche Geschichte sie an seinem Fenster vorbeitrugen, ein würdiger Gang auszeichnete, charakteristisch für eine vornehme Frau, die ihren Wert kannte und nicht gewohnt war, permanent Selbstbestätigung zu suchen; in der Würde ihres Gangs lag etwas Versöhnliches, etwas Ungezwungenes, eine Unangestrengtheit des Seins, der Robert nicht widerstehen konnte, denn er selbst, von Gewissensbissen und einem Geflecht unerfüllter Pflichten gefesselt, schlurfte schwerfällig und melancholisch durch die Gegend, immer wieder aus dem Takt kommend, als wäre er nicht richtig auf die eigenen Beine eingestellt.

Der Schmerz läßt nach, Robert kann aufstehen; auf den Zaun gestützt, blickt er in die Richtung, aus der sie kommt, auftaucht, in ihrer stattlichen Größe erscheint, in ihrer würdevollen Schönheit – Rosa, derentwegen Robert in einer anderen Lebenssituation auf den ersten Blick eine Reihe plötzlicher, radikaler Entschlüsse fassen würde, denn sie scheint ihm erleuchtet von einer so zurückhaltenden Unzüchtigkeit, einer so unschuldigen Zügellosigkeit, mädchenhaften Reife, klugen Naivität, zerbrechlichen Härte, rauhen Sanftheit, offenen Verschlossenheit, extrovertierten Schüchternheit, willigen Unzugänglichkeit, wie er sie noch nie erlebt hat; sie erscheint ihm als eine Frau, die eine Fülle von Widersprüchen ausstrahlt, im Innern aber ausgeglichen ist, eine mögliche, aber unwahrscheinliche Frau; als er das Glas von ihr entgegennimmt, spürt Robert, daß er sich für so eine Frau das Leben nehmen könnte (und sofort ruft er sich zur Ordnung, ist ihm doch nicht viel geblieben, was zu nehmen wäre). Ihre Beine betrachtend, trinkt er. »Mit solchen Beinen kann man weit kommen, ohne viel zu gehen«, dieser beschämende Machogedanke tönt in ihm mit der Grazie eines Söldners, »gern vertrau ich dir an, was ein Mann alles kann«, fügt ein vergessener Bariton aus der Hypophyse hinzu; Robert ist zu schnell aufgestanden, alles dreht sich in seinem Kopf, er muß sich wieder setzen, denn er weiß nicht mehr, was er denkt und was er laut sagt, Rosa fragt, ob sie nicht den Krankenwagen rufen soll, Robert lehnt kategorisch ab, worauf er schlagartig schwach wird, er sinkt um, Rosa versucht, ihn zu halten, der Morgenrock klafft so glücklich auseinander, daß für einen Augenblick die freie, würdevolle Brust aufblitzt, ach, es fehlt nicht mehr viel, und er wird ohnmächtig vor Begeisterung, noch einmal entschuldigt er sich; halb gehend, halb von Rosa gestützt, gelangt er zu einem Gartenstuhl, in dem er sich anschickt, seine Unruhe zu bannen.

»Ich danke Ihnen sehr, gleich werde ich mich besser fühlen … Ein kleiner Schwächeanfall, wissen Sie, ich bin ohne Proviant in die Berge aufgebrochen und ein bißchen herumgeirrt …«

»Sie sind bestimmt krank! Mein Mann müßte bald von der Arbeit zurück sein, er könnte Ihnen helfen, in die Stadt zu kommen …«

»Das ist wirklich nicht nötig, ich ruhe mich hier nur einen Moment aus, wenn Sie erlauben natürlich. Es ist nichts Ernstes, machen Sie sich bitte keine Sorgen.«

»Dann ist es gut … Wissen Sie, ich soll mich nämlich nicht aufregen. Und wenn Sie mir hier ohnmächtig werden …«

Was ist denn das für ein Geplapper, wer schreibt ihm denn diese Dialoge, heiliger Himmel, haben ihn die Schutzengel in der tödlichen Krankheit etwa in die Arme dieser vollkommenen Frau geschubst, damit er langweilige Höflichkeiten austauscht? Was ist das für ein Telenovela-Gequatsche, reicht es etwa nicht für einen Ulanenangriff? Wann, wenn nicht jetzt? Kann sich der alte Oberschürzenjäger nicht zu einer letzten Zuckung aufraffen? Ach, wenn er doch wenigstens so weit zu Kräften käme, daß er ein verführerisches Geplauder nach altem Stil anzetteln könnte, ach, hätte er sich doch nicht schon zur Begrüßung als kränklich erwiesen, als rachitische Leiche ohne eine Spur der früheren Power, als geheimnisvoller Schlappschwanz, dem man nicht ansieht, daß in ihm Kräfte schlummern, die es ihm vor gar nicht so langer Zeit noch erlaubten, selbst die kühlsten und prinzipientreusten Frauen um den Finger zu wickeln; Robert erinnert sich, wie es war, als er nach den ersten Erfolgen seiner leichthändig verfaßten Liebesgeschichten die Mädels mit einer einzigen Phrase anbaggerte, wie er sie heiß auf sich machte, indem er mit Selbstzitaten jonglierte, sich locker erogene Wörter entlockte und mit der Geschicklichkeit eines Zauberkünstlers selbst bei den sarkastischsten Damen die verborgenen Schichten der Schamlosigkeit freilegte, es gab eine Zeit, da erregte Robert unverheiratete wie verheiratete Damen mit seinem bloßen Erscheinen, widersprachen doch sein unscheinbares Äußeres und seine diskrete Art in gewisser Weise den sexuellen Ausschweifungen, die er in seinen kurzen, treffenden Prosastücken meisterhaft beschrieb, also wollte jede herausfinden, wie es kam, daß ein so unauffällig wirkendes Individuum allein mit Worten die Sinne entfachen konnte wie kein anderer; es genügte, sie stellten ihm die Frage: »Woher haben Sie Ihre Ideen, wenn man fragen darf?« Und er mußte nur mit einem verschämten Lächeln antworten, mußte gar nichts sagen, als professioneller Wüstling wußte er, daß seine cleveren Andeutungen sich ohnehin im Kopf einer jeden einnisten, die auch nur einmal nach seinen pikanten Geschichten gegriffen hat.

Robert weiß, daß es heute nichts wird, er kann niemanden mehr heiß auf sich machen, denn seit einiger Zeit sieht er sich gar nicht mehr ähnlich, er würde sagen, seit längerer Zeit ist er nicht mehr er selbst (was heißt denn »man selbst sein«, um welches »Selbst« geht es da – um das, mit dem man leicht gelebt hat, einfach und angenehm, mit dem man im Einklang war, oder auch um das, zu dem man mit der Zeit geworden ist, um das verwelkte, niedergeschlagene und sich nach der Vergangenheit sehnende, nach jeder Vergangenheit, selbst der blassesten und finstersten, denn in der Vergangenheit hat man gelebt, in der Vergangenheit war man gesund, in der nächsten Zukunft jedoch wird man nur noch erlöschen); er sieht ungesund aus, und so denkt er auch, was immer er sagen würde, es würde ungesund klingen, vanitative Anmache kommt nicht in Frage, er weiß nicht, wie er sie zu diesen kläglichen Augen verführen sollte, wie verführerisch er Rosa auch ansprechen würde, es könnte nur eine Parodie seiner selbst sein, denn die Zeit hat ihn unmerklich in die Todesgasse getrieben, und in solchen Gassen gibt es keinen Platz mehr für feurige Romanzen, keine Zeit mehr für den Start in die Liebe des Lebens, es ist zu eng dort, da reißen sich nur Angst und Leiden um die Reste des Raums. Rosa hat sich daneben gesetzt und betrachtet ihn mit aufrichtiger Sorge, man sieht, daß sie es nicht gewohnt ist, Gäste zu empfangen, die Anwesenheit eines fremden Mannes bringt sie in Verlegenheit; Robert weiß, daß ihm nur noch eine Karte geblieben ist, die er ausspielen kann – schließlich kennt er Teile ihres Lebens aus der Froschperspektive, wenn er diese schlau zusammenfügt, könnte sich herausstellen, daß er über Rosa mehr weiß als sie selbst; soll er also versuchen, ihr etwas über sie zu erzählen, er wird sich wenigstens für ein paar Augenblicke daran delektieren, daß ihm eine Frau zuhört, die aufs angenehmste paradox ist, aufs phänomenalste aus Widersprüchen besteht, er wird ihr sagen, woher er sie kennt, und in Gedanken die Unangebrachtheit verfluchen; denn es ist ein unangebrachter Scherz des Schicksals, seiner heruntergekommenen Männlichkeit eine Fraulichkeit dieses Ausmaßes vor die Nase zu setzen, jetzt, da er sich vom Leben verabschiedet.

Rosa hört zu. Daß sie erkannt wurde, daran ist nichts Besonderes, in den letzten Jahren haben sie nur Leute nicht erkannt, die lange im Ausland waren, oder Schöngeister, deren Leben sich in der Entfremdung einer Bibliothek abspielt, diejenigen, die systematisch intellektuellen Vegetarismus betreiben und sich für Vorführungen nicht interessieren, sie nähren sich ausschließlich von Texten, geben damit an, keinen Fernseher zu haben, das Repertoire der Kinos zu verachten, Theaterstücke lesen sie lieber als sie anzuschauen, sie hören nur ihren Lieblingsradiosender, dessen Rahmenprogramm ausschließlich ernsthafter Musik, ernsthafter Literatur und ernsthaften Informationen gewidmet ist, woher, zum Teufel, sollten sie die Zeit für unernsthafte Interessen nehmen, warum sollten sie das Gesicht einer Ikone der Popkultur kennen, allein beim Aufeinanderprallen der Wörter »Ikone« und »Popkultur« wird ihnen schlecht, schon beim Zusammenstoß der Vorsilbe »Pop« mit dem Wort »Kultur« müssen sie sich übergeben. (Massenkultur gibt es nicht, höchstens Kulturmasse, meine Damen und Herren, Kulturbrei, ein von den Massen, die von der hohen Kultur keine Ahnung haben, abgesondertes Miasma, laßt uns also bitte mit diesem Unsinn in Frieden, natürlich ist uns der Name von Rosa schon zu Ohren gekommen, wir schätzen ihre vornehme Berufswahl, wenn Rosa eines Tages einen ernsthaften Text sprechen wird, sind wir gerne bereit, ihr zuzuhören, indessen sehen wir keinen Grund, warum wir nicht glauben sollten, daß sie für uns eine nicht zu identifizierende Person sei, das disqualifiziert uns keineswegs, meine Damen und Herren, so wie es Sie in unseren Augen nicht disqualifiziert, daß Sie das Zitat *Dort wo man Bücher verbrennt, verbrennt man auch am Ende Menschen* nicht identifizieren können, es ist Ihnen schon zu Ohren gekommen, nicht wahr, wenn Sie auch nicht wissen, wer es unter welchen Umständen geäußert hat; was? Nein, das war nicht dreiunddreißig auf dem Bebelplatz, der Schein trügt, aber wir halten Sie dennoch nicht für disqualifiziert.) Als Ikone der Popkultur hat Rosa sich also an eine anstrengende Identität gewöhnt, jahrelang hat sie die Kunst der Mimikry vervollkommnet, setzte selbst an bewölkten Tagen eine Sonnenbrille auf, trug eine Schirmmütze und lässige Kleidung, und trotzdem gelang es ihr fast nie, unbemerkt in den Lebensmittelladen zu huschen oder sich eine Zeitung zu kaufen, das geringste Problem waren noch die Autogrammjäger, die waren mit ihrer Unterschrift zufrieden, die Schlimmsten waren diejenigen, die die einzigartige Chance, einen Star auf der Höhe des Erfolges zu sehen, dazu nutzten, sie scheinbar nur für einen Moment aufzuhalten, scheinbar wohlwollend gratulierten sie zur letzten Rolle, kamen dann unmerklich auf die neuesten Meldungen der Boulevardblätter zu sprechen und versuchten zu sondieren, ob es stimme, was da geschrieben worden sei, und wenn ihr herausrutschte, sie wisse nicht, was in den Boulevardblättern über sie geschrieben werde, fühlten sich diese Leute, noch bevor Rosa hinzufügen konnte, es interessiere sie auch nicht, verpflichtet, ihr Punkt für Punkt und bis aufs I-Tüpfelchen zu erzählen, wie ihr Leben aus der Perspektive der Leser von Boulevardblättern aussah; Rosa begann, in der Tiefe ihrer Seele gegen die von zu Hause mitgebrachten Manieren zu wettern, aufgrund deren sie nie gelernt hatte, anderen Leuten die eigene Person effektiv zu verleiden, nicht einmal die offenkundig Penetranten vermochte sie abzuwimmeln, nicht einmal ein einfaches »Entschuldigen Sie, aber ich habe es sehr eilig« kam ihr über die Lippen, denn man hatte ihr als Kind beigebracht, nie jemanden mitten im Satz zu unterbrechen, und Älteren dürfe man schon gar nicht ins Wort fallen; der Zufall wollte, daß gerade ältere Damen am aufdringlichsten waren und über den größten Vorrat an frisch aus den Fingern gesogenen Informationen über Rosa verfügten, sie liebten es, Rosa für einen Augenblick aufzuhalten und ihr Neuigkeiten aus der Regenbogenpresse zu berichten, in der Überzeugung, sie täten ihr einen Gefallen, da sie doch keine billigen Illustrierten las und daher nicht wissen konnte, was man mit ihr anstellte; o ja, die älteren Damen kannten sich gut in ihrem Leben aus, kannten sich darin besser aus als sie selbst, Rosa hatte zwar ein gutes Stück ihres Lebens verbracht, dabei aber nur ab und zu auf dem Weg zum Laden haltgemacht und die Gerüchte über sich selbst vernommen. Ihre Bekanntheit in Verbindung mit den unheilbar guten Manieren hatte zur Folge, daß der Preis, den sie täglich für ihren Ruhm zahlte, immer höher wurde; wer weiß, ob es nicht die wohlwollenden älteren Damen sind, die sie in die erste Erschöpfung, die spätere Lethargie und die gegenwärtige Narkolepsie getrieben haben.

Rosa hört zu; dieser Mann hat zweifellos eine Macke, auch wenn er vernünftig redet, keinen Quatsch erzählt, logische und objektive Schlußfolgerungen zieht, demnach also ein teuflisch intelligenter Verrückter ist; trotzdem scheint er nicht gefährlich zu sein, es ist angenehm, ihm zuzuhören, weil er sich keine Mühe gibt, so zu tun, als wisse und verstehe er mehr, als er tatsächlich begriffen hat (darin unterscheidet er sich von dem Psychiater, den Herr Ehemann in ihr Leben gebracht hat). Daß Robert sie erkannt hat, ist kein Wunder, das Erstaunliche ist die Perspektive, aus der er ihr Leben heimlich beobachtet hat; das Wissen, das er durch die Beobachtungen aus seinem Kellerfenster erlangt hat, beschämt sie, die Kompetenz, mit der er die Fragmente ihres Lebens zusammenfügt, beunruhigt sie, doch es ist schwer, der Neugier zu widerstehen. Er hat die Falle schlau aufgestellt: Sosehr sie sich daran gewöhnt hat, Fotos anzuschauen, die man heimlich von ihr gemacht hat (das unersetzliche Wohlwollen der älteren Damen mit den Boulevardblättern), so neu ist es, der eigenfüßig von ihr erlaufenen Geschichte zuzuhören; also lauscht sie geduldig.

»… die letzte Premiere muß sehr erfolgreich gewesen sein. Sie sind mit freudigen Schritten vom Theater nach Hause, barfuß, die Stöckelschuhe in den Händen, an Ihrem Arm ging derselbe Mann wie immer. Danach habe ich Sie nie wieder gesehen. Das heißt, Ihre Beine …«

»Wir sind hierhergezogen … Dann hatte ich einen Unfall, ich bin am Steuer eingeschlafen, wissen Sie, jetzt habe ich … den Urlaub verlängert. Ich muß wieder zu mir finden.«

Robert hat die Erzählung im richtigen Moment unterbrochen, um Rosa zu verstehen zu geben, daß er nicht alles gesagt hat, daß es da noch Details gibt, die seiner Aufmerksamkeit nicht entgangen sind und in denen der Teufel steckt (überzeugt, daß er gut versteckt sei). Derselbe Mann wie immer, das heißt Herr Ehemann, versuchte zwar, keinerlei Unvorsichtigkeit zu begehen, war bemüht, sich an öffentlichen Orten nicht mit der Geliebten zu zeigen, ja, sie beschlossen sogar, nicht zur gleichen Zeit von der Arbeit zu gehen, man sah sie also nicht zusammen, aber ihre

Beine legten auf dieselbe eilige und arrhythmische Art und Weise dieselbe Strecke zurück, Robert entging es nicht, daß diese Beine miteinander zu tun hatten, aufeinander zueilten, zwillingshaft ungeduldig, in der von Robert erstellten Typologie der Schritte hatten sie ihren besonderen Platz, es war nicht schwer, sie zusammenzubringen, die Schritte zweier Geliebter gleichen denen von zwei Kotillontänzern; wenn sie einander auch nie angesehen haben, sich vor dem Blick Neugieriger perfekt verbergen – der Fehltritt verrät ihre geheime Zusammengehörigkeit; Robert hat nicht den geringsten Zweifel – Rosa und Herr Ehemann gehen nicht mehr miteinander; Herr Ehemann geht nicht mehr regelmäßig, er geht nur ab und zu, scheinbar allein, in Wirklichkeit aber mit einem anderen, nebenbei gesagt, durchaus appetitlichen Beinpaar. Robert wittert eine Chance, daß seine letzten Zuckungen sich doch noch in eine Anmache verwandeln könnten; weiß man doch seit Urzeiten, daß eine der wirksamsten Methoden das »Anstiften zur Rache« ist – eine Frau, die gerade erfahren hat, daß sie betrogen wird, dürstet nach Vergeltung; wer sich in diesem Moment in ihrer Nähe befindet, wird eine – wie man sagt – hundertprozentige Chance haben, nur ein unglaublicher Schnitzer könnte bewirken, daß sie ungenutzt bleibt, ein Schnitzer oder der Wunsch, fair zu sein, das heißt in diesem Fall einfach Dummheit, denn das Bedürfnis, die Kränkung auszugleichen, ist so stark, daß nur Frauen mit für immer gebrochenem Herzen den Betrug aus Vergeltung nicht anwenden, die hoffnungslosesten Fälle, die den Rest ihrer Tage damit verbringen, dem verlorenen Glück nachzutrauern und zu Vespergottesdiensten zu gehen. Fair sein ist in diesem Fall eine Frage der Vereinbarung: Vereinbaren wir also, daß Robert von sich aus das Geheimnis von Herrn

Ehemann nicht lüften wird, daß er schweigen wird wie ein Grab, falls Rosa ihm die Informationen nicht selbst aus der Nase zieht, geben wir zu, das ist eine aufrichtige Art, an die Sache heranzugehen, bitte sehr, Robert wendet sogar einen riskanten Trick an, indem er suggeriert, seine Zeit sei gekommen:

»Entschuldigen Sie, daß ich Sie so überschüttet habe. Es geht mir schon besser, ich denke, ich sollte versuchen, ins Dorf hinunterzugehen.«

»Nein, nein, bleiben Sie nur, solange mein Mann noch nicht da ist. Ich bin hier immer allein, eigentlich habe ich gar keinen Kontakt mehr zu anderen Menschen, es war so angenehm, Ihnen zuzuhören ...«

(Läßt der Fisch sich etwa zum Wurm verführen?)

»Verstehen Sie mich nicht falsch, aber ... da Sie so viel bemerken ...«

(Schön dick ist er, windet sich lebhaft, weit und breit kein Haken in Sicht.)

»Könnten Sie mir vielleicht noch sagen ...«

(Der Schwimmer bewegt sich.)

»Haben Sie meinen Mann ... na, Sie wissen schon ... ich meine, haben Sie ihn mit jemand anderem gesehen?«

(Angebissen!)

Robert achtet auf die Spielregeln. Rosa hört zu. Erfährt es. Schläft nicht ein.

Herr Ehemann ist heute pünktlich wie früher; vielleicht wird das jetzt so bleiben, denn die außerhäuslichen Verhältnisse haben sich unerwartet verändert, es ist eine unbegreifliche Kehrtwendung erfolgt, die Dinge haben einen anderen Lauf genommen etc., schon an drei Tagen hat Herr Ehemann von seiner Geliebten zu hören bekommen, daß er nicht eingeplant sei; beim ersten Mal machte das keinen Eindruck auf ihn, er hielt es für einen Scherz, einen Versuch, ihn zu necken, oder etwas Ähnliches, eine Weiberlaune, mehr nicht; beim zweiten Mal fühlte er sich verletzt, es gelang ihm nicht, die Ruhe zu bewahren, er brummte etwas Unfreundliches in den Hörer, am dritten Tag versuchte er es mit Schweigen, er versuchte nicht, sie zu einem Treffen zu bewegen, schickte keine SMS, wartete, daß sie sich zuerst meldet, aber natürlich hielt er es nicht aus, er rief an, und Mist – sie hatte das Handy ausgeschaltet, und das um die Zeit, die er usurpatorisch als »unsere« Zeit zu bezeichnen pflegte, um diese Zeit hatte sie das Handy normalerweise ausgeschaltet, aus dem einfachen Grund, daß sie gerade mit ihm bumste; Herr Ehemann rief zwei Stunden lang erfolglos an, bevor die Geliebte das Telefon anschaltete, fast umgehend zurückrief und mit irritierender Selbstsicherheit fragte, ob er ein Rad ab habe, bei ihr würden vierundvierzig nicht entgegengenommene Gespräche angezeigt; Herr Ehemann fragte, was sie gemacht habe, und fing dann selbst an, laut zu antworten, und nachdem die Geliebte dann erfahren hatte, was sie vermutlich mit wem getrieben habe, sagte sie, das würde eigentlich alles stimmen, mit dem kleinen Unterschied, daß sie das nicht Ficken, sondern Liebe nennen würden, und sie trennte das Gespräch definitiv, over, kein Empfang. Eine rasch aufgestellte Bilanz überzeugte Herrn Ehemann davon, daß er für das Aufrechterhalten dieser außerehelichen Beziehung entschieden zu hohe emotionale Kosten zu tragen hätte. Die Zeit der Demut war angebrochen; heute fährt Herr Ehemann pünktlich vor, neugierig auf die kulinarischen Spezialitäten, die ihn erwarten.

Aber was ist das für ein unverhoffter Gast, was macht der hier, wie konnte es kommen, daß Rosa einen fremden

Typ hereingelassen hat, irgendwie klingt hier ein falscher Akkord mit.

»Liebling ... Herr Robert ist von den Bergen heruntergekommen und plötzlich ganz schwach geworden, ich habe ihm vorgeschlagen, auf dich zu warten – ich denke, wir sollten ihn nach Hause bringen.«

Robert möchte den Herrschaften wirklich keine Umstände machen; Rosa stellt die rhetorische Frage, was sein würde, wenn er wieder einen Schwächeanfall bekäme, außerdem bricht schon die Dämmerung an, man setzt doch keinen Menschen bei Dunkelheit vor die Tür; Herr Ehemann greift die Idee, in die Stadt zu fahren, freudig auf, sagt, seine Frau habe recht, er werde ihn nach Hause fahren, spricht bewußt in der Einzahl, damit Rosa kapiert, daß sie daheim bleiben soll; Robert überlegt, wann er zum letztenmal aus dem Mund einer Frau das Wort »Dämmerung« gehört hat, überlegt, welchen Sinn der kleine Rest seines Lebens hätte, wenn er ihn nicht an der Seite dieser Frau verbringen und den verschiedenen Formen des Wortes »dämmern« lauschen könnte, überlegt, was zu tun sei, damit er für den Rest des Lebens die Ohren spitzen und horchen kann, wie Rosa seine Angst vor der unvermeidlichen Dämmerung lindert; Rosa geht sich etwas überziehen, gleich können sie fahren; Herr Ehemann steht eine Weile bei Robert und versucht unbeholfen, ein Gespräch anzufangen – in letzter Zeit fühlen sich ja alle etwas schwach, das Wetter ist so instabil, der Luftdruck fällt, aber er beendet den Satz nicht, entschuldigt sich für einen Augenblick und hechtet Rosa nach, um ihr auszureden, daß sie mitfährt, wozu auch, er fährt allein hin und zurück, und sie könnte in dieser Zeit etwas zu essen machen, er ist in höchstem Maße beunruhigt, daß sie das bisher nicht getan hat, schließlich hat er sich doch schon entschuldigt für die letzte Verspätung, seitdem kommt er pünktlich nach Hause, alles ist wieder beim alten, warum zum Teufel gibt es dann heute kein Essen, was hat sie all die Stunden getan, sie hat mit diesem Herumtreiber gequatscht, von welchem Weihnachtsbaum ist der denn gefallen, ist Rosa sich denn nicht klar darüber, wie leichtsinnig es ist, Unbekannte aufs Grundstück zu lassen? Robert denkt, wie könnte er nur an Rosas Telefonnummer kommen, die Idee einer ersten Liebes-SMS schießt ihm durch den Kopf, mit der er sie aus dem Nest locken und zum gemeinsamen Zerstreuen der Dunkelheit überreden könnte, er ertappt sich dabei, daß er zum erstenmal seit seinem Besuch bei Adam vergessen hat, daß er bald sterben wird; Rosa denkt, wie könnte sie Robert nur diskret ihre Telefonnummer geben, daß es ihn nicht verlegen macht, es geht ihr keineswegs darum, daß es Herr Ehemann nicht merkt, ganz im Gegenteil, am liebsten würde sie Robert demonstrativ ihre Visitenkarte reichen, Rosa dürstet nach einer spontanen, illegalen Demonstration gegen Herrn Ehemann, für den Anfang nimmt sie Robert am Arm und führt ihn zum Auto, wobei sie Herrn Fahrer vielsagend ansieht; Herr Ehemann weiß noch nicht, daß er degradiert und umbenannt wurde, aber er ahnt schon, daß sich die Situation zu Hause radikal geändert hat, wie sollte man hier nicht glauben, ein Unglück kommt selten allein, gut – sie hat den Typ zum Auto geführt, weil er sich angeblich schwach fühlt und so weiter, aber sich neben ihn auf den Rücksitz zu setzen ist wohl leicht übertrieben, Herr Ehemann wird zornig werden, vorläufig fährt er mit wütend quietschenden Reifen los. Robert hätte nicht gedacht, daß sein »Anstiften zur Rache« einen derart bilderbuchmäßigen Verlauf nehmen würde. Rosa lehnt demonstrativ ihren Kopf an seine Schulter;

Herr Ehemann sieht es im Spiegel und bremst, als wollte er halten, offensichtlich wird Rosa vor lauter Begeisterung über den ersten Mann, den sie nach langer Pause kennengelernt hat, gleich einnicken. Robert fürchtet nur, daß es zum Ehestreit kommen könnte, es gibt nichts Peinlicheres und Ermüdenderes als die passive Teilnahme an einem fremden Ehestreit, ein Streit mit der eigenen Frau ist eine Lappalie dagegen, seit seiner Kindheit, als er des öfteren unfreiwillig in die Schußlinie zwischen seinen Eltern geriet (aber darüber kein Wort), hat er panische Angst, sich zwischen den Fronten fremder Ehepaare wiederzufinden; Rosa sagt zu dem Herrn am Steuer, er solle sich keine Sorgen machen, sie habe nicht die Absicht einzuschlafen, währenddessen steckt sie Robert ein Visitenkärtchen mit dem magischen Befehl »Ruf an« in die Tasche; Herr Ehemann traut seinen Augen nicht, und das ist am Steuer recht gefährlich, deshalb beschließt er, sich aufs Fahren zu konzentrieren, auf dem Rückweg wird er ein Wörtchen mit ihr reden.

Beim Geräusch des heranfahrenden Autos formiert sich vor Roberts Wohnsitz ein kleines Empfangskomitee, die Frauen des Hauses sind vor die Tür getreten und stemmen fast synchron die Hände in die Hüften; für die Schwiegermutter ist das eine natürliche Geste, die Ausgangsposition, um die Erscheinungen des irdischen Jammertals zu erfassen, die Hände in die Hüften gestemmt, drückt die Schwiegermutter jeden Tag ihre Mißbilligung angesichts der Situation aus (die Hände in die Hüften gestemmt, hört sie täglich vom frühen Morgen an dem wohltätigen Pater auf seiner Frequenz zu, wie er die Zuhörer für die hohe Frequenz der Sakrilegien, unmoralischen Taten, Polenfeindlichkeit und jüdisch gefärbten Ausschreitungen zu sensibilisieren versucht, die in unserem brennenden Vaterland vor sich gehen, die Hände in die Hüften gestemmt, lauscht die Schwiegermutter kopfschüttelnd und stimmt ihm zu, daß der Adler der Piasten eine Dornenkrone trägt, die Schwiegermutter wartet auf Anweisungen, wie man den Kampf um die Rettung des verderbten und geplünderten Landes unterstützen kann, bisher geht es ausschließlich um finanzielle Unterstützung für den wohltätigen Pater, der im Namen der Schwiegermutter wie auch im Namen aller Freunde des Radios Mittel sammelt, um das Kreuz vor dem Heidentum zu retten), und die Situation sieht so aus, daß ihre Tochter und die Frau dieses Was-bildet-der-sich-überhaupt-ein den Verstand verliert; zur Arbeit geht er nicht mehr, er verschwindet für ganze Tage und fühlt sich nicht einmal verpflichtet, freundlicherweise die Familie zu informieren, wo er hingeht und wann er wiederzukommen gedenkt, diese Nichtsubordination durchsetzt die familiären Beziehungen mit Disharmonie, natürlich versteht die Schwiegermutter, daß Robert eine schwere Zeit durchmacht, sie kann gern mit ihm darüber reden, aber wenn Robert die Absicht hat, ihre Tochter in den Nervenzusammenbruch zu treiben, dann sieht sie sich in der Pflicht, zu intervenieren; ein Glück, daß der Schwiegervater nichts davon weiß, er hat Probleme in letzter Zeit, man muß ihn nicht zusätzlich aufregen; die Hände in die Hüften gestemmt, legt sich die Schwiegermutter in Gedanken eine Ansprache zurecht, dazu hat sie das Recht, schließlich ist das ihr Haus, Robert hat sich den Prinzipien des Familienlebens zu fügen, eines – wie wir hinzufügen müssen – harmonischen Familienlebens, sie legt sich die Worte zurecht und verwirft sie sofort wieder, weil ihr ein weitaus listigerer Gedanke in den Sinn kommt. Robert verabschiedet sich von jemandem im Auto und geht mit sicherem Schritt auf das Haus zu, mit einer Miene, die jedes Schuldgefühl vermissen läßt, ach, wie zufrieden der mit sich ist, und seine Frau kriegt vor Aufregung kaum Luft; die Schwiegermutter weiß, wie sie ihm die Stimmung vermasselt, sie war seinerzeit Gymnasialdirektorin, jahrelange Übung haben sie zu einer Meisterin im Verkindlichen gemacht, es hat keinen Sinn, Robert in dieser Situation zu rügen, man muß ihn verkindlichen, also sagt sie im Namen des Empfangskomitees laut und deutlich, um den Rotzlöffel herunterzuputzen vor denen, die ihn zurückgebracht, also irgendwie ein vertrautes Verhältnis zu ihm haben, da winkt ihm sogar jemand zum Abschied durch das heruntergelassene Fenster, man sieht es nicht genau, aber es scheint eine Frau zu sein, um so mehr muß man die Verkindlichung durchführen (laut und deutlich):

»Oh, unser Ausreißer ist endlich wieder da!«

12

Es gab kein Mittagessen, dafür wird es ein hervorragendes Abendessen geben; Herr Ehemann ist sicher sehr ausgehungert, aber im Moment gibt er sich knallhart, hat sich ehrenhalber in sein Zimmer eingeschlossen, zuvor noch seine Hemingway-Bibliothek durchstöbert und sich beherzt einen zwölfjährigen Whisky aus Islay eingeschenkt – auf so einen Aperitif muß man eine ganz besondere Antwort parat haben, Rosa hat nicht viel Zeit für Experimente, zum Glück wachsen in der Nähe des Hauses Stechäpfel; daraus wird sie ihm einen Salat machen. Rosa ist sich sicher: Es wird das unvergeßlichste Abendessen im Leben dieses Herrn sein.

Herr Ehemann kann sich nicht auf das Buch konzentrieren, er sieht sich lieber die alten Bilanzen an, das Lesen der jahrelang geführten Ausgabenlisten ist mehr als das Anschauen alter Fotografien, es ist wie die Lektüre der eigenen Tagebücher; alles hat er notiert, Monat für Monat, Tag für Tag, in getrennten Kategorien: Büromaterialien, Genußmittel, Lebensmittel, Dienste von Prostituierten (sie figurieren unter »Leckereien«) und so weiter, haargenau, ohne Auslassungen, in Spalten, Tabellen, kleinen Diagrammen, Herr Ehemann blättert in den alten Bilanzen und sehnt sich nach einem kalkulierbaren, voraussehbaren, kontrollierbaren Leben; seine Ehe hat die Form der Diagramme entschieden verändert, die Tabellen durcheinandergebracht, die Spalten verunstaltet, die Aufzeichnungen haben ihre Symmetrie und Wiederholbarkeit verloren; die Kategorie der unvorhergesehenen Ausgaben, im Junggesellenleben von Herrn

Ehemann nur für den Notfall angelegt, ist in der Ehe eine der grundlegenden Kategorien geworden. Herr Ehemann nimmt einen Schluck seines Scotch und ist gerührt vom Schicksal aller Herren Ehemänner dieser Welt, denen die Frauen unwiderruflich die Bilanzen durcheinanderbringen. (Wo ist der Pullover? Der gute alte hemingwaysche Pullover ist in dieser Situation unerläßlich, in dem alten Pullover kann man aufs angenehmste im Sessel versinken und an eine Welt ohne Frauen denken.)

Vielleicht doch besser ein Sud, Rosa wird ihm etwas davon in den Wein gießen, die Blätter des Stechapfels haben einen unangenehmen Beigeschmack, es könnte sein, daß er zuwenig davon ißt. Dafür wird sie das Fleisch mit einer Prise Hexenkraut würzen.

Selbst durch die geschlossene Tür dringen die Gerüche aus der Küche; der Hunger ist stärker als die Ehre, Herr Ehemann würde gern sehen, was sie da wieder für ihn gezaubert hat, er muß ja nicht mit ihr reden.

Das Essen ist angerichtet.

Herr Ehemann kann nicht widerstehen.

Herr Ehemann futtert, daß es eine Freude ist; Rosa schenkt ihm Wein nach, beißt ein Stück Baguette ab, sieht ihm zu, paßt auf, daß er den Hund nicht vergiftet – Herr Ehemann wirft ihm gern Reste vom Essen zu, danach kann er mit ihm machen, was er will, zum Beispiel lange Gespräche unter Männchen führen, inklusive Raufen, Kratzen, Sich-auf-dem-Teppich-Wälzen; heute muß man den Hund vom Tisch fernhalten, wer weiß, ob ihm sein Instinkt sagt, daß das, was Herrchen da ißt, pfui ist, besser, er riecht es gar nicht, es wundert Rosa, daß es Herrn Ehemann so schmeckt, ist sie eine so perfekte Köchin oder hat er vielleicht einen so primitiven Gaumen, die Hexenkraut-Körnchen im Rindfleisch hält er für ein scharfes Gewürz, offensichtlich sind durch den Whisky die Geschmacksknospen hinüber, und der Stechapfelsud im Rotwein hat den Geschmack kräftiger Gerbstoffe; da muß man gar nicht das Gesicht verziehen, runter damit, wenn die Frau kocht, muß man essen und trinken, ein echter Mann liebt pikantes Essen; Rosa hat sich heute wirklich Mühe gegeben, der Schusterjunge Dratewka aus dem Märchen könnte bei ihr in die Lehre gehen.

Tut er ihr nicht leid? Aber natürlich, Rosa weiß ganz genau, wieviel er wird leiden müssen, damit er nicht mehr lügt; ein Wahrheitsserum für einen chronischen Betrüger ist das höchste Strafmaß, aber was bleibt ihr anderes übrig, wenn er sich so stur stellt, Rosa fühlt sich beschmutzt von seinen Lügen, sie möchte ein Bad nehmen.

Es geht los.

Herr Ehemann hat schon den ersten Tick und bemerkt es gar nicht, wischt den Teller mit einem Stück Brot aus; er muß sehr ausgehungert gewesen sein, hat nicht einmal versucht, mit dem Hund zu teilen. Unter dem Auge beginnt seine Haut zu pulsieren; Herr Ehemann macht eine Handbewegung, als wollte er eine Fliege verscheuchen; auch der Arm zittert.

»Haben wir etwas Kaltes zu trinken?«

Er wollte doch nicht mit ihr sprechen, aber irgendwas brennt furchtbar nach diesem Essen, es ist sogar in die Nase gestiegen, und sein Atem ist so ungleichmäßig, als würde er beim Luftholen ins Stottern geraten, schrecklich trocken ist die Nase, die Schleimhäute sind ausgetrocknet, was hat sie ihm da gegeben, was ist los. Herr Ehemann beginnt zu wiehern, ihm ist gar nicht zum Lachen, und dennoch muß er kichern und kann nicht aufhören, als würde ihn sein Körper auslachen, das ist nicht sein Körper, was macht der denn, die Hände bewegen sich, wie sie wollen; dieses Lachen ist wie ein alptraumartiger Schluckauf, den man nicht unterbrechen kann, Moment, wie war das, damit der Schluckauf weggeht, muß man jemanden erschrecken, nein, anders,

»... man muß sich selbst erschrecken, hehehehehehehehehehehehehehehe, Moment mal, hab ich das laut gesagt? Hehehehehehehehehehhehehehehehehehehehe.«

»Ich sehe, es hat dir geschmeckt.«

Das ist Rosa, aber sicher ist das nicht, im Moment gibt es überhaupt keine Sicherheit, Herr Ehemann kann gesprochene Worte nicht mehr von Gedanken unterscheiden, ihm scheint, als antworte er, das Gelächter hat genauso plötzlich aufgehört, wie es angefangen hat (aber sicher ist das nicht).

»Ich liebe deine Kochkünste. Wenn Hanka so kochen könnte ...«

Rosa schaltet das Diktaphon ein, für den Fall, daß sie einschlafen sollte – schließlich ist es ein recht emotionsgeladenes Spektakel: Das Scopolamin wirkt schon, Herr Ehemann ist stark erregt, läuft im Kreis, verbiegt sich in alle Richtungen, sein Vorrat an Ticks ist groß; ein Wortschwall bricht aus ihm hervor. Rosa muß Gewißheit haben.

»Hanka?«

Wieder dieses Lachen, es lacht sich ganz von selbst, gegen ihn, das Lachen raubt ihm den Atem, das ist gar nicht zum Lachen; Herr Ehemann kriegt keine Luft.

»Hehehehehehehehehehehehehehehehehehehehheh. Ihhhii ... Was hast du mir gegeben? Hanka, meine Hanka, meine Geliebte, eheheheheheheheheh. Du hast sie kennengelernt, aber das weißt du nicht mehr. Sie ist nervös, und furchtbar eifersüchtig auf dich, sie will nicht glauben, daß hehehehehehehehehehehehehehehe wenn du dich aufregst, daß du dann ihhhiiii gleich einschläfst, hehehehe.«

Herr Ehemann hustet vor Lachen, versucht sich zu setzen und gleichzeitig aufzustehen; soeben hat er bemerkt, daß er zwei Paar Beine hat, und er beginnt zu steppen, Fred Astaire hätte keine Chance gegen ihn; er steppt und hört nicht auf zu reden (er hat aufgehört zu lachen, aber das Lachen hat nicht aufgehört, wer lacht da also, was lacht da jetzt, vielleicht die Krähen, die sich auf die Regale und den Kronleuchter gesetzt haben; sie sind gekommen, um sich seinen Tanz anzusehen):

»Sie kam manchmal hierher So unverschämt war sie Hat sich überhaupt nicht drum gekümmert daß du da bist Hat gesagt sie macht einen knallharten Neustart mit dir Du weißt ja daß das bei dir so ist du kannst dich nie erinnern warum du eingeschlafen bist Es ist besser wenn du das nicht weißt glaub mir Aber jetzt ist alles vorbei mach dir nichts draus Gefällt es dir wie ich tanze?«

Rosa muß sich das nicht mehr anschauen, sie kann sogar einschlafen – am einschläferndsten wirkt nämlich der Gedanke, daß sie auf keinen Fall einschlafen darf, man darf sich einfach nichts daraus machen: Das Diktaphon ist angeschaltet, Herr Ehemann ist rührend ehrlich; die Aufnahme wird ein Hit.

Seine Augen sind ganz schwarz von den vergrößerten Pupillen; es ist besser, er bekommt sein Spiegelbild nicht zu sehen, wenn man dieses Teufelskraut in sich hat, schaut aus jedem Spiegel der Satan. Herr Ehemann macht gerade die paranoide Etappe durch; selbst dabei erweist er sich als banal, wie die Phantasie, so der Wahn:

»Gekreuzigt und begraben werde ich auferstehen wie die Bibel verkündet obwohl ich nicht geeignet bin am liebsten würde ich wegfahren irgendwo angeln gehen nie habe ich Zeit für mich immer nur dieses Heilen und Lehren und dann muß man noch aufpassen daß du dich nicht aufregst ich hatte ein Gespräch mit Judas wieder soll ich ihn vertreten du kannst dir nicht vorstellen wie unglücklich er ist also bitte ich rede mit dir und du schläfst ein was für eine Last ich tragen muß ich möchte daß sie mich in meinem Pullover kreuzigen schlaf nicht ich will daß du Fotos machst wie sie mich ans Kreuz schlagen ich hab extra die Batterie aufgeladen wenn Gott auftauchen sollte schick ihn zum Teufel mit ihm ist der Film immer überbelichtet da müßte man einen Spezialfilter haben schlaf nicht schau bitte nach ob die Nägel nicht verrostet sind vor Tetanus hatte ich schon immer Angst ich bin so berühmt und du schläfst ich glaube ich muß an die Luft ich muß«

Herr Ehemann wächst in erschreckendem Tempo, wenn er nicht sofort hinausgeht, bleibt er zwischen den Wänden stecken, verkeilt sich zwischen Fußboden und Decke, oje, er muß raus; im Garten fuchtelt er mit den Armen, versucht abzuheben, loszufliegen, wie schade, daß Rosa diesen Moment verschlafen hat. Bis an den Waldrand ist er gekommen, hat ein paar Fichten gerammt, aber er hat sie um Verzeihung gebeten; er wird wohl doch nicht fliegen. Herr Ehemann verschwindet zwischen den Bäumen.

In ein paar Stunden wird der Wald an Reiz verloren haben. Herr Ehemann wird aus einem Traum erwachen, den es nicht gegeben hat, im Farn, mit Nadeln im Haar, mit Moosbrocken im Mund, schmutzig, zerkratzt und sehr erschrocken. Um sich herum wird er dichtes Unterholz sehen, nächtliche Tierstimmen hören und spüren, daß er friert (ohne den alten, treuen Pullover hätte er die Nacht womöglich nicht überlebt). Er hat Glück: Der Mond verdient voll den Namen des Verbündeten, Herr Ehemann wird sich durchs Halbdunkel schlagen, schließlich den Weg wiederfinden und im Morgengrauen zu Hause ankommen. Er wird Rosa vorfinden, wie sie sich seine aufgezeichnete Stimme anhört, wird jedoch nicht verstehen, wie er solche Dinge ausplaudern konnte; vor allem scheint es ihm unwahrscheinlich, daß er einfach so seinen Betrug gestanden hat.

»Du Hexe, du wolltest mich umbringen.«

»Die Dosis war zu klein. Ich wollte nur, daß du nicht mehr lügst.«

»Wie kannst du dir das anhören?«

»Wie konntest du mir das antun?«

»Du weißt alles und … regst dich nicht auf? Wirst nicht müde?«

»Nein.«

»Wie ist das möglich?«

»Offensichtlich liebe ich dich nicht mehr. Ich möchte, daß du ausziehst.«

»Du solltest nicht allein sein.«

»Ich sollte nicht mit dir zusammensein.«

»Sicher habe ich nicht verdient, daß du mir verzeihst, aber … Ich möchte, daß du weißt, daß es mir leid tut.«

»Ich verzeihe dir den Betrug, aber die Lügen kann ich dir nicht verzeihen.«

Der nächste Morgen. Rosa hat selbst den Psychiater geholt; Herr Ehemann hat keine Zeit, er packt seine Sachen zusammen, ganz schön viel hat sich da angesammelt (das Haus läßt er ihr, der Rest gehört ihm). Es ist klug, was der Psychiater da sagt, jedenfalls beruhigend, er lobt ihren Entschluß, eine Frau von ihrem Format sollte ihr Leben nicht mit einem unehrlichen Menschen verschwenden, sagt er halboffiziell, unter ihnen, mehr als Psychologe, eine Frau ihres Formats sollte dank der mutigen, aber, wie er zugeben muß, der einzig möglichen Entscheidung schnell wieder zu Kräften kommen, unglückliche Beziehungen sollte man gleich nach den ersten beunruhigenden Anzeichen beenden, danach wird der Tumor größer und frißt die ganze positive Energie, man mag dann gar nicht mehr leben, der Psychiater muß zugeben, daß er das aus eigener Erfahrung kennt, und er muß Frau Rosa ehrlich sagen, daß er mit ganzem Herzen bei ihr ist, Frau Rosa wird schon sehen, sie wird das Leben wieder lieben lernen, sie muß keine Angst haben, einsam zu sein; Rosa hat keine Angst (sie denkt an Robert), es wäre ihr lieber, der Psychiater würde weniger psychologisieren, sie möchte eine neue Diagnose hören, sie hat es eilig ins Leben.

»Alles weist darauf hin, daß eine starke Verdrängung Ihre Anfälle ausgelöst hat. Verdrängung, nicht Amnesie. Sie wollten nicht zur Kenntnis nehmen, daß Sie betrogen werden ... daher die Flucht in die Krankheit. Im Unbewußten haben Sie gespürt, daß Ihr Mann so länger bei Ihnen bleiben wird. Die Schlinge begann sich zuzuziehen ... Ich fühle mit Ihnen, und zugleich freue ich mich, es sieht so aus, als hätten wir das Schlimmste hinter uns. Wie fühlen Sie sich im Moment?«

»Leichter. Als hätte ich einen Stein ausgespuckt.«

13

»Herr Doktor, sagen Sie mir bitte, wie lange mein Zustand noch ohne Einfluß sein wird auf ... Sie wissen schon.«

Adam hat Robert nicht viel zu sagen, jedenfalls nichts, was ihn zufriedenstellen könnte; in Robert kämpft jetzt die Energie eines gesunden Menschen. Adam erinnert sich, wie früher auf dem Land die Novembersonne im Dachgeschoß ihres Hauses die Schmetterlinge geweckt hat; sie spielten verrückt, flogen durch die Ritzen, manche kamen in sein Zimmer und flatterten zum Fenster, verlangten nach Freiheit, selbst wenn sie nur ein paar Stunden währte, bis zum Einbruch der ersten tödlichen Kälte; er ließ sie immer hinaus, alle zogen sie dem Überwintern hinterm Schrank die paar Minuten freien Fluges über den herbstlichen Stoppelfeldern vor; Robert ist sehr aufgeputscht, es sieht aus, als mache er gerade eine Remission durch, wie sie normalerweise der Endphase vorangeht; Adam kommt aus dem Staunen nicht heraus, dieser Mensch hatte noch nie so viel Leben in sich, kein Wort verliert er über Angst und Sterben, erzählt ihm statt dessen von einer Frau, die er kennengelernt hat, die er ihm unbedingt vorstellen möchte, deren Phänomenalität er ihm zu erklären versucht in einer unaufhaltsamen Reihe von Vergleichen, von denen nur das Allegretto der siebten Sinfonie von Beethoven und das Tor von Maradona bei der WM in Mexiko Adam etwas sagen. Das sind typische Symptome von Liebesblödigkeit, da kennt Adam sich aus, er ist selbst daran erkrankt, seit der Süße ein Junge, ja sogar Jüngelchen ist, seit dieser an seinem Ohr fleißig seine knackigen Phrasen schleift, seit er diszipliniert seine Biegsamkeit und sein Getänzel und nebenbei (doch vor Adams Augen) auch seinen knackigen Hintern vervollkommnet – und man muß sagen, so gut hat er nie getanzt, die B-Boys vom Hof sind beeindruckt, der Süße gilt als Favorit für den nächsten Wettkampf, hervorragend trainiert war er immer, aber ein bißchen steif, der Mann in ihm hat ihn eingeengt, jetzt kann man sich gar nicht satt sehen an dem Süßen, wie eine Katze bewegt er sich, hält den Rhythmus, aus einem Akrobaten ist ein Tänzer geworden; die Jungs sagen, wenn er seine Form nicht verliert, ertanzt er sich vielleicht endlich ein bißchen Kohle, statt den Leuten in den Taschen rumzuwühlen.

Robert hat sich zu einer Therapie entschlossen; das Problem besteht darin, daß es schon viel zu spät ist, als daß sie sich noch positiv auswirken könnte, Adam weiß das, aber Robert hat sich plötzlich krampfhaft am Rand des Lebens festgekrallt, und dank seiner von Liebestollheit angefachten Willenskraft ist er bereit, sich noch lange so zu halten. Es hat keinen Sinn mehr, diesen Menschen mit Gift vollzupumpen, aber angesichts seines entschiedenen Wunsches, gegen die Krankheit zu kämpfen, hat Adam ihm ein Placebo, ein schmerzlinderndes Mittel und ein leichtes Antidepressivum verordnet, das genügt vorerst; der Patient kommt zu den Spritzen und denkt nicht an den Tod, das ist das wichtigste. Todkranke sind ja, dank ihrer finalen Perspektive, scharfsinnig, sie sehen mehr, das Gewicht ihrer Worte scheint präzise austariert; Robert wird plötzlich ernst und beginnt zu reden, doch weniger spricht er selbst, als vielmehr aus ihm eine Art posthume Umsicht:

»Ich sag dir was, Doktor, weil du jung bist und noch keine Gelegenheit hattest, dein Leben zu verschwenden.

Hör zu und merke dir: Es gibt sieben Todsünden, und die schwerste von ihnen ist die Trägheit. Unter vielen Namen wird sie sich vor dir verbergen; meist wird sie als Trübsinn oder Melancholie erscheinen. Gib dich der Lethargie nicht hin, wenn sie dich einmal befällt, läßt sie dich nie wieder los. Die Nächte verschläfst du, die Tage vergähnst du; Schwierigkeiten meidend, Anstrengungen ausweichend, wirst du blind und taub für alle Elemente. Wie ein Wurm wird sie sich in dir einnisten. Statt Freude empfindest du Neid gegenüber allen, die das Leben genießen. Du wirst nicht leben, sondern verwesen, mit Schimmel vor dem Mund auf der Stelle treten, wenn andere singen, wirst du grollen.«

So sprach Robert, als es durch ihn sprach. Jetzt geht er zu seiner Spritze. Er hat Schiß: nicht vor dem Tod, sondern vor den Spritzen, und wie! – hatte er schon immer, seit den ersten Impfungen, seit der ersten Ohnmacht im Zimmer der Schulärztin. Die Krankenschwestern wechseln sich ab, jede setzt die Spritze anders: der gleiche Inhalt, die gleiche Nadelstärke, doch wie viele verschiedene Arten. Die mit Eheringen sind nie bei der Sache, zu zweit oder zu mehreren tauschen sie über den Patienten hinweg ihre Erfahrungen als junge Frauen und Mütter aus, ihre Gespräche erheben sie über die Liege, mein Mann hat das dreizehnte Gehalt gekriegt, da haben wir im Carrefour einen draufgemacht, die hatten Lachs im Angebot, ich hab im Leben noch keinen Lachs gegessen, bitte die Muskeln ganz locker, ich dachte immer, ich mag keinen, Thunfisch mag ich zum Beispiel auch nicht, anwinkeln und einen Moment so halten, und weißt du, was mein Jasio neulich gebracht hat, ich sags dir, ich hatte endlich nen Moment für mich, und er will den Teddy nicht, er will den Hund, ich geb ihm den

Hund, sitz gerade über meinem Kreuzworträtsel, da will er plötzlich den Hund nicht, nicht *den* Hund, dann schon lieber den Teddy, ich geb ihm den Teddy, und er wieder, nein, also sag ich, was willst du denn eigentlich, und er, Mama ich will, daß du mich lieb hast, in welche Pobacke heute, kannst du dir das vorstellen, dieser neunmalkluge Fratz; die Rothaarige ist ewig schlecht gelaunt, sie muß in der Notaufnahme dazuverdienen, die Spritze haut sie mit einem Schwung rein, als wäre Roberts Arschbacke eine Dartscheibe, die sie treffen muß, wenn auch aus geringer Entfernung, und dabei trainiert sie für alle Fälle das Handgelenk: Sie haut die Nadel rein und spritzt dann schlagartig den ganzen Milliliter, sie muß doch wissen, daß es so noch mehr weh tut, vor allem das schmerzhafte Mittel (denn es gibt auch schmerzlose, Robert wundert sich, daß die schmerzhaftesten Spritzen immer die gegen Schmerzen sind), durch schnelles Spritzen vervielfacht sich der Schmerz, vielleicht ist das genau, was die Rothaarige will: daß es weh tut; wenn Robert ihr sagt, es tut ein bißchen weh, wenn sie so schnell macht, ist sie schon mit etwas anderem beschäftigt, hat ihn schon abgehakt und erwidert: »Na, wenn es nur ein bißchen weh tut, was beklagen Sie sich dann?« Sie ist nicht einmal weich geworden, als Robert am Nikolaustag die roten Boxershorts angezogen hat, das peinlichste Exemplar Männerunterwäsche, zu dem er sich aufraffen konnte in der Hoffnung, daß es sie ein wenig erheitert, aber woher denn – wie könnte sie darauf achten, wer sich was vom Hintern zieht, wenn sie schon drauf und dran ist, das gelenkige Gelenk zu schwingen, wenn die ungeduldige Spritze schon mit einem Tropfen in der Luft strotzt und das Signal zum Angriff gibt; dagegen bemüht sich diese blutjunge dämliche ängstliche Anfängerin so sehr, Robert den Einstich nicht spüren zu lassen, daß er den Einstich in der Regel in drei Ärschen spürt, und am unerträglichsten ist, daß sie ununterbrochen quasselt, als würde das den Schmerz lindern, und dabei absolut alle Wörter verkleinert, die sich verkleinern lassen, sie sagt ihm, er solle auf dem Hockerchen Platz nehmen, solange sie das Mittelchen vorbereitet, und wenn die Losung fällt »Achtung, jetzt kommt der Stich, es kann ein bißchen weh tun«, betet Robert im Geist, daß ihr die Nadel nicht abbricht, wenn er unwillkürlich den Hintern anspannt. Heute hat er Glück. Fräulein Luftig hat Dienst, sie hat Hände, die ihresgleichen suchen, was die Sanftheit betrifft, mit der der Wattebausch beim Desinfizieren die Injektionsstelle berührt; Hände, die in der Zärtlichkeit, mit der die Nadel unmerklich in den Muskel eindringt, dem besterzogenen Mückenweibchen in nichts nachstehen; die Behutsamkeit, mit der sie die Hände bewegt, wenn sie das Mittel langsam in Roberts Gewebe preßt, erinnert an einen Retter, der über eine dünne Eisschicht zu dem Loch mit dem Ertrinkenden kriecht. Fräulein Luftig ist der gute Geist der Hospize, alle wollen in ihrer Anwesenheit sterben, man erzählt sich, bei ihrem Anblick werde der Tod sanfter. (Die Wahrheit ist, daß Fräulein Luftig nicht der Meinung ist, das Leiden mache den Menschen edler, daher spritzt sie den Patienten aus Mitleid eine tödliche Dosis Morphium; in der Zukunft, in einer ganz anderen, traurigen Geschichte, wird sie sich dafür vor Gericht, nicht vor dem Jüngsten, sondern einem rücksichtslosen Gericht verantworten müssen: Die Verkürzung menschlichen Leidens ist in diesem Land ein Verbrechen.)

Adam will mit dem Süßen, der Süße will mit Adam; das Problem liegt woanders: Sie würden gerne offen wollen können, im Licht des Tages und des Gesetzes, aber das ist nicht so einfach. Sie sind keine Vorzeigeschwulen; in dieser Gegend aus dem Versteck zu kommen ist, als würde man aus dem Schützengraben direkt ins Schußfeld der Scharfschützen laufen, nehmen wir ein einfaches Beispiel: Sie haben ein paar gemeinsame Fotos gemacht, ganz unschuldige, und schon mußte Adam, als er die Bilder abholte, sich anhören, er solle sich in diesem Geschäft nicht mehr blicken lassen, bis zur Tür verfolgte ihn das ausgiebig zischende Spucken samt herzlichen Ekelsbekundungen. Tja, es geht nicht, die Jungs müssen verschwinden; aber aufs Land? Das Häuschen steht ja immer noch leer, die Schlüssel warten, das hat die Mutter ihm am Telefon insgeheim anvertraut, wenn sie auch hinzufügte, falls Adam einziehen wollte mit diesem … (sie wußte nicht, wie sie den Süßen nennen sollte, in ihrem Wortschatz fehlte der entsprechende Ausdruck, also hob sie die Stimme, und das wird lange so bleiben; für Mutter ist der Süße dieser …, mehr kann man vorläufig nicht erwarten), wenn er die Absicht hätte, diesen … mitzubringen, kann sie für Vater nicht garantieren, da würde er das Häuschen wohl lieber anzünden oder dem Waisenhaus stiften, obwohl, was auf Adam überschrieben ist, gehört ihm, das ist schon richtig. Waisenhaus – warum nicht; der Süße ist so gut wie Waise, auch Adam haben die Eltern verlassen, wenn die Mutter auch jetzt schwört, sie hat so etwas nie gesagt, sie kann sich nur nicht damit abfinden, nicht verschmerzen, nicht begreifen, für welche Sünden sie so bestraft wird, schließlich hat sie nicht gegen Gott gelästert, der Sohn ist getauft, gefirmt, so hübsch hat er ausgesehen in seinem Kommunionsanzug, wenn sie jetzt sein Bild betrachtet, reißt es ihr das Herz in Stücke, bittere Tränen weint sie um den unwiederbringlichen Verlust, die Mutter ist fest davon überzeugt, daß es sich nicht mehr zu leben lohnt, wenn sie die kirchliche Trauung des Sohnes nicht erlebt, wenn sie hoffen könnte, daß sich das noch ändert, wenn Adam sich behandeln lassen würde, denn das ist ja eine Krankheit, er kann ja nichts dafür, da gibt es bestimmt Methoden … Adam überlegt nicht, ob das einfache polnische Dorf zwei verliebte Jungs aufnehmen möchte, ohne ihnen die Scheiben einzuschlagen, Feuer zu legen, Hunde auf sie zu hetzen, sie vom Pfarrer verfluchen zu lassen, Adam stellt sich sogar noch schlimmere Schikanen vor, aber über eines ist er sich klar: Sie beide möchten sich offen begehren können, im Licht des Tages und des Gesetzes, und über diesem Viertel leuchtet ein dunkler Stern, der Süße ist ihm gerade erst entkommen, je weiter er sich davon entfernt, desto besser wird es sein, trotz allem und allem zum Trotz.

Zeit für den Wettkampf, das ist eine ernste Sache, die Jungs haben von geilen Preisen erzählt: ein Markenhemd mit Kapuze und eine Hose mit dem Schritt in den Knien, einfach und elegant, der Süße schließt die Tasche, klatscht ab, ihre Finger verflechten sich, sie würden gern zusammen gehen, aber das können sie jetzt noch nicht; Adam wird inkognito zum Anfeuern dabei sein. Der Minibus wartet, die Jungs treffen sich auf dem kleinen Platz vor dem Bahnhof, schon läuft der Süße über die Grünanlage, ohne sie zu schonen, laviert zwischen Hundehaufen auf dem Bürgersteig, nur noch die Straße und ein letzter Sprint, um nicht zu spät zu kommen; oh, er wird wohl zu spät kommen: Unmensch und seine Gesellschaft, was für eine Begegnung, die lassen sich wohl nicht umgehen.

»Hallo, laß mich durch, ich habs eilig, ich fahr zum Wettkampf.«

»Zu welchem Wettkampf, verdammt? Was laberst du? Du hättest mit uns zum Spiel fahren sollen und hast uns einfach hängenlassen.«

Der Süße entkommt nicht; schon ist er von halbstarker Männlichkeit in Trainingsanzügen umringt, schon wird er vom Machismus an die Wand gedrückt, von professionellen, wortkargen Festhaltern in Gestalt von Unmenschs vier Assistenten.

»Jemand hat uns bei den Bullen verpfiffen, Scheiße, man hat uns erst gar nicht ins Stadion gelassen. Wir haben den Streifenwagen zerdeppert, mir haben sie mit dem Gummiknüppel eins übergebraten, Scheiße, die Jungs haben sie mit Wasserwerfern bearbeitet, und weißt du, was die Zeitungen danach geschrieben haben? ›Trotz kleiner Zwischenfälle vor dem Stadion unter Beteiligung kleiner Gruppen angereister Hooligans war die Stimmung auf dem Spielfeld und auf den Tribünen hervorragend.‹ Die Roten haben uns abgezogen, Scheiße. Und was denkst du, wer wird jetzt von allen verdächtigt? Wer gilt im Viertel als Spitzel? Kannst du uns sagen, wo du dich in letzter Zeit rumtreibst? Gibst dus ohne Prügel zu, oder soll ich dir die Rattenschnauze polieren?«

Im Süßen gibt es den Mann nicht mehr, dem bei dieser Beleidigung das Testosteron in den Schläfen pochen würde, dem die Augen hervortreten und der Dampf aus der Nase steigen würde und der in mörderischem Zorn die Faust ballen könnte – dieser Mann wurde aus ihm vertrieben, aber der Instinkt sagt ihm, Angriff ist die beste Verteidigung, oder zumindest seine Simulation.

»Jetzt hast du aber übertrieben. Sag den Jungs, sie sollen

Platz machen, und komm aufn Solo, wenn du kein Weichei bist.«

Der Süße denkt immer noch daran, den Bus zu kriegen, wenn sie ein bißchen zurückweichen würden, könnte er zur Flucht starten, darin ist er nun mal gut. Er zählt auf die männlich-männliche Ehre von Unmensch, das schwerfällige Ritual des Fressepolierens, diesen ganzen Urmacho-Kodex, der gebietet, die Herausforderung anzunehmen, weil sonst die Kränkung groß ist und überhaupt alles im Arsch; seit einiger Zeit macht das für den Süßen keinen großen Unterschied. Zum Teil ist es gelungen, die Randalierer hören auf zu drängeln, ziehen sich zurück, da es ein Schauspiel geben wird, schade nur, daß sie nicht auf das Ergebnis wetten können. Leider schüttelt Unmensch den Kopf; was ist denn das, er verweigert das Duell, sollte er etwa kneifen?

»Nein, Kollege, so einfach geht das nicht. Mit Spitzeln schlägt man sich nicht. Spitzel bestraft man.«

Unmensch holt zu einer weiteren plastischen Operation aus, seine Pranke hat zweifellos zerstörerische Kraft, unter der Bedingung, daß sie das Ziel trifft; der Süße weicht aus, einmal, zweimal, dreimal, Unmensch schwingt die Pranke und kann keinen Treffer landen, seine Kumpels finden das sogar witzig, eigentlich tanzt der Süße jetzt, er tanzt den Ausweichtanz, damit könnte er womöglich den Wettkampf gewinnen, aber in seinem Fall ist der Einsatz wesentlich höher; Unmensch ist sauer, weil er es zugelassen hat, daß man ihn in Gegenwart seiner Suite verhöhnt, außerdem wird gerade seine schrecklichste Ohnmachtsphantasie wahr: Alle seine Hiebe schlagen fehl, er kommt nicht an die Fresse ran, die er so gerne zermalmen massakrieren zertrümmern möchte, je mehr er nicht rankommt, desto größeres Unheil schwört er, sie lachen über ihn, Mensch, und der Süße tanzt, tanzt und tanzt. Jetzt reicht es Unmensch, er zückt das Messer. Angesichts des Messers ist der Selbstverteidigungstanz schwieriger. Unmensch möchte den Süßen mit der Sense verkuppeln, als wüßte er nicht, daß dieser schon jemand anderem versprochen ist. Höchste Zeit, dies offiziell zu erklären:

»Steck das Messer weg, sonst tust du mir weh. Ich könnte dich mit schwulem Blut anstecken. Ich bin ne Schwuchtel, Kumpel. Siehst du, ich konnte nicht zu der Randale fahren, weil mein Typ mich nicht aus dem Bett lassen wollte. Wir konnten einfach nicht anders, ein solches Gebumse hat es hier noch nie gegeben. Wenn du mein Alibi überprüfen willst, wirst du dich beeilen müssen, wir ziehen bald aus. Und jetzt tu mir den Gefallen und leck mich am Arsch.«

Gott, Ehre, Vaterland, Tod den Perversen – das klingt Unmensch im einen Ohr, ins andere flüstert ihm seine hypochondrische Homophobie, er solle aufpassen, nicht zustechen, kein Blut vergießen, um sich nicht mit Aids zu beschmutzen, gegen ein solches Diktum hat Unmensch keine Waffe; wieso hat er das nicht früher gemerkt, wie viele Jahre hat er mit einem Schwulen die Typen vermöbelt, wie oft haben sie aus einer Flasche getrunken, wie oft wurden sie von denselben Mücken gestochen … Er hat echt Panik, ist völlig paralysiert; der Süße nutzt diesen Moment, schießt wie ein Pfeil zwischen den Muskelpaketen durch, kein vernünftiger Mensch würde auch nur versuchen, ihn einzuholen. Sie stehen da und schauen zu, wie er verschwindet.

»Der zischt ab wie Zátopek«, murmelt ein älterer Passant.

»Wie was?« wollen die jüngeren wissen.

Außerhalb der Stadt wird der Bus leerer, hinten einsilbige Arbeiter, müde von der Schicht in der Fabrik, vorn die Skrzyposzkowa und die Bartoszkowa mit der Konopcyna als Zugabe, diesmal schweigen sie, tratschen werden sie später, vorläufig schauen gucken glotzen sie, wie Adam und der Süße nebeneinandersitzen, ihre Hände berühren sich zu oft, als daß es Zufall sein könnte; es stimmt also, was die Leute gesagt haben, jetzt werden die Hühner alles rausgackern, die Hunde es rausbellen, die Katzen rausmiauen, innerhalb einer Stunde wird das ganze Dorf erfahren, wer mit wem gekommen ist, und wissen wollen, wozu und für wie lange. Die Skrzyposzkowa bricht als erste das Schweigen:

»Was in der Stadt möglich ist, geht auf dem Dorf nicht durch«, sagt sie, man weiß nicht, zu wem, aber so, daß es gehört wird von denen, die es angeht.

»Aber klar, Stadt ist Stadt, und Dorf ist Dorf«, mischt sich die Konopcyna ein und wirft denen einen vielsagenden Blick zu, die es angeht.

»Wer glaubt, er bringt aufs Land die eigenen Sitten, hat sich geschnitten«, reimt die Bartoszkowa unabsichtlich, aber treffsicher, damit es zu denen dringt, die es angeht.

»Haltet den Rand, ihr Weiber, und laßt die Leute in Ruh, Gewitterdonnerkeil!« brüllt der Fahrer, der in letzter Zeit reizbar ist, weil die Scheidung sich zieht wie Kaugummi. Und er zeigt der Skrzyposzkowa, die sich wie immer hinter ihm aufgestellt hat, die Aufschrift auf der Fahrerkabine, und da steht geschrieben, man dürfe den Fahrer während der Fahrt nicht stören. »Kennt ihr nich lesen? Dann hockt euch auf die Plätze, die bestimmt sind fir Fahrgäste, und hert auf, mir im Ricken rumzuquatschen, sonst setz ich euch raus.«

Es ist jetzt ruhig bis zur letzten Haltestelle, obwohl die Weiber innerlich kochen, als der Fahrer direkt vor Adams Elternhaus hält, überplanmäßig.

»Damit ihr nich so viel mißt schleppen, Jungs …«

Und er winkt den Jungs noch zum Abschied, sollen den alten Glucken doch vor Wut die Eier sauer werden; wenn er noch mal die Wahl hätte, würde er sich auch lieber einen Typen suchen, die wissen schon, was sie tun, die Schwulen, die sind schlau, denkt er und fährt zur richtigen Haltestelle. Adam und der Süße bleiben an der Schwelle stehen und haben die Absicht, sie zu überschreiten, ohne die Hoffnung aufzugeben.

Die Hühnerbrühe kommt heute verspätet auf den Tisch, weil es jede Menge Arbeit gab. Der Vater ißt und redet, die Mutter hört zu, obwohl ihr das Thema schon zum Hals raushängt, seit dem letzten Besuch bei ihrem Sohn kann der Vater nicht einfach über das Säen, das Wetter oder die Pferde sprechen, immer muß er irgendwie verächtlich auf Das-was-passiert-ist anspielen:

»Bei den Tieren gibts so was ja auch nich, ich hab noch nie gesehen, daß ein Pferd aufn Pferd springt, statt auf die Stute. Ich begreif das nich. Aber das Süppchen is gut, gib mir noch.«

Der Nachschlag im Schöpflöffel erstarrt auf halbem Weg zum Teller, denn da stehen die unverhofften Gäste an der Tür, der einziggeborene Sohn und sein Partner, diesmal angezogen, einfach und elegant, in Hemd und Hose, die er in einem meisterhaften Wettkampf ertanzt hat.

»Raus hier«, sagt der Vater zur Begrüßung, steht auf und weist mit der Hand auf die Tür. »Macht euch vom Acker, beide, aber schnell. Das ist *mein* Haus.«

Und schon hätte er den Sohn am Handgelenk geschnappt und mit Gewalt hinausgeführt wie in guten alten Zeiten, in denen nichts geschah, was über seine Bauernschläue ging – aber Adams Hand ist im Moment besetzt, der Süße hält sie und gibt ihm Kraft; selbst wenn der Vater sich Gott weiß wie ereifert, Adam wird nicht nachgeben, bevor er bekommt, wofür er gekommen ist:

»Dann hätte ich gern die Schlüssel zu *meinem* Haus.«

Der Vater stellt sich vor die beiden und sieht Adam direkt in die Augen, als wollte er ihn mit dem bloßen Blick vor die Tür setzen, bisher hat der Sohn diese Blickprobe nie bestanden, immer senkte er ergeben den Kopf, selbst wenn er zu protestieren versuchte, wagte er es nicht, dem Vater etwas direkt in die Augen zu sagen, dieser männliche, roh servierte Machoblick war nicht auszuhalten, doch obwohl Adam jetzt die Augen weh tun, obwohl er blinzelt zwinkert, hält er ihm immer noch stand, weicht dem väterlichen Blick nicht aus, obwohl dieser stumpf stur verbissen ist und es darin nicht die Spur einer Chance auf Verständigung gibt, obwohl er wütend ist, ein Basiliskenblick, hart und so haßerfüllt, daß Adam plötzlich zum Lachen zumute ist, der Vater will so schrecklich gern schrecklich wirken, daß er grotesk wirkt, der Ballon der Feindseligkeit ist übertrieben aufgeblasen, Adam kann sich ein Lächeln nicht verkneifen, es ist kein boshaftes, sondern ein erstauntes Lächeln, weil das Grauenvolle so schnell erbärmlich werden kann, es ist ein freudiges Lächeln, denn er kann zum erstenmal im Leben laut und deutlich sagen, worauf er das ganze Leben gewartet hat; es geht so leicht, wenn der Süße ihn an der Hand hält:

»Ich hab keine Angst mehr vor dir, Papa.«

14

Im Schlafzimmer brennt Licht, Roberts Frau steht am Bett und betrachtet ihn, langsam dringt zu ihr, was da los ist, was sie geweckt hat: Robert flüstert, murmelt etwas, spitzt die Lippen, all das kommt ihr äußerst lüstern vor; die Frau zieht ihm die Decke weg, zerrt sie herunter, Robert setzt sich im Bett auf und sieht sie verwirrt an.

»Du hast im Schlaf gesprochen.«

Robert schaut sich im Schlafzimmer um; wo ist er da hingeraten, was ist das für eine Frau, was ist überhaupt los, wieso ist es mitten in der Nacht.

»Du hast im *Schlaf* gesprochen«, wiederholt sie, als würde sie ihm unstrittig ein mit Vorbedacht begangenes Verbrechen nachweisen, als würde sie ihn endgültig der Lüge überführen, als würde sie ihm das erbarmungslose Urteil der Geschworenen verkünden, als hätte ab heute sein Name in den Zeitungen nur einen Buchstaben mit Punkt; hat der Angeklagte etwas zu seiner Verteidigung vorzubringen?

»Tatsächlich, ich habe etwas geträumt.«

»Du träumst doch nie.«

»Eben. Ich wundere mich selbst.«

»Kannst du mir sagen, von wem du geträumt hast?«

Robert hat von einer Dame geträumt, die nichts von ihm verlangte. Mit der er aus einem Becherchen trank, von einem Tellerchen aß, in einem Bettchen schlief, die die gleiche süße Verzweiflung unter der Haut spürte wie er und mit der gleichen Stimme sprach. Mit der die Gespräche so dicht und nahrhaft waren, daß es ihnen sogar leid tat zu schweigen, wenn sie sich liebten. Von einer Dame, die er bei sich haben wollte, wenn er sterben würde.

»Natürlich von dir«, lügt Robert. »Von wem sollte ich sonst träumen?«

»Ich heiße nicht Rosa.«

»Offensichtlich warst du im Traum eine andere Frau.«

Es ist Zeit. Das Ende des Lichtes rückt näher. Kurz gesagt: Der Leib ist auferstanden und hat unter euch geweilt, fast vierzig Jahre lang, es war genug Zeit zu verschwenden und zu nutzen, jetzt ist es Zeit einzuschlafen, sonst nichts mehr, der Wettlauf hat ein Ende, es ist Zeit, den letzten Platz einzunehmen; Robert hat ihn für sich gefunden. Außer Haus. Er packt die Tasche.

Seine Frau geht durchs Haus, faßt die Schränke an, die Griffe, die Vasen, prüft, ob sie an ihren Plätzen bleiben, ob sie nicht womöglich an Schrankhaftigkeit, Griffigkeit und Vasenhaftigkeit verloren haben; da Robert wieder träumt, ist alles möglich, alles erlaubt, sogar, daß es keinen Gott gibt. Sie hätte sich ja bei Mama und Papa beklagt, sie hätten den Familienrat einberufen, um Robert endgültig zur Vernunft zu überreden, aber die beiden sind mit anderen Dingen beschäftigt, den Schwiegervater darf man im Moment nicht zusätzlich belasten, jetzt, da irgendwelche politischen Abenteurer, wie er sie nennt, sich auf ihn eingeschossen haben. Der Schwiegervater möchte wissen, wer dahintersteckt, wem daran liegt, einige seiner früheren Sekretärinnen davon zu überzeugen, daß Auf-den-Hintern-Klopfen und Auf-den-Schoß-Setzen durchaus unter sexuelle Belästigung fällt, wer sie darum gebeten hat, sich unbedingt zu erinnern, welche pseudospontanen Begrüßungshandlungen sie ihm sonst noch erlaubt haben und ob sie sicher seien, daß diese Erlaubnis nicht auf irgendeine Weise erzwungen worden sei; der Schwiegervater hat sich nichts vorzuwerfen, aber die Partei hat ihm schon ein Angebot gemacht, das er nicht ablehnen kann: Entweder er verzichtet auf die Immunität und entkräftet die Vorwürfe, oder er kriegt ein Disziplinarverfahren und wird ausgeschlossen. Auf gar nichts wird er verzichten, diese linken Rotzlöffel werden ihm doch nicht erklären, wie man mit Frauen umgeht, demnächst wird sich herausstellen, daß der Handkuß ebenfalls als Belästigung gilt, daß Blumen Bestechung und Komplimente verbale Gewalt sind – so versucht der Schwiegervater, sich vor den Medien und den Hausgenossen zu verteidigen, vor allem vor der Schwiegermutter, die triumphal und erhaben ihr ruhiges Leben lebt, wobei sie erbarmungslos zusieht, wie die Karriere ihres Mannes den Bach runtergeht. Der wohltätige Pater wäre stolz auf sie. Ihr persönlicher Anteil daran, über den hartgesottensten Vertreter der feindlichen Gruppierung etwas Brauchbares zusammenzutragen, ist kaum zu überschätzen. Sie brauchte nur aus dem privaten Notizbüchlein die Adressen der Praktikantinnen und Sekretärinnen abzuschreiben, die in den letzten Jahren in seinem Abgeordnetenbüro ein und aus gegangen sind, eine recht ansehnliche Sammlung. Nur einmal wies die Schwiegermutter ihn darauf hin, er müsse ja nicht die Telefonnummern aufbewahren, die er, nach eigenen Angaben, seit langem nicht mehr brauche. Nur einmal versprach der Schwiegervater, er würde sie beim nächsten Aufräumen des Schreibtisches wegwerfen; nur einmal bot ihm die Schwiegermutter ihre Hilfe beim Aufräumen an; nur einmal erwiderte der Schwiegervater höflich, aber entschieden, er komme schon allein zurecht. Nun, er kam nicht zurecht. Die Schwiegermutter gab die Telefonliste, übrigens anonym, an Journalisten einer Zeitung weiter, die sie zwar, wie der wohltätige Pater es verlangt, verachtet, aber schließlich heiligt der Zweck die Mittel, und der Zweck war in jeder Hinsicht edel: einen Politiker zu liquidieren, dessen Tätigkeit das Radio schon lange nicht mehr unterstützt, ja sogar ein wenig verurteilt, weil seine Gruppierung vom Pfad der Wahrheit abgekommen ist, und bei dieser Gelegenheit, wie man so sagt, ihren Mann zurückzugewinnen – soll er auf seine alten Tage lieber angeln gehen, vor dem Fernseher sitzen, Puzzles legen; mit Politik befaßt die Schwiegermutter sich jetzt selbst, mit Hilfe Gottes und der allerheiligsten Muttergottes von Licheń.

Roberts Frau schleicht umher, schaut in sein Arbeitszimmer, sieht, daß er mit dem Verschluß der Tasche kämpft, der schon lange ausgewechselt werden sollte, er wird Sicherheitsnadeln nehmen müssen.

»Was ist denn das? Wo gehst du denn schon wieder hin?«

»Ins Jenseits.«

»Du glaubst wohl, du bist witzig?«

»Ich weiß nicht, jedenfalls versuche ich, ehrlich zu sein.«

Migräne und Hysterie, wartet noch, denn hier keimt ein Beispiel echt weiblichen Zorns, treibt Knospen, holt aus voller Brust Luft und entlädt sich lautstark direkt über Robert:

»Wovon redest du?! Was ist los mit dir in letzter Zeit?! Du verschwindest irgendwo, fragst nicht einmal, was ich davon halte, jetzt sehe ich einen gepackten Koffer, erklärst du mir bitte, was du vorhast?!«

»Ich gehe.«

»Du? Du … Du Vollidiot!! Du willst gehen?! Du meinst, du kannst so einfach gehen?! Dein Zeug packen und abhauen? Denkst du, das habe ich verdient?!«

»Ich sage nicht, daß ich dich verlasse. Wie soll ich dir das erklären: Ich verlasse euch alle, ganz, ich verschwinde einfach.«

»Einfach?! Was erzählst du mir da?! Du bist doch nicht normal!! Du gehörst in Behandlung!!«

»Dafür ist es leider schon zu spät.«

»Du Schuft!! Du Blödmann!! Du … Graphoman!!!«

»Da würde dir so mancher zustimmen, aber das ändert nichts mehr. Siehst du, ich habe diesen Moment seit Jahren hinausgeschoben, ich habe mir gesagt – nächste Woche, spätestens in einem Monat packe ich meine Sachen und gehe, fange ein anderes Leben an; und so habe ich mein Leben von Tag zu Tag verschoben. Nun ist es vorbei. Jetzt wirst du lernen müssen, ohne mich zu leben.«

»So geht das nicht!! Du hast kein Recht!! Ich bin deine Frau!!«

»Das stimmt, vor einigen Jahren habe ich dich … für jemand anderes gehalten.«

Robert nimmt die Tasche und geht an seiner verdatterten Frau vorbei Richtung Ausgang. Doch schon auf der Treppe holt ihn das Gebrüll ein, das Heulen und Zähneklappern; die Frau versucht, ihn festzuhalten, doch weggestoßen (entschieden, aber höflich, endlich hat er es gelernt) fällt sie zu Boden und spielt einen epileptischen Anfall, Robert weiß, daß er das nicht beachten darf, die Frau erlaubt ihm nicht, sich zu entfernen, packt ihn am Hosenbein und läßt sich mitschleifen, denn Robert geht ungerührt auf den Salon zu, es wäre ihm lieb, wenn ihm wenigstens dort der Streß erspart bliebe; aber nein, angelockt von dem Geschrei, kommt die Schwiegermutter gelaufen und sieht, wie ihre Tochter, am Bein ihres Mannes hängend, hinter ihm die Treppe herunterrutscht, Robert befreit sich, aber die Frau zieht ihm den Schuh vom Fuß und ruft der Schwiegermutter zu, sie solle ihn nicht vorbeilassen; die Schwiegermutter versperrt den Weg, Robert muß sich durchkämpfen, verliert die Kraft, wieder fällt ihn seine Frau an, alle drei stolpern, wälzen sich am Boden, kreischen ächzen schnauben. Der Schwiegervater kommt in den Salon, ordentlich von Alkohol und Beruhigungsmitteln benebelt; er spürt, daß es am besten wäre, dieses Schlangenknäuel in Stücke zu schlagen, diese Familien-Laokoon-Gruppe, er nimmt den repräsentativen Sarmatensäbel von der Wand, zwirbelt seinen Schnurrbart und beginnt in Gottes Namen die Luft zu zerschneiden, die Schwiegermutter läßt Robert los, will einer Tragödie zuvorkommen, fleht ihren Mann an, er solle Vernunft annehmen, doch schon hat der Schwiegervater an der Säbelkunst Geschmack gefunden, er hat tierisch Bock auf ein kleines Gefecht, muß sofort auf irgendwas einhauen, die Schwiegermutter ist der Meinung, er solle sich aufs Ohr hauen, aber der Schwiegervater fängt lieber mit den Kerzen, Sesseln, Stühlen, Bildern an; haut auf alles ein, was ihm in den Weg kommt. Die Schwiegermutter schreit um Erbarmen für die Familienandenken; die Frau erstarrt mit dem Schuh in der Hand; Robert, mit dem anderen Schuh, nimmt die Beine in die Hand. Er hat es nicht weit; Rosa wartet schon vor dem Haus, mit laufendem Motor.

Mögen sie eine Weile zusammenleben, wir wollen uns nicht beeilen. Kurz und glücklich. Denn danach sowieso.

Robert will nicht mehr. Er bittet Rosa, sie möge Fräulein Luftig anrufen und sich dann zu ihm ans Bett setzen und seine Hand halten. Ganz bis zum Schluß. Wenn alles fließend und schmerzlos in sein Kinderzimmer übergeht. Gerade hat Mama ihm einen Gutenachtkuß gegeben, obwohl er gar nicht schlafen will so kurz nach dem Sandmännchen. Warum dürfen andere um diese Zeit fernsehen, und er soll sich an den Hasen kuscheln und auf Kommando einschlafen. Allein im leeren Zimmer. Er will nicht will nicht will nicht. Wenn man die Augen schließen könnte, wieder öffnen und dann gleich das Morgenlicht sehen, den Tag wieder zur Verfügung haben, die Spiele, Autos, Schaukel und Rutsche. Macht das Licht noch nicht aus. Ist hier jemand?

He, Leben! Du wirst mich doch nicht alleinlassen?

15

Rosa verläßt das Theater, ein Grüppchen von Verehrern bittet sie um ein Autogramm, ein junger Mann überreicht ihr einen Blumenstrauß; freudig geht sie die Straße entlang, am Gerichtsgebäude vorbei und an dem gekippten Souterrainfensterchen, hinter dem Roberts Fleischanschauung ihren Ausgang nahm; es ist jemand dort, ein trauriger Herr, er hat sich den Schreibtisch so gestellt, daß er mit dem Rücken zum Fenster sitzt, er sieht überarbeitet aus.

Herr Ehemann gibt gerade einer befleckten Jungfrau ein Trinkgeld, das kann er sich leisten, die Bilanzen stimmen wieder.

Der Süße befestigt das Schild mit der Hausnummer; Adam fragt die Mutter, die ihnen gerade Brote gebracht hat, ob der Vater schon wieder herausgekommen sei aus dem Nachdenkraum, in dem er sich aus Protest eingeschlossen hat; die Mutter schüttelt den Kopf, meint aber, er habe schon angefangen, mit ihr zu sprechen, es sehe ganz danach aus, als sei es bald überstanden.

Die Schwiegermutter gibt ihr erstes Interview als selbständige Politikerin und ist untröstlich, daß man sie, statt nach ihrem Programm, nach ihrem Mann fragt; unterdessen schaut der Schwiegervater nach, wie oft in den letzten vierundzwanzig Stunden sein Name im Internet aufgetaucht ist, und ärgert sich, daß es so häufig war, denn der Grund ist seine Frau.

Roberts Frau kommt in der Obhut des Psychiaters erstaunlich gut wieder zu sich, insbesondere seit er ihr erklärt hat, daß der Mensch eigentlich nur in einem anderen Menschen richtig wohnen kann, daß Depression nichts anderes ist als Unbehaustheit, an Depression leiden Menschen, die niemanden haben, in dem sie wohnen können, und dann bot er ihr an, seine Tür für sie zu öffnen.

Robert schaut voller Gier; er hat sich immer noch nicht daran gewöhnt, daß er alles gleichzeitig sehen kann.

Ich danke von ganzem Herzen denen, ohne die ich nicht aus der Lethargie herausgefunden hätte:

Urszula Kuczok für die Aufsicht und die Verdienste um das Mutterland,

Radosław Kobierski für die Fleischanschauung und alles übrige,

Wolfgang Kuhn für das Zimmer 22,

Grzegorz Olszański für die kreativen Degustationen,

Magdalena Piekorz für das fotogene Denken und die tüchtige Mitarbeit,

Karin Przewłoka für die erste Redaktion und die unzüchtige Mitarbeit und

Herrn Krzysztof Zanussi für den ersten Hauch.

Chorzów 2005-2008, Krems-Stein 2008
Wojciech Kuczok